# 時差的贈禮

黃錦樹——著

自序／
# 告別與祝福

最早整理這本書是在二〇一六年，大致成形是在二〇一八年初，原本是作為繼《注釋南方》（有人，二〇一五）之後的馬華文學短論集，也寫好了序。出版社的婉拒之辭太委婉，我看懂時竟過了快兩年。原來《注釋南方》三年多賣不到一百本，慘過最小眾的詩集，出版社當然不再感興趣。如今的樣貌當然是重整過的，刪掉了些舊文，補上些新篇，順序也重新調整過。尤其是輯一，傷逝、向師友前輩告別或致意，都寫於近年。最後兩篇是關涉我自己這三年來猝然臨身的、醫生說「其實沒有療程」的病，〈夢與序〉不得已而為之，是篇非序。

輯二多序文及書評。〈最後的豬籠草〉是應出版社之邀為張貴興的《猴杯》寫的簡短解說；〈華馬小說七十年徵求認養〉是為出版小說選而撰寫的向華社募款公告，結果所得為零，聯絡的前輩都回覆說，「台灣不是比較有錢嗎？」問題是，台灣對這種書不感興趣。因此是一份相當有紀念價值的歷史文獻。〈辭謝南方學院大學邀請擔任《蕉風》名譽編輯顧問函〉，是以臉書私訊完成的「溝通」，把它當成一篇文章收進來，當然也是備忘。〈不錯與夠好〉是二〇一三年風聞同鄉小朋友在「面子書」上吵得不可開交，彼此都下不了台，聊留言做和事佬。整理舊檔時偶然發現，重讀時發現還是不錯的，隨風而逝有點可惜。對他人和自己的作品太苛刻或太寬容，都是不好的。自馬來亞建國以來，雜草叢生的馬華文壇一向行苛刻風，而且不是出於鑑賞力的評判，多是源於無知、不學、偏執、政治掛帥。受惠於中國改革開放，年輕世代能讀的書多得多，陷入意氣之爭的泥淖甚是可惜。轉眼五年過去了，不知道這兩位青年朋友還寫作不？（其中一位我連名字都不記得了）

〈「自己的文學自己搞」〉是和老友錦忠交換的序；陳建榮先生《歲月的回眸》的序寫於我病況頗糟時，幾度文字自行消失（有文〈夢與序〉記之），答應了又不好不寫，勉力為之只能寫成這樣。《歲月的回眸》是近年馬華散文意外的收穫之一，文壇外自有高手，是可喜可賀之事。為梁放小說自選集《臘月斜陽》寫的序，收在這裡的，和收在他書裡的版本略有不同，多了批評他四篇較弱的小說的一千字。其實也沒什麼，但為免影響他自選集的選文，或脆弱的友誼，事先沒給他看過。序總不好找作品麻煩。大河老友廖宏強要出版張柏榗《青春口吃物語》，問我可以找誰寫時，我義不容辭就接下來了，找自己畢竟比找別人容易得多。柏榗是有天賦的，也值得鼓勵。杜忠全《文字新語》是有意義的工作，但訪談錄其實不太需要找我寫序，我又不是拿督。我在〈文學檔案〉的末尾也就此抱怨了幾句。到我們這階段，技術上應該是什麼書都可以寫個序的。但如果略有自我要求，如果該作者的著作不止一本，常就得花時間找來通讀一遍，不止是要談的那本而已，花的時間其實並不少。幾年前，曾經有留台返馬的某才子突然找我為他的散文集寫序，勉力寫就後，他似乎不太滿意，臨出書前突然告知不用。我的序其實沒什麼批評的話，只是也沒什麼讚美就是。那篇廢序順手就刪掉了，反正以後也不會再有什麼往來。

馬尼尼為找我為她的詩集寫序，原本婉拒了，後來還是勉力寫了，為的是不被她抱怨一輩子，說我欠她一篇序。幾篇書評是為《聯合文學》雙月書評專欄而寫的，當然，刻意挑選馬華文學作品，是因為比較少人會去討論它們。

輯三新舊文各居其半，張景雲先生〈立錐無地〉涉及的是種族政治下大馬華社的結構性困境，迄今無解。不得已遠走他鄉的，早晚又會被有位置的本土正義魔人以愛國之名嚴厲的道德考核，好像他們偷占了博愛座、殘障停車位、偷吃了祭神的供品。

寫於二十年前的〈我們需要一個怎樣的中文系？〉（一九九八）意在反思，以大馬的環境，需要一個國學系、漢學系式的中文系嗎？還是像馬來半島的食物，提供一個混雜式的文化教養，以比較文學為根基，意在強化在地研究和寫作，「傳統中國文學」只保留最必要的部分。遺憾的是，華社袞袞諸公當然不會把我的意見當一回事，還是一頭熱的模仿台灣、香港、新加坡以聲韻文字訓詁為基，那是乾嘉樸學與晚清—民初國學創立的學術體制。別忘了民國台灣的中文系全稱是「中國語言文學系」，師範系統的直接叫「國文系」，對應的是台灣中學的國文課，直接延續民初國學體制。大馬華社根本沒有條件經營，寫的「漢學論文」也不會有人引用。務實的看，只有集中力量，全力以赴的做在地研究方可能有優勢——主場優勢，因為地利之便、在地知識的先天優勢。那些全然不實用的研究需要極其龐大的資源投注，往往需要國家來投資。

兩年前讀到鄭良樹二〇〇五年的訪談〈國學、漢學與中文系的困境與反思——鄭良樹教授訪談錄〉（氏著，《馬來西亞華社文史續論》，南方學院出版社，二〇〇八：三一五—三四七），相當堅持傳統漢學立場。如果財力雄厚（如新加坡），可重金禮聘外籍兵團，做出漂亮的業績。以大馬華社的人文人才總量（這是可以估計的），漢學典籍總量（雖然部分可借用網路資源），華社可能投注的資金，都該做個精算、盤整。如果資源夠多，有良好的制度留才，就不會有〈立錐無地〉的問題。這問題和我在〈中國性，或存在的歷史具體性？〉談的問題結構上相似，差別在於一關涉寫作，一關涉研究。〈中國性，或存在的歷史具體性？〉（一九九五）或許可說是「馬華文藝獨特性」的當代表述，一個非革命文學的版本。迷戀於古典中國的風格形態，或是棄兒呼告、屈子流放式的悲情，是沒有未來的。寫於二〇〇五年我自己也忘了的〈互文性，寫作，與文學教養〉是理論常識，雖然不是什麼大不了的，但不曉得也不行。

〈一個微小的心意——《雨》跋〉、〈南方以南——《雨》大陸版序〉都是環繞小說集《雨》的感想和思考。《雨》原是獻給寶瓶（尤其是朱亞君）的一個小禮物，感念她為不可能有什麼銷路的馬華文學出版仗義付出。但禮物好像真的有靈魂（它會回報、復返），在寶瓶團隊的努力之下，它是我出過的書裡得過最多獎的，從書展大獎、金鼎獎到北大的王墨人小說獎及其他一些有的沒有的。

另外幾篇是活動的紀錄，那樣的文字，後來我也懶得寫了，忘了也好。

輯四關涉馬華文學的「沒有論述」，涉及幾場對話。與朱宥勳的紙上對談，催生了本書的書名；與「假文青」的討論催生了注定不會像季風那麼恆久的《季風帶》；而為什麼沒有論述，和

〈立錐無地〉一樣是個老問題。因為馬華文學是一支作品、作者、讀者三重缺席的文學，它的存在本身是反諷的。對我而言，或許只有離開它方能抵達它。為了抵達你必須離開。

〈關於「真正的馬華文學」——回應葉金輝的商榷〉是一次可怕的意外，嚴格來說是《中外文學》的學術把關出了問題。該刊自從「升格」成一級期刊後態度傲慢，邀我寫了回應後竟然不了了之。葉某會有那樣的「商榷」，國家意識深入骨髓使然。那樣的畫框設限，只能說是愚蠢之舉。我們好不容易讓馬華文學往外走一點，他老兄反而想把它往既有的窄盆裡拉，實在難以理解。他在後續的商榷文說我靠馬華文學得了多少好處——有冇搞錯，不要倒果為因好不好？如果真那麼好康，為什麼自有國籍以來，有分量的馬華文學論文集屈指可數？如果那麼好搞，為什麼第一代留台人沒生產出像樣的馬華文學論述？因此，後來他在《東方日報》的再三「商榷」，我當然懶得再理會了。自己挖深坑給自己跳，能不能跳出來要看他的修為了。但這種事確實十分令人厭煩，也讓我也想被「馬華文學」包括在外了。如果那麼在乎馬華文學，就整碗捧去好好經營吧，別只會空口說白話，練肖話，看到火車就吠。

關於〈燒芭餘話〉，我曾在這篇序的前一個版本寫下「本土論的問題，一九九七年『燒芭事件』後，我和彼時自居本土的一位青年導師有過一番論爭，問題沒有過去，我彼時回應的理由也沒有過去。相關文字決定收入這本集子，作為附錄性質的輯三……」然而那六篇文章，本書還是決定只收其中較短的三篇，及保留二〇一五年為這組文章寫的引言，另題做〈燒芭餘話的引言〉（按：本書最終決定只保留引言和其中最短的一篇文字）。「真正的馬華文學」的論議，是將近二十年前那場論爭的一次鬧劇式重演；而與安某（葉金輝就讀南院時的老師）的那場論爭，更是那之前二十年的一場由賴瑞和引發的「人才外流」論爭的悲劇式重演（見〈燒芭餘話的引言〉）。〈致新人〉是個意料之外的收穫，原來學院裡還有一些不錯的研究生繼續在思考馬華文學問題（高嘉謙、張惠思、許德發等功不可沒），那終歸是個希望的種子。本文原序的最後一段：

書名也幾經考慮，從「沙上的足跡」、「時差的贈禮」到「燒芭餘話」。後來想想，現在的我火氣也大得很，那又怎樣？寫著寫著突然醒悟：如果不是那年大火燒芭，如果不是那場大混戰，我對馬華文學的介入或許不會那麼深遠、持久。換言之，那之後我的所有論述，都可說是「燒芭餘話」。燒芭只是個起點，接下來的工作才重要。總要種一點什麼。不能老是以欠缺「文化資本」來合理化不作為，或玩世不恭，以文為戲，而消耗掉可能寫出佳作的時光。

書名因而重拾回「時差的贈禮」，也就是「給自己們」。至於種籽會不會發芽？天曉得。我曾把我們的寫作教學工作比擬為在水泥地上播種，有裂縫又剛好有水，種籽才可能發芽。那也不是完全不可能的事。我們自己就是從水泥裂縫中擠出來、傷痕累累的長大的。

感謝麥田出版社願意出版這本書。

二〇一九年一月五日戊戌冬，小寒

# 目次

## 輯二，自己的文學自己搞

## 輯三，一個微小的心意

## 輯四、時差的贈禮

# 輯一，荷盡初冬

# 秋河曙耿耿，寒渚夜蒼蒼

「夥伴」（consociates）是實際相遇的個人，是在日常生活中相會於某地的人。因此，他們不僅共享一個時間團體，也共享一個空間群團——無論它們是多麼短暫和表面。他們至少最低程度地互相「涉足對方的個人生活史」，他們至少暫時地「一塊兒長大」。……只要愛情延續，情人就是夥伴，直到他們分手；或者是朋友，直到他們翻臉。……正是多少具有這類延續性的關係的、為了某種長期目標而走到一起的人，而不是僅有零星或偶然關係的人，構成了這個類別的核心。

「同代」（contemporaries）是一個時間群團，而非空間群團：他們生活在（或多或少）同一個歷史時期內，互相之間具有經常是非常淡薄的社會關係，但他們按照慣例互不謀面。……他們是透過互相之間典型行為模式進行符號系統表述的一套普遍假設來聯繫的。……個人所涉及的從情人到偶遇者的夥伴關係系列，就在這裡延伸，直到社會紐帶變為完全的無名、標準化，和可置換狀態。

——格爾茲，〈巴厘的人、時間、行為〉

前代。後代。……（略）

「同時代人的非同時代性」。不同代生活在同一時間，但體驗中的時間是唯一真實的時間，因此他們實際上生活在事實上相當不同的主觀時代中。

——曼海姆，〈代問題〉

我一九八六年深秋到台灣時，並不知道歷史即將翻過新的一頁，長長的一章戒嚴史將在次年畫下句點。又一年，民國最後的強人「建豐同志」（《北平無戰事》裡沒現過身的領導，蔣經國的字）過世。前此，我們從電視上看到的他，是被糖尿病折磨得浮腫，沉坐在輪椅上的衰老模樣，和那被他派黑道殺手去幹掉的江南在《蔣經國傳》勾勒的陰狠毒辣神祕形象完全不一樣。戒嚴的解除，開放到中國探親，等於公開承認反共復國之夢從此畫下句點。也許從那時開始，民國歷史就進入它自身倒數著的剩餘時間。

我們這一世代，身在大馬以公平分配為名、方便馬來權貴橫徵暴斂的新經濟政策的馬哈迪時代，對大馬的認同卻是毋庸置疑的。踩著僑生輸送帶來台的我，在激烈本土化的背景裡，對這預設了中國認同的身分也極不耐煩。那時並不知道，那中國其實是民國，我們因沒有更好的選擇而被捲進他方歷史浪潮的浮漚裡。那種種看來刺眼的民國標誌，老蔣的銅像、「國父」遺像、看電影前必須起立等待「吾黨所宗」的國歌唱完；得上最無聊的軍訓課，誦讀那從周公孔子始、「蔣公」為句點的噁心厚顏的道統史。其中一個暑假，還得參加大魚大肉的海青會——那是軍事訓練的少爺版、兒戲化的模仿，和作為同世代台灣男生成年禮的兵役是兩回事。因此我其實並不是此間「五年級」的同代人，在場而不在場。

僑生，是社會學意義上的烙印（stigma）、標記，但有時確也是個污名（戈夫曼，《污名》）——成績墊底的、靠加分進來的、說話怪腔怪調、讀音錯舛、滿紙錯別字、住在樹上的——在台灣本土自我建構的年代，「僑生」再自然不過的，也被劃入敵人的陣營。因此，八〇後留台的大馬青年，也努力建構屬於他們的、大馬的本土自我。歷史的閱讀是當務之急的補課，從華人史、東南亞史到歐洲殖民帝國的擴張史，圖景漸漸拼湊起來時，竟然大半輩子過去了；為民國斜陽寫下個人版悼詞的我，已是大馬的異國之人。在此間交疊著差異歷史經驗的「作為過去的未來」的（走向一種更純粹的民族國家的）現實裡，新舊國族認同幽靈的角力，投影在文學的牆上，是殺氣騰騰的皮影戲。

僑生這標記卸除後，那標誌著外的印記反而被更其存有論化，成了身分認同本身，一種沒有的有，一種空符號。字輩、年級云云，對我來說也是如此。也很少人會注意到，那兩者之間其實不是那麼理所當然的可以自由轉換——對我而言，箇中難免有時差——貨幣的轉換況且有匯差。我也不敢說我的經驗有多大普遍性。但我們這些寫作的留台人（自李永平（一九四七—

二〇一八）以降），和台灣—民國的主流文壇、各個不同的水滸山寨都是疏離的，都是孤鳥，懸浮之島，或孤狼，鮮少應酬，彼此之間也很少往來，泰半「絕對孤獨無情」的「自己的文學自己搞」，好處是可免於一些無聊的江湖摩擦。也因為作品反正沒市場，不會有太多關注，就不必做多餘的努力，不必特別去巴結；不想見的人也可不必見，不得已見著、不得不說上幾句時，也可僅僅談談天氣和交通狀況。

因此，「六字輩」小說家的兩場重要的葬禮，我都無緣參與。影響力巨大，但成就可能被過高評估的邱妙津（一九六九—一九九五）和袁哲生（一九六六—二〇〇四）年歲略大及略小於我。前者我根本沒見過，後者也只有數面之緣，但他們猶活生生的活在同代人（四—七字輩）的記憶裡，有過一些接觸，甚至曾經是工作上的夥伴，或者有著師生關係，兀自記得他的笑語神情。

這世代我比較熟的，也就是個駱以軍。但那也是一九九九年的事了，其時我們都已年逾而立。

最近黃崇凱提醒，我在不同的隨筆裡，我似乎都會戮一下長我十歲的張大春，「會讓人以為你很討厭他」。最近回應一位老朋友的質疑，為一位青年朋友辯解時，也舉我一九九八年的論文〈謊言的技術與真理的技藝〉為例，我不是因為張某罵我我才批判他（那時他也不知道我是何許人也），而是他的作品、文論、經常在文學獎決審時的發言，以及那一大批不斷為他的作品歡呼解釋（以所謂的「後現代主義」）的名流學者的論述中共同展現的某種價值趨勢，讓我深不以然（也許就因為我是個局外人）。但台灣「五年級生」多為其弟子門生，深受濡染（或霸凌）。那是個價值層面的爭辯，也涉及小說寫作的一些根本問題。但即便批判了那個名字，那作者—功能兀自發揮著影響（他畢竟調度了許多西方當代文學資源，有其相對的正當性），被敲散、化為液體之後，仍一直向下、向繼起的世代滲透。那是養分，但那養分裡也可能有毒素。每個世代都要清理前代留下來的遺產與債務。世代之間的競爭與愛恨，不是三言兩語講得清楚的。

有一回，五年級某大腕轉述四年級某大咖酒後對某出版界大老之狂言：「滅掉五年級，我們就可繼續吃香喝辣二十年。」我的私訊回覆極簡：「滅掉？我們兩個他就過不去了。」

但我們在文學場域裡其實並無權勢。在我，能做的也僅僅是論述而已。

年初，大馬的朋友在為花蹤籌辦系列暖身文學活動時，注意到近年在網路上相當活躍的「七年級／八字輩」的朱宥勳（一九八六—），決定邀他去演講。「在逃詩人」透過臉書和我商量，要找出堪與匹敵的大馬同世代文青與彼座談，清點之後，結論卻相當悲傷：一個也沒有。「同代沒人有論述能力，評論早就產生斷層了。」他說。年歲比他大一點的呢，也沒有，最終還是七字輩／六年級的大姊頭黎紫書（一九七一—）親自出馬。那沒有論述（能力）的一代，「只是天真地著力於開創自己的時代」（〈江湖催人老〉，《聯副》，二〇一五年十一月四日），當然也各有建樹。然而，為什麼在華社有了幾間自己的大學、有幾個自己的中文系多年以後——在中國留學之路廣開，許多人花盡血汗儲蓄取得博碩士學位歸國之後，文學的論述還是那麼貧瘠？

其實，一九三〇—一九五〇年之間的世代（不乏有「留台」且取得博士學位者），也談不上有什麼論述。左傾的，多搬屍於中國左翼（「搬屍」不是我的惡言，是時人用語，大馬雜文好用惡言毒語）；嘗試借鏡於港台或四〇年代中國現代主義，以爭取文學的自律的，已經是空谷足音了。比我們更年輕的世代，也許不會（或無意）記得，在「人民需要文學」的年代，「因為喜歡文學而寫作」是政治不正確，會被用惡毒的話公開批判圍剿的。甚至時至今日，還有人昏庸的召喚昔日的毒草精神（莊華興，〈馬華創作的思想基調〉，http://www.malaysiakini.com/columns，二〇一五年四月十三日）。

沒有文學論述，可能是因為已經沒有東西需要捍衛；馬華文學已經沒有敵人？文學作品不是自明的，尤其比較複雜的作品，都需要論述的闡發，需要知音之談（真正有眼力的讀者並不多）；那頗有益於教學，及文學記憶的傳承。寫作的人有時也需要「畏友」，在一片阿諛奉承聲中，獻上幾聲言之有物的鴉鳴。提醒自滿的寫作者，那被誤認做太陽的，其實不過是盞稍大的燈，我們其實兀自在暗夜裡摸索著各自的路。

倘就馬華文壇（包括留台這塊）而言，沒有文學論述其實是歷史的常態，作品的沉沒、作者的被遺忘（生平資料殘缺），也一直是歷史常態。

更悲哀的是，沒有論述可能不是最糟的，惡意的、愚蠢的論述還要更糟。

字輩（大馬）、年級（台灣）的世代劃分，當然是極不科學，也不能太當真的。十進位制，始於〇終於九，因此七年級頭的黎紫書只比我小四歲，而她只比六年級尾端的鍾怡雯、陳大為小兩歲。倘是在唸小學或中學，這年歲的差距似乎不小；年過四十之後，意義就不是那麼大了。

越過了那條年歲的換日線，人生就走入秋日午後的下半場了。

二〇一五年十一月五日

# 歲次乙未，初冬小雪

初冬，節氣在小雪之前的十一月中旬，我給昔年台大中文系的老師林麗真先生寄了本甫出版的隨筆集《火笑了》。附了短箋，說明贈書緣由——將近三十年前，修習林老師的大一國文時，曾寫了篇作文〈我要蹺課〉。用時下的俗語來說，是篇「靠北文」，但也是個行動宣言，我真的蹺課去了。年歲漸長、我自己也當了多年中文系的老師後，心裡不免有愧，贈書是為了致歉，感念林老師當年的寬容，《火笑了》也許比我寫過的任何書都適合這樣的目的。幾天後，收到林老師的簡短覆函，客氣的問，哪天她南下日月潭，是不是約個時間喝茶。在我寫著一樣簡短的回函時，突然就接獲周鳳五老師過世的消息。

當年，林老師的課其實上得很認真。一九八六年底，機械系的朋友（同年進入台大的高中同班同學）通報說，他們的大一國文老師口才一流，班上那些對古文一點都不感興趣的同學，都聽得津津有味。我去旁聽了一回之後，就決定蹺課去旁聽了。和所有「非好學生」類似，上課的具體內容都不記得了，只記得一些課餘零碎的邊角。周老師其實早就在實施當下流行的「翻轉教學了」——他常讓那些唸工科的大孩子上台憑各自準備的材料講解選文的注釋、做白話翻譯，並嘗試講解，他在一旁隨時評議修正；若干戲劇場面，更要求一組組學生輪流上台表演，讓他們進到那古代的情境裡。他是導演，且負責旁白，而又擅長以幽默風趣的口吻不慌不忙的講著遠古時代的故事，因此學生臉上常帶笑容，課堂時聞笑聲。

他總是髮黑如墨、西裝筆挺的提前到課堂，到同學的座位旁閒聊一會，關心一下學生的學習和生活，等鐘響了、人差不多到齊了，再走到講台前，翻開書，清一清喉嚨，正式上課。

我因高中後期大量閱讀李敖的著作，累積了不少困惑，大學時逮到機會就拿來問老師（連軍訓課的教官都不放過），有一次甚至帶了本購自舊書攤、封面有洋裸女的《千秋評論》的「王國維之死」專號。周老師對這問題發表了簡短的看法（具體內容我也不記得了，應是認同殉清－畏懼北伐說），但強調李所作所為「不足為訓」。我記得他還談到一個私人的細節，說台大男十一舍〇〇室在民國□□年（數字我忘了）有一個後來很有名的人搬走，他隨即搬了進去。那個名人就是李敖。說完後，他笑笑的補充說，李敖很聰明，「智商和我差不多。」（多年以後，呂正惠教授側面印證了他的自我評估，呂說周和龔是他見過的台灣中文系兩個最聰明的人。）

那時我且白目的問了周老師的專長領域，他嚴肅的逐一曲著沾了粉筆灰的手指數給我聽他開過的課，古典領域，從尚書、楚辭一直往下數，手指似乎勉強夠用。那時我且不知他書、畫俱佳。

我高中時是理科生，統考（大馬獨中版的聯考）成績最好的科目也都是理科，依正常順序應是唸理工，但我可以預料那會是怎樣的人生，因此進大學時就避開工而拐進農。唸了幾個月，發現那不是我要的，也許受胡亂讀到的雜書影響，對台大的文科也沒多少好感。徬徨著人生不知要往何處走的我，次年會轉入中文系——那其實是個沒有選擇的選擇——和那大半年的旁聽脫離不了干係。

轉入後發現，少壯派老師如柯慶明、林麗真、葉國良、何寄澎、方瑜諸先生都是周老師前後期的同學。但中文系是個冰涼的水潭，我很快就領略到了；完全沒有古典教養背景的我，必修課很少是有興趣的，也很快知道那條路我走不了，況且我有自己的當代要回應（其時只是朦朧的感覺到），但轉系後就沒有退路了。

大三時旁聽周老師的文字學課（大二已修過龍宇純老師的，他退休後換人接手），可能是周老師第一次開那系上必修大課，予人一種全力以赴的莊重感，我的收穫也最多，影響一直到碩士論文（詳我碩論的序，〈讀中文系的人〉，收入《火笑了》）。又一年，選修敦煌學，讀了好些篇敦煌俗文學（〈燕子賦〉之類的俗賦），收穫不大。那年他借調中正、創中文所，我被慫恿去報考，還好沒考上。

敦煌學課的某次休息時間，我看到他靠著走廊的窗，對著中庭枝繁葉茂的老樹和初夏的風，輕輕哼唱一支彼時流行的歌〈隨風而逝〉，唱得相當投入。回應我好奇的目光，他淡淡的提及，一位女性朋友（同學或學妹？）罹癌早逝。聽話中意思，似乎不是一般朋友。那時，我突然問他「老師今年幾歲」，「四十二」，他說。他過世後，從訃聞中得知他一九四七年生，大我足足二十歲。那年就是一九八九年了，我二十二歲。正默默思考馬華文學的困境，反思自己的華人身分，學習寫小說，寫了稚嫩而絕望的〈大卷宗〉，非常苦悶。

那之後許多年一直沒聯絡。我曾在別的文章寫過，一直到一九九六年寒假，我結婚請客時給他寄了喜帖，他有回函但沒出席。暑假時，知悉新成立的暨大中文系在聘人，我寄了履歷過去，身為創系主任的周老師即直接叫我到埔里上班。彼時仍處於工地狀態的暨大，只有林啟屏、高大威，及和我同時以講師聘入的巫雪如寥寥數位老師。同事後才知道巫是周老師高足、多年的助理和祕書，深得其語言文字之學真傳；林也是他的學生，都修過他研究所的高級課程。在台北，也經常和他的一干弟子門生聚餐喝酒，他們都暱稱他為「周公」。但我們相處只有一年，一九九七年暑假，他就回台大去了。彼時他的名言是「事緩則圓」。複雜的人事紛爭，爾虞我詐，學生也分裂成兩派，搞得大家心身俱疲，很不愉快。之後多年沒有往來，一直到去年（二〇一四）八月，偶然看到他的名字出現在臉書留言按讚，方重新以私訊聯繫上。周老師客氣的約我如有到台中，一起吃個飯，說他和埔里的民間友人還有聯絡的。不知不覺，十五年過去了。其後一年，偶爾從臉書看到他含飴弄孫的溫馨畫面，白了頭，老多了。但我自己也老多了。

然後便是葬禮，告別式。

十二月四日，節氣臨近大雪，系上進行著博碩班的入學甄試，恰好沒給我安排工作，故我一早搭車北上。台北比埔里冷多了，還飄著小雨，大風起時身體會不自禁的顫抖。白色花圈布置起來的靈糧堂空間不大，裡外塞滿了黑衣人，但我認得的並不多，一些以為會出席的人也沒見著。會場內外人雖不少，猶不免有冷清之感。寒風裡，靈堂外，只見巫雪如悲不能抑的獨自披髮號啕大哭，一襲黑袍如喪服。

會場內，大小螢幕同時播出周老師的生活照，倒數著他的人生，那是我未曾見過的。年輕時五官比較放鬆，也許二十幾歲就結了婚，俊朗的青年和美麗的妻子；結婚照裡有拄著等身高拐杖的白鬍子張大千，喜孜孜的給新人祝福。似乎很快就當了父親，擁著稚齡孩子時猶一臉青稚。告別式上發送的〈周故教授鳳五先生事略〉裡記述，周先生民國五十九年畢業於台大中文系，取得中文所博士學位及國家文學博士時甫三十一歲，八年間修得碩博士兩學位，相當迅捷；四十歲時升教授（以他的才能，似乎不需那麼長的時間。大學時曾聽過他很節制的吐露一點風聲，當我向他抱怨某君的某門必修課竟然只講朱熹的注而不談文章大義，讓學生自己去瞎子摸象時——某君的名字頗引起他的情緒反應），傑出研究獎、講座教授之類的肯定，更是暮年的事了。以學人而兼才子遭遇尚且如此，多少也反映了中文系這江湖的生態吧。隱約聽說他樹敵無數，亦不知何故也。

古典學厚積薄發，需要長時間的累積。周老師的師長鄭騫先生中年時曾有一篇有趣的文章〈四十之年〉（《永嘉室雜文》，頁三七—四一），寫年屆四十的感慨，列舉古往今來有的人四十以後才寫出重要著作，或建立事功；有的人的生命「簡直是以六十為開始」。文中且評估自己的家族遺傳、長輩年壽，自期「能活滿易掛之數，已經甚為滿足」。六十二歲時，又補記曰「寫這篇文章時我只有三一九歲，不知不覺，竟又混過二十三個年頭，離文中所說『易卦之數』只有兩年了。現在我可不覺得這個數目『甚為滿足』」；過世前兩年又補記曰：「不知不覺又混過了二十二年，今年已八十有四，……眼前一些勉強可以算作『成績』的工作，都是七十歲以後才完成的。……」鄭先生的重要學術專著，多成於七十之後。周先生雖活過了易卦之數，但很多重要的工作可能都沒來得及完成。顯然還需要更多時間。

我算不上周老師的弟子，關注的領域相差太遠。他在埔里時，也常在一旁看他即席揮墨，即興寫字畫魚蝦螃蟹，但那方面我沒天賦，沒能學到什麼。但我對文字考釋的方法論問題頗感興趣，曾問過他出土文字的辨識依據，他只說那如同「猜謎」。偷偷翻閱過若干相關論文後，確有那樣的感覺。我對古文字的興趣一直持續著，但那是詩學、理趣上的，而非古文字學的。可以說僅僅是從窗外走過——門外漢的立場，但古文字成了我小說寫作的養分。

周老師故後，我曾寫信給友人，云：倘非先生，以我的個性和人際關係，以台灣中文學界的生態，我可能會一直找不到一份穩定的工作——更別說是搭上「老賊」（舊制，不必經過助理教授那一關）的末班車。如果是那樣，多半還是會回馬來西亞去吧。

當年聘我到暨大，他告訴我，理由之一是我應該可以教寫作。他把暨大中文系本科的大一國文規畫為小班制的「閱讀與寫作指導」，我是最早的任課老師之一。應聘之前一年的一九九五年，我以〈魚骸〉得時報文學獎小說首獎，寄履歷時多半是附進去了，伴隨碩士畢業後發表在《中外文學》的幾篇論文，及以章太炎為議題核心的碩士論文。反諷的是，〈魚骸〉既是對自身華人的文化處境的思考，也是對台大中文系本身絕望封閉氣氛的直接回應。那對古文字的陰鬱想像，多少也淵源於當年的文字學課，與及台大文學院荒涼衰敗的絕望感（近年大翻修過了，還裝了鐵窗和冷氣）。我的碩論原是對中文系的告別，但迄今猶告別不了，甚至還得賴以謀生。

有一回他認真的對我說，能寫作是好的，「那是自我實現」。

九〇年代初，我台大畢業後，另一位因我的寫作而對我釋出善意的台大中文系老師是吳宏一教授。

算一算，周老師當年借調暨大創中文系所時，也差不多是我現在的年歲。二〇一五年的日子在倒數，這個月的日曆翻過去，我在埔里也就進入第二十個年頭了。二十年，正是我和先生之間年歲的差距。先生享年六十九，淋巴癌；逝於一九九七年的我的父親，也是淋巴癌，享年六十六。那也是我對自己年壽的推估的「天花板」。人生逆旅，總有到盡頭的時候。借鄭騫先生四十歲時之言，「能活滿易掛之數，已經甚為滿足」。昔日，愛讀周作人散文的周師，也愛引其「壽則多辱」的感慨（典出《莊子》）。而該做、想做的事，「要趕快做」。這是只活到五十六歲的魯迅的話了。

我真沒想到老師輩中最早走的是他。師長輩中，對我人生軌跡影響最大的並無第二人。聊述師生之誼，差堪告慰的是，這十多年來的學術和創作，並無愧於先生當年的賞識和期許。

二〇一五年十二月十二日乙未冬，埔里

# 同鄉會

## 一

我和李永平只見過三次面。

最近的一次是今年九月九日，李永平化療前夕，麥田出版社給他在紀州庵辦個新書發表會，兼給九月十五日生日的他暖個壽。說是新書發表，其實沒新書，不過是把他晚年寫的幾部長篇組合成「月河三部曲」套書，邀幾個朋友，向他致意。上台的是他昔日東華的同事郭強生，創研所的學生甘耀明，「抬轎王」駱以軍，同鄉高嘉謙和我，張貴興、胡金倫和一些更年輕的大馬同鄉也隱身在現場。沒想到，這也是他五十年來首次的「新書發表會」。最該辦發表會的，應是《海東青》出版時，那是他的高峰期，其時四十五歲。

李永平是被用輪椅推進來的。稍早時我們在紀州庵樓下用餐時看到他，比五月中下旬我見到他時氣色差多了，更加瘦，幾乎可說是形容枯槁。

八月十七日麥田聯絡我時，看看還沒開學，我沒多猶豫便答應了。心想，這多半是最後一次見面了。

住得遠，懶出門。五月十六日，接到高嘉謙私訊，他前一天和幾位台北同鄉，去看過因胃潰瘍住院的李永平：

> 他很感慨，孤家寡人，沒親人在旁，對疾病恐懼。可以感覺到他的無助。他問起了你的身體狀況。說可惜太遠，現在沒辦法去看你了。甚至有點激動說，當初訪談怎麼會說自己不是馬華作家呢。現在來看他的多是同鄉舊友。他要我轉達，叫你不要再生他的氣了。

之後確診大腸癌末期，瘤甚大，心臟功能差，醫生不敢動刀。五月二十一日，遂北上，約了張錦忠和嘉謙在捷運某站，轉車到振興醫院去。病床上的李永平看來頗精神，只是比上回見到時瘦多了。我們握一握手，他的手甚有骨力，戲謔式的說：「黃錦樹，你聽好，我親口告訴你，我承認我是馬華作家！」「我承認我是馬華作家！」說了兩遍。

此前數年，在多次訪談中他力辯自己不是馬華作家，說他寧願被歸類為婆羅洲華文作家云云。我曾寫過幾篇隨筆批評這種「遺棄窮老母」式的態度。一個出生於馬來西亞的作家，名氣大於馬華文學（那其實一點都不難）後，理該設法為它的存在盡些心力，而不是略帶輕蔑的把它甩開。當然，那種不願被當成小地方作家的心態，也是可以理解的——在黎紫書及梁靖芬的訪問裡，都可以看到類似的表述。話說回來，即便是賈西亞・馬奎斯，不會恥於被稱做是哥倫比亞小說家；我們提到波赫士時，也必然提到阿根廷；卡爾維諾，艾柯，義大利作家。

更何況，他在台灣文壇被邊緣化之後，只有錦忠和我、嘉謙這些同鄉（加上榮譽大馬同鄉王德威教授）持續的給予關注，不乏善意的評析他的新作。

癌末，如果不治療，一般就只剩兩個月。

## 二

一九四七年出生的李永平，大我足足二十歲。一九六七年，我出生前兩個月，他從婆羅洲遠赴台灣求學。他來台時，比他大幾歲那些唸外文系（西語系）、組成星座詩社的同鄉（如王潤華一九四一，淡瑩一九四三，洪流文一九四二等）多已完成大學學業（且出版了詩集），或繼續在台深造，或赴美留學，或返鄉就業，詩社活動基本上已經結束了。

去年十一月，比李永平年長七歲的鄭良樹（一九四〇—二〇一六）教授過世。鄭是第一代大馬留台人，也是第一位在台大獲中國文學博士者，專長是版本校讎考證之學，是彼時中文系的正統，執教馬大中文系多年。誕生於白色恐怖戒嚴時代的台大中文系，退回乾嘉樸學以自保，不教現代文學，更不教寫作。想寫作的人都得選擇外文系，李永平也不例外。

沒有東西可以繼承，每個人都必須重新開始、自己開路。

大概在一九八八—八九年前後，其時就讀台大中文系的我，在大馬青年社和幾位朋友，嘗試藉由訪談、小論文等方式初步整理已近而立的「大馬旅台文學」（從文學史角度，或視之為「文學特區」）。思考如何突破馬華文學的存在困境、思索馬華文學的典律建構時，旅台幾個世代的文學實踐是最重要的參照。那是遠離馬華革命文學、馬華現實主義的意識形態桎梏之後，在相對自由的時空裡，接受新資源，自主發展起來的。除了星座和神州詩社那些寫作者之外，其他的受關注者都和文學獎有關——在民國台灣三十年的文學盛世裡，不限國籍只看作品水平的文學獎是最重要的承認機制，得大獎也就意味著作品水平堪與此間佳作比肩。思考馬華文學典律時，不可能繞過它。

一九八六年十月《吉陵春秋》獲時報文學獎小說推薦獎，那絕對是個事件。那時我剛抵達台北不久，猶記得它引起相當廣泛的注意，名家如余光中、龍應台等均撰長文討論，推崇備至。其時李永平剛過三十九歲，那可說是他文學聲譽的最高峰。以致他次年毅然辭去中山大學教職，隱居南投山上，接受《聯合文學》每個月兩萬元的補助，全心投注於《海東青》的寫作，隨即在《聯合文學》上連載，密密麻麻細細艱澀的漢字，如滿山遍野的石頭與荊棘。

一九九二年《海東青》出版，九百多頁，反響卻不如預期。

那年，我在淡水唸碩士，寫了篇稍長的書評〈在遺忘的國度〉，連同之前寫的關於他的著作的評論，影印了給他寄上，隨函詢問一些問題，他也很客氣的回了兩封信，掃描件最近作為附錄收入高嘉謙編的《見山又是山：李永平研究》。其中一封信針對我批評《海東青》的序（〈在遺忘的國度〉），他顯然頗不以為然：

你在論文提到我在「海東青序」中所表現的保守與反共姿態。熟讀文學史的人都知道，很多文學作品的「序」只是「幌子」，不能盡信的。讀者應挖掘字裡行間所隱藏的真義，找出它「話中的話」，配合作品本身來閱讀，作者的「胸中丘壑」即呼之欲出矣。（一九九三年五月六日）

顯然他認為那篇〈序〉裡存在著隱微表述，不過我還真的讀不出來。因此八年後寫〈李永平與民國〉（二〇一一）時，重讀那篇不合時宜的〈《海東青》序〉，依然把它「當真」——它讀來不像是「幌子」，比較像是篇檄文，正經八百的，讀不出任何反諷的氣味。新版《海東青》把它拿掉了。我的判斷是，李永平一直是個僑生，他愛台灣這個民國（我稱之民國—台灣），而不是日本殖民帝國的子宮孵育的那個絕對親日的台灣。

在〈李永平與民國〉裡，我引以對照的，是二〇〇〇年政黨輪替（民國在台灣再死了一次）後陸續發表的、以「朱鴒」（李永平漫遊路上的倖存者）為受話人的抒情短篇，〈初遇蔣公〉之類的篇章。研討會上，講評人廖咸浩教授不同意我的看法，認為太簡單，他舉了部片名有列寧的電影，認為應該「正言若反」的處置，比較複雜有趣。只是，我依然看不出那幾篇小說的「話中的話」，找不到表層敘述之外的、作者的「胸中丘壑」，不能刻意求深。就像那年（二〇一一），在百年小說研討會上讀到詹閔旭的《海東青》論，他別出心裁的解釋說，那敘述者靳五是不可靠的敘述者。我的回應是，如果是的話，那不知道有多好，可以為小說增加幾多複雜度——可是我看不到任何有力的證據。我總覺得，李永平太認真了，他的小說裡沒有笑聲，就好比他筆下的婆羅洲森林，鳥和植物的種類過於稀少（這後一點倒是吳明益的發現）。

另一封信有這麼一段：

> 拜讀了「神州」一文及建國兄的「為什麼馬華文學」，感覺很好，尤其你那篇，對《吉陵春秋》的論述不多，卻是一針見血，真讓我開心。……我的創作企圖，騙得過別人，卻瞞不了你和建國兄這兩位馬來西亞出身的批評家。這是我感到最「窩心」的地方。（一九九三年五月十二日）

「神州」指我的〈神州：文化鄉愁與內在中國〉（一九九一年初稿）（收於《馬華文學與中國性》），信中談的應是我論文比較枝蔓臃腫的早期版本，談《吉陵春秋》的那段文字後來應是被我自己刪掉，或移到別篇論文去了。函中也肯定了〈為什麼馬華文學〉對《吉陵春秋》的「別解」。在〈為什麼馬華文學〉的第二節「李永平與『南洋』的對話」，指出「『南洋』是李永平出生、成長和長大後被他透過社會實踐（寫作《吉陵春秋》）所『遺棄』的世界」，對照李永平前妻景小佩滿是激情的伴夫返鄉記（〈寫在《海東青》之前——給永平〉）——這篇

「返鄉記」狠狠打臉那些把《吉陵春秋》看作是「一個中國小鎮的塑像」的論者——可以清楚看出《吉陵春秋》藉由精細的書寫策略，把「南洋特性」刷洗得乾乾淨淨。擺在馬華文學的典律形成的脈絡中，這樣的案例當然很有趣。我的〈華文／中文：「失語的南方」與語言再造〉（一九九五）、〈馬華文學的醞釀期——從經典形成，言／文分離的角度重探馬華文學史的形成〉（一九九一），李永平都占了重要的位置。他是中文最激進的實踐者，也可能是一向沒有作者的馬華文學的第一個作者。

但《海東青》似乎是李永平傳奇的分水嶺。之後，隨著大環境的改變，即便在學院裡，關於他的小說的討論也越來越少。以台北的「當下現實」為對象的《朱鴒漫遊仙境》（一九九八）的「現實主義」風格評價不佳，此後，他的小說終於回返婆羅洲了。但自《海東青》後，李永平小說引起的關注，再也不如他的晚輩們。不論是比他小十歲左右的那個世代（張大春，朱天文，朱天心等），還是小二十歲左右的世代（駱以軍，袁哲生，邱妙津等），自負如李永平，一定很不好受。獲頒第十九屆國家文藝獎，對他來說意義非凡。這承認來得太晚。但有，總好過沒有。至少他很開心。雖然我也不知道這獎到底有多少分量。比較可惜的是，馬來西亞《星洲日報》的花蹤世界華文文學獎一直不肯頒給他，寧可一再頒給其實不需要它的人。給他，其實是雙贏，兩利。

被邊緣化後，在《吉陵春秋》、《海東青》中顯現的對小說本身的野心（小說的實驗性），卻似乎變淡了。實際上並沒有完成的《海東青》，它的整體構思到底是怎樣的（理應是頗具實驗性的），也不得而知了。但《海東青》（已完成的部分）開展並復活的那種古老的漫遊體——藉由一個漫遊主體，一趟旅程，鉅細靡遺的雕鏤細節，特寫之；敘事減速，低度戲劇化。

那不得已而為之的漫遊體，根本的指涉了他自身的在場，及存有的樣態。然而，漫遊者在敘事中的在場讓它只能採用限制觀點，太意識到自己的浪子存有，學者式的認真讓那觀點不可能是不可靠敘事，因而限制了小說自身的可能性。於是乎自小說的深處發出的其實是一支清朗的、抒情詩的聲音——不管它出自靳五，少年永，還是那隻紅色的青春小鳥朱鴒——即便它覆蓋以數百萬計的漢字大軍。

漫遊體不止主導了他自己之後的幾部長篇，也多少影響了他的弟子門生如甘耀明、連明偉的說故事——認識世界的方式（《邦查女孩》、《番茄街游擊戰》、《青蚨子》）。

蓋棺論定，《吉陵春秋》可能還是他文學上最高的成就。但《海東青》卻堪稱是個偉大的失敗，像一艘擱淺在沙漠上的巨大戰艦，赤金色的鏽光依然飄散著殺氣。《新俠女圖》則見證了他在自己的戰場上，奮戰至戟折力竭，血染戰袍。

## 三

一九九三年通過那兩封信之後，我們就再也不曾聯絡，我也不曾動念探訪這位大隱於市的前輩。我們的小說觀相差太遠，我也早已過了能從前輩受教的年齡，也沒有什麼問題想問他。我猜，我們這些後輩的作品他多半不會去看，更別說對話，或在文學史裡確立彼此的位置。

忘了是什麼因緣，二〇一二年十月，幾個同鄉相約到淡水去看看李永平，那是我居台二十六年第一次見到他。同行者李有成老師，張貴興、張錦忠、高嘉謙和胡金倫。自東華退休多年、潛心寫作的他，那時大概剛動過心臟手術，心臟功能剩下不到一半。戒了菸酒，看起來比照片上的樣子瘦很多。他說華語的腔調和我們相當不同，比較戲劇化，有明顯的高低起伏。「像唱歌那樣。」王安憶曾如此形容南馬華人的華語，但我們身在其中，聽不出來。

那之後，台北同鄉的臉書時而會見到他的身影，及一些老朋友的臉孔。久而久之，還真的有些許同鄉會的意味。及至今年五月重病，遠親不如近鄰，比他小三十歲那一代的子姪輩同鄉呵護尤多。

二〇一七年九月二十四日初稿、二十五日補

# 遺作與遺產

在留台馬華文學的系譜裡，李永平是比長他幾歲的星座詩人更重要、更有成就的寫作者。對我們而言，他也是留台作家中，第一個重要的「死去的作者」。雖然李永平一直不情願被歸屬為「馬華作家」，我們還是只能姑且在這脈絡裡談他的文學遺產，雖然他更正確的位置或許是民國文學。戒嚴冷戰時代，在自由中國寫作；解嚴時代，在島嶼寫作。國籍身分歸屬是中華民國。不管情不情願、自覺不自覺，李永平都難以逃避的被捲入身分的困擾。他的寫作歷程，在在的見證了這一點。箇中關鍵正是語言的選擇。所謂的見山是山／不是山，究其實還是語言問題。

在晚年的談話裡（二〇一六年十一月二十六日「馬華文學高峰會：李永平vs.黎紫書」，馬來亞大學中文系），他首次談到他語言上的困境，在一開始寫作時就遇到了。他的表述有兩段是聞所未聞的，是他赴台前的歷史。高一那年，來自中國北方的華文老師針對他習作的語言批評說：「可是你那個語言怪怪的，不是地道的中文，不是純正的中文，帶有奇特的、讓人不舒服的南洋風味。」老師建議他讀魯迅、茅盾、老舍的小說。他以此創造了一種「滿有北方風味，比較純正的華語」來講述伊班人的故事，投稿報紙時卻被退稿，副刊編輯還寫了封信罵他：「你聽誰的話，要用一個你欣賞的語言，所謂純正中文，來講一個發生在南洋的故事。這是很糟糕的行為，你這是造假。你知不知道，你如果要成為真正的南洋作家，你一定要用我們婆羅洲使用的華語，來講述婆羅洲的故事。」（十一）[1]「經過一番調整之後，李永平寫了歌頌族群和諧的《婆羅洲之子》，那是他蝌蚪時期的寫作。之後來台，寫了〈拉子婦〉。其時台大外文系主任，文壇泰斗顏元叔批評他的中文「怪怪的」，建議他把中文「調整一下」。他認真的聽了，通過細讀幾部中國經典章回小說，「用我自己塑造出來的中國北方語言」（這倒很符合胡適「文學的國語、國語的文學」的指示），完成了《吉陵春秋》，大獲好評。

這時是見山是山呢，還是見山不是山？

李永平之所以走向純正中文，不止是因為他說的顏元叔名氣大、「是文壇的重將」；更根本的還是因為，那時的台北文壇，基本上是由一九四九年以後隨國民政府南渡的外省移民掌控的「自由中國文壇」，以標準語（國語，純正中文）寫作方可能受到充分的肯定，方符合主流意識形態。「怪腔怪調」會被看作是次一等的，這當然是經過慎思之後的選擇。雖然李永平在那次對談的末尾說，他當初不該聽恩師的話選擇純正中文，應該「堅持那種被認為不純正、不道地、具有怪怪南洋風味的華語，以這種華語為基，加以鍛鍊，把這種語言提升到文學的境界，成為文學的語言。」（十五）他還說，如果那樣，「今天李永平的地位會更加崇高」。我懷疑那不過是在星馬客場，迎合星馬華人的場面話。

問題在於，一心航向中國的李永平其實不曾「要成為真正的南洋作家」，而「要成為真正的南洋作家」是否必須「用我們婆羅洲使用的華語，來講述婆羅洲的故事」則是另一個困難的實踐問題[2]。選擇航向中國，也就注定了他文學上的最高成就只能是《吉陵春秋》。

而這問題，關聯著另一個問題：李永平或許幾乎位於留台馬華文學的開端的位置，但從他多年來的訪談和對話，其實看不出他對馬華文學作品（不論是前代、同代，還是晚輩）或「婆羅洲華文文學」有什麼閱讀[3]，更別說有什麼意見。不願被歸屬馬華文學看來是根深柢固的，對這支沙漠淺溪般隨時乾涸消失的文學史當然也不會看在眼裡，當然更不會有任何對話。這和他數十年來疏遠婆羅洲或許是基於同樣的心態結構，那讓他的婆羅洲寫作帶著強烈的空中樓閣色彩，有強烈的時差。當年王德威論定《吉陵春秋》只是「小規模的奇蹟」，他的文學遺產對我們而言也許也只能是「小規模的奇蹟」。因為，在民國這艘注定要沉沒的破船上寫作，本來就是件困難的事。身為永遠的異鄉人，他被分派的位置，終究只能是「見山不是山」。

因此，李永平所象徵的開端注定只屬他個人，那自我選擇的孤獨行跡沒有未來性，無法繼承，太個人化，帶著悲劇色彩，或許也不值得繼承。

1 李永平，〈我的故鄉，我如何講述〉，收於高嘉謙編，《見山又是山：李永平研究》（麥田，二〇一七：九—二〇），亦收於《見山又是山：李永平追思紀念會暨文學展特刊》（文訊，二〇一七：一九—二四）。類似的表述亦見於李永平和許通元等的對談，〈從婆羅洲到北台灣——李永平的文學行旅〉，《蕉風》五一一期，二〇一七年七月，頁六—二一。

2 什麼是「真正的南洋作家」本身就是個問題。

3 我甚至懷疑他是不是有讀過張貴興的小說。

雖說作家多少都會留下一些遺作，但如果是未及寫完的，一般來說也不會太重要。近年中文作者裡，最可惜的當數郭松棻，留下大量未完成的手稿，大概也沒人能整理。相比之下，李永平還算是幸運的，生命的最後十年幾乎完成了超越之前三十年的作品數量。

但《新俠女圖》即便寫完了，也不會太重要。它太簡單（作為類型小說，它的陳規套習太多，難出新意），注定遠不如《吉陵春秋》。《新俠女圖》當然不是南洋故事，它比《吉陵春秋》離婆羅洲更遠。武俠小說作為一種類型，它的特性就在於它的時空體是純粹的中國，一些傳統中國的價值可以不受挑戰的呈現，譬如忠、孝、仁、俠義等。那是個極其浪漫的空間，海外華人鮮有不受武俠小說濡染者，因此祖國情懷常投射到那個純粹中國的「江湖」。《新俠女圖》的文字沒有《吉陵春秋》那麼講究，故事情節也不令人驚豔。以一個不諳武術的旁觀的參與者／參與的旁觀者為敘事者，且以成長小說的進路來開展，如此，那「俠女」總是在距離之外（即便敘事者有時得以貼身觀察）。這樣的設置，未及寫完的部分就宛如敘事上的省略——反正敘事者經常不在場，他其實是那傳奇故事的局外人。依這部小說的後記〈白玉釵之死〉透露的訊息，這武俠敘事的旁觀者李鵠是作者的祖先，點明這部未竟的武俠小說是尋根之作[4]。未竟的尋根，少年李鵠十五歲，和《大河盡頭》的主人公「少年永」也是十五歲，婆羅洲與神州，為這部遺作寫序的張貴興沒說錯，這神州的未竟之旅，其實是一趟「南洋少年歷險記」。少年歷險記，是李永平最愛的敘事類型。那是史詩消亡之後，最接近童話的敘事類型。這樣的偏好可以說是有點天真，一如李永平中年以後熱中的漫遊體，也是史詩崩毀的剩餘物。《新俠女圖》的未竟的尋根，似乎暗示了，這樣一趟寂寞的寫作之旅，終究只能是見山不是山——或許根本就沒有什麼山，只有蜃樓。

4 關於尋根、武俠小說與武俠片對戰後南洋華人的意義種種，詳張錦忠的書評〈從《朱鴒書》到李鵲書，未完的武俠夢，逝去的武林：評李永平的《新俠女圖》〉，https://www.openbook.org.tw/article/p-19482。

# 荷盡已無擎雨蓋

## ——一個「盡頭」的故事

好像一切都還沒有開始
在海　或是銅板的反面。
衣櫃後的牆　牆上的洞　洞的深處
雨無休止的下著
回到了謹慎開始的那一個房間
邊界緩緩移動向無可臆度的黑暗
在另一個可能的過去
我的眼睛曾是黃昏最疲憊的商旅

——剪貼自夏宇，〈十四首十四行〉，《腹語術》

二〇〇八年在高雄由哲研所主辦的一場「舞鶴作品研討會」上，我因為沒題目做，就提了篇百無聊賴的論文〈巫言廢語：關於兩部長篇小說的評注〉。把舞鶴的《亂迷》和朱天文的《巫言》這兩部新出版的長篇相提並論，都做了不是那麼正面的評估。我知道兩位作者對我的評論都不滿意，猶如我對那兩部小說不滿意。我和舞鶴沒交情，當然不必管它。但天文就另當別論了。那時我就暗自做了個決定：以後最好是別再批評這些同代人的著作了。換句話說，我的「文學批評事業」有走到盡頭的感覺。之前對《古都》的批評，天心也是不滿意的。但文學批評本來就是「危險的事業」。雖然朱家很有雅量，多年來也一直容忍我對她們著作的批評。

再上一次有這樣的感覺，是在二〇〇二年，我寫了兩篇論文批評胡蘭成。用詞尖刻，毫不留情，我知道胡迷們很不高興。剛寫完時自己心裡也有幾分忐忑，擔心朱家姊妹會介意，曾私下問過駱以軍，他掛保證說：不會怎樣的，她們不會放在心上的。但胡蘭成是她們的恩師、近乎半神祇的存在啊。果然也沒事。照樣吃飯、喝咖啡，我也鬆了口氣。

猶記得那之前數年，我曾寫了篇論文批評張大春，據說當時他的哥兒們、一個姓中有剪刀、愛吃泡菜的傢伙還想依江湖規矩，到中部一探我的底呢。

這是因文學評論而衍生出的交誼。先是〈從大觀園到咖啡館〉，再後來是〈神姬之舞〉。前者在研討會上發表後，大概曾經寄了個副本給朱天心。後來她嘗試聯絡我，想把〈從大觀園到咖啡館〉收進麥田「當代小說家系列」作為附錄。寫了幾封信（及書）都沒聯絡上，因那些年我一直在搬家，知道後回頭去找也沒找著，可能被識者收藏了。那篇論文，當時是好友現在已不是朋友的一位朋友讀了說，「是對朱天心作品最強悍的保衛。」那時的文壇，已依藍綠分裂了。

之前我從來沒有和名作家接觸的經驗，此後為研究胡蘭成（從〈神姬之舞〉延伸出來的議題）而以電話聯絡上天心時，我應該已經搬到埔里了。而因〈神姬之舞〉，天文把我介紹給王德威教授，他迄今仍是學界對我最為禮遇的前輩。

第一次造訪朱家，為兒子辦理馬來西亞國籍而北上，唐諾兄特地從鼎泰豐買了好吃的，在朱家慶生。那時我還不認識駱以軍，因研究需要駱的非賣品詩集《棄的故事》，知道他們情同姊弟，即商請她們幫我邀駱一敘，向他要本《棄的故事》。大概就認識起來，其後數年陸陸續續有多次飯局，都相約在有美食的地方。駱吃素，但他是席上的開心果，總有新的糗事可以分享，總是笑嘻嘻的被唐諾虧。那樣放鬆而悠長的下午，彼此完全信任的天南地北無目的的閒聊，唐諾總有講不完的笑話。他記性好，讓席間幾乎都是他的聲音。我總是像小動物那樣安安靜靜的吃，吃完睡眼惺忪的聽著滿室的話語和笑聲，偶爾插一兩句話。回想起來，真有隔世之感。

那時駱開著輛白色的、好似反覆報廢過的破車，整部車宛如被捏扁過又攤開來那樣的多皺褶，已殘破到違反我們對「車」的想像的地步。

有一陣子駱的經濟很不好，他們明的暗的幫了不少忙；就像兄姊照顧弟弟那樣，駱還常引述那之前天文給他的信中有「相濡以沫」四個字，我還真有點羨慕。那時想，倘是窮困的大學時代遇到她們，也許也會起依賴之心吧。但那時雛幼的我什麼都不是，除非能寫出點什麼否則你就什麼都不是。而我一直也有著局外人之感，她／他們談到的那些人那些事，都是我的小小世界之外的世界，但駱以軍一直是在那內部的，也許太貼近了。

那個充塞著笑語的房間，文壇。我是偶然經過，看見哪兒明亮，被友善的手招呼進去吃頓飯的。

飯局幾乎都是天心、材俊埋單。為了怕別人搶付錢，她們都是偷偷先結了才吃飯；或吃到一半偷偷去付了，少數幾次由駱以軍搶得。我是一次都沒有，總是慢半拍，連咖啡都搶不到。因此越到後來越尷尬，那樣子白吃白喝真不像話。而我有正職，有穩定的收入。因此有時只好挑一些我認為有意思的大陸書給他們寄去，多少可以沖抵我的虧欠。

在六高開通前，甚至高鐵運作前的那個年代，只能坐公車。四小時左右的車程，高速公路從台中下交流道，穿過台中市，或沿著中彰再切向埔里。夜間的車，車內燈熄了沒法看書，也不總是能睡著，往往醒著睜著疲憊的雙眼，焦躁的等待旅程的盡頭。天荒地老的無窮無盡的路，抵達時心裡總會放下心頭大石的默唸一句：「旅程結束。」回到家疲憊得被蚊子叮都沒力氣打。

再後來，有些我不是那麼感興趣的朋友加入，我就更加的自我邊緣化了。兼之他們間漸有了齟齬，我就更自我疏離了。本來就不是喜熱鬧的人，席間每每多聽了不該聽的文壇江湖祕密，有時也不免會擔心哪天我的「祕密」也會被不認識或討厭的人分享。

漸漸的北上（無非是研討會、論文口試之類的外務）就避免太頻繁的相聚，總是開了會就走。有的台北朋友十多年我都沒找過一次呢。

經常相聚吃飯的那幾年，駱大量寫作，迭獲好評。也橫掃各種好書獎什麼的，但他習慣性的自我貶低，好像害怕他突然的明亮會引起可能的不安，刺傷別人的眼睛。那時唐諾已半開玩笑的稱駱是台灣文壇的「小說一哥」。但《遺悲懷》這部被王德威高度評價的小說，在某個層面上，或許還是越界了。加上其他有的沒有的誤會，突然間事情好像變了調，有個裂口逐漸張開。應了句老話：「天下沒有不散的筵席」。

駱肥是濫好人並不是新聞，朋友的作品找他「寫幾句話」，一定是通篇讚美。甚至有時他給A君寫的看不出和給B、C、D、E、F君的有何不同（以致張萬康要自嘲是被花花公子騙了）；但天心也用「最高級」的讚詞封賜過張萬康啊；唐諾不是也說過《亂迷》「精采得不得了」嗎？是數量之間的差異嗎？

在文學獎的場合，我親見駱對學生輩的普通作品也不乏誇張的褒揚，那是我做不來的。但有時我也會想，我的吝於獎掖是否也抑制了學生試探的勇氣？

我怎樣也弄不明白，他們之間到底發生了什麼事。往覆寫了多封信，也仔仔細細的問過共同的朋友，好像也沒什麼失德叛國之類真正大不了的事。也許我畢竟是局外人，只能透過牆上的裂縫偷瞧，光不及處，我就看不到了。我曾譫語：胡蘭成屁股上的那幾個腳印都是我踹的，她們理應更痛恨我才是啊。至於別人夫妻間的事，對我來說，更不該有什麼意見。

我最後一次嘗試調停是在二〇一二年十二月中旬，趁研討會之便，約大家吃飯（一樣由不得我付錢）。吃飯喝咖啡時一切都如往昔那般輕鬆美好，我也如釋重負的以為問題解決了。但回來後不久，就看到《印刻》一月號上那篇猛烈批評《西夏旅館》的〈叛國的六十二歲間諜卡瑟爾〉

（收入《盡頭》）。我讀了無限感慨，對駱說，這回好像真的回不去了。他和朱家的友誼，也許真的走到盡頭了。

依雜誌的作業，作者多半在我們那場「為了告別的聚會」前半個月就交稿了，收入《盡頭》的版本並沒看到有怎樣的修改。《西夏旅館》當然不是不能批評（我自己就寫過兩篇），但總是聞到唐諾那文章裡頭有一股難以言喻的惡意。當年我私下也曾建議駱《西夏旅館》應該刪掉一半，沒必要學步董啟章搞冗長臃腫那一套。猶如最近我即認為《盡頭》如果能壓縮成現有篇幅的三分之一，或許會更有分量。但那話我絕不敢對唐諾說，可見我也漸漸的世故了。

剛開始認識時，看得出她們在努力疏通我與張大春之間因評論引起的「嫌隙」（對我來說那其實無關緊要，我本來就不認識他，也沒必要怕他）。其後的「經典之作」，是地震後安排我一家三口半年的小住龍潭，就在老張龍潭別墅隔壁無家具冷到要命的空屋裡。那半年大概也是我跟台灣（外省）文壇最接近的時刻。老張的態度也和善，就像一般的朋友那樣。但此後也談不上有什麼交情，就只是認識而已。也沒有任何後續的往來，彼此也互不贈書、不通音訊。再如她們也努力溝通我和老初（好似有什麼大不了的江湖恩怨），但我反正也就這樣，一切跟著感覺走，不喜歡《印刻文學生活誌》，沒想過要加入印刻幫。

我一直是台灣文壇的局外人，這一點我很清楚，也不奢求什麼。

二〇〇五年為了《土與火》的出版，編輯胡君建議我請朱天心寫篇序，剛開始她婉拒了。但編輯相當堅持，我只好又去信。為免「好事變壞事」，最後她勉強寫了。但〈作家的作家〉這拉美文壇封給波赫士的「最高級的」讚譽，卻讓我非常難為情，多年來頭上好似套著個挖了兩個洞的牛皮紙袋。序文也暴露了好些我自己還不想公開的私事。那時出版社甚至建議我弄一個書封，找一群人手拉手掛名，神經大條的胡君竟然不覺得那是在羞辱我——當然可以理解他怕書賣不動的心情——但大大破壞我此後出書的心情。不過這也是題外話了。

我想我們在小說觀念上的分歧應該是非常大的。這部分到目前為止我也還沒辦法完全釐清。我只能隱隱感覺到，她們背後有胡蘭成牌圓規的巨大影子（借橋本忍對劇本寫作的用語）。

又譬如《盡頭》裡可能每數頁就出現一次的波赫士，也不像是我們認識的那個（也許是「另一個」）；多次出現的那個卡夫卡好像被壓路機輾過的，很扁平，就像張大春《小說稗類》裡那被捆綁在鐵床上的、格局窄小的可憐傢伙。名字出現頻率最高的昆德拉，被唐諾當作眼睛和準繩。但昆德拉和納博科夫都是偏見很深的讀者，對作家作品常做出離譜、片面、誇張的論斷。昆德拉的卡夫卡論和奧威爾論都是顯例。他看扁奧威爾，渺視他的原創性，無視於奧威爾的寫作有英殖民地緬甸的嚴酷參照；他偏愛的卡夫卡是其文體的貧乏（非常形式主義的立場），而不是他敘事底蘊的神祕深奧，猶太人千年離散的哀婉。後者從本雅明、德西達、德勒茲、阿甘本，都有極其深刻的發揮。而目空一切的納博科夫，是絕對的形式主義者，從《固執己見》就可見出他的底線。

與朱家的文學因緣我一直不想談，就是不想讓人誤會我依附名人以求顯，就像我從不找名家為我的書寫推薦序。但如今我覺得自己老了（姑引我未寫的隨筆〈晚年〉中的一句話——估算晚年，應該從生命的盡頭倒數過來——這一點我同意《盡頭》裡的看法），有的事不妨就攤開來一談。

唐諾曾戲拿我的文學評論和王德威比較，說老王是送花籃的，而我是送花圈的。這樣的區分其實意義不大，唐諾自己近年似乎也頗不吝於給盟友們送花籃，給因故漸行漸遠的故友送上大大的花圈了。

這篇寫於二〇一三年十一月的舊文，原題〈開始〉，它的最後一句原是：「我希望這回我送的是顆種子，水土如果合宜，可以發芽，重新開始。」其時給駱、房兩位朋友看，他們建議先不要發表，以免某些當事人覺得尷尬。朱天心快意揚惡的《三十三年夢》出版後，這層顧慮自然就消失了。當時擱下此文的友人之一且感慨：「早知道，就讓它發表，好驗證那顆種子是否會發芽。」一個回神，兩年過去了，埋藏的種子早已化成微小的塵埃。二〇一五年十一月記。

這篇文章刊出時，端傳媒的編輯認為主標題〈荷盡已無擎雨蓋〉對讀者而言可能太冷僻，建議用副標做主標。

蘇軾〈贈劉景文〉是我們中學時熟背的詩，涵意豐富（可看劉秀美的解說，〈菊殘猶有傲霜枝〉，http://www.merit-times.com.tw/NewsPage.aspx?·unid=154161，二〇〇九年十一月九日）。

當年借以為題當然寄託了很深的感慨。原本兩邊都是朋友，但時移事往，竟爾寶變為石，而我的朋友本來就不多。荷是朱家愛用的典故，繼承自胡蘭成。菊曾是高雅之物，但在當代，基本上就象徵葬禮，但「傲霜枝」的意象還是很有意味的。雖然和朱家姊妹相差十來歲，我和駱的個人生命史都有入冬的涼意了（穆旦詩句：「這麼快，生命已到了冬季」）。橘子是我愛吃的，一直視為是台灣冬季給我的最好的禮物。二〇一九年一月四日又記。

# 在冷藏的年代

## 雲南園的膠林

遼闊的膠林滿山遍野，
靜靜的河水流下了膠林。
割膠工人的苦難水樣長，
我們的血汗流也流不完；
膠價天天落物價天天漲
可憐的孩兒三餐吃不飽
多少個黑夜我們在盼望
盼望著陽光照遍膠林
長空萬里呀烏雲遮不住

## 勝利的歌聲傳遍膠林（〈膠林之歌〉，白首詞曲）

這半年來為編一部以膠林為主題的馬華文學選集，費了不少心力。大部分文章來自於既有的文學累積，從三〇年代以降的南來作家（如饒楚瑜、蕭村、方天），經「有國籍的馬華文學的本土世代」（譬如冰谷、魯莽、王潤華）到我們當代的年輕作者（從廖宏強到曾翎龍）。少部分是特別向同代人徵稿——包括張錦忠、莊華興、莊若等。編著編著，我和錦忠說，越來越有編《我們留台那些年》的fu了，因為這涉及一段生長於斯的人共同的情感記憶。如果說留學是逐夢，那割膠（甚至膠林生活）是好幾代華人沒有得選擇的生活方式，箇中悲歡不足為外人道。但膠林即將消失，那種特殊的生活體驗無可避免的也將在馬來西亞消失。

這過程中，偶然聽到〈膠林，我的母親〉和〈膠林之歌〉，產生於馬來半島橡膠業的黃金時代，也是左翼青年最昂揚的年代。歌詞有五、六〇年代慣見的左翼青年腔調，哀嘆割膠工人的辛苦貧窮，召喚解放的希望。那聲音是誠摯的（高保中唱的版本），甚至青稚的（新加坡實驗劇場女聲小組，一九七三年，https://www.youtube.com/watch?v=f4bT_TqzF0s），在南洋大學被滅數十年後聽來，那「溫暖的陽光照不進」、「重重迷霧籠罩的膠山」，似乎都成了新加坡華文教育和南洋大學自身命運的寫照。從前代人的回憶知悉，早期南大雲南園是爿廣大的橡膠園。現在的我們很難想像新加坡也有過大片膠林，整個東南亞的橡膠種植，也確實是肇始於新加坡（植物園）。

恕我孤陋寡聞，為〈膠林之歌〉作詞作曲的白首不知何許人也，那署名如匿名。但由莫澤熙作曲、雨洲作詞的〈膠林，我的母親〉雖然歌詞稍遜，但一樣悲亢（https://www.youtube.com/watch?v=xE_iUPMNb1Y，高金保演唱，中藝民族樂團伴奏。一九七〇年代錄製），從網上查到的資料顯示，這時代的悲歌的作曲者莫澤熙是新加坡的音樂天才，過世後親友為他編了紀念文集《膠林，我的母親》，那書我尚無緣得見，讀過的人說：「《膠林》一書反映，莫澤熙在一九六三年音樂晚會之後就從舞台上消失。他的退出雖以健康為理由，但實際上是『受到客觀條件的限制』。」那「客觀條件」，不言而喻，老李的爪牙強勢介入了。「上大學是莫澤熙的夢想，……一九六四年，他進入南洋大學中文系的先修班，……然而也在這個時候，南大校園發生大逮捕事件，他是百多名被捕者之一。出獄之後生病，輟了學。」（均引自莊永康，〈琴家莫澤熙——對新加坡音樂史的一點省思〉，http://www.hugodisc.com/ygkx/news.asp?News_ID=1109）一九六三年，冷藏行動之年，南大爆發學潮；次年又爆發一次，致六二七大逮捕（見丘淑玲，《理想與現實——南洋大學學生會研究一九五六—一九六四》第六章）。莫澤熙不是那歷史舞台的鋒頭人物，也不在官方的冷藏行動之列，但他的舞台音樂夢顯然是被冷藏掉了，此後畢生「不務正業」於水梅盆景。南大的被滅，那連串的逮捕，深深的傷害了星馬一整代受華文教育的菁英。也難怪身在新加坡的王潤華，在大事幾乎底定後的一九七八年，會在散文裡感嘆，「在雲南園，我親切的橡膠樹都死光了。」（王潤華，〈在橡膠王國的西岸〉）那被傷害的一代人，是我父親的同代人。那時的馬來半島受華文教育的華裔菁英，如果不是往「紅色祖國」跑，就是往星洲，那最繁華最文明最進步而離家近的都會，去逐夢。但我父親不過只是一介膠農，連小學都沒能唸完。

在我寫作〈如果父親寫作〉時，考慮把小說中我的父親送去南大讀幾年書。寫信請教大半輩子在新加坡教書、親歷南大種種風波的麥留芳先生，他直言：「南大的入學標準很高的，你爸多半考不上。」南大對三種語文都有要求，不止是數理化。想一想，我爸還真的考不進去。於是只好退而求其次，讓我爸去旁聽。我因此查過那年代南大中文系的課，竟然和港台的中文系差不多，就是注重國學，食古不化。真不知道那滿腔熱血的青年如何能忍受那些安靜、慕古，不涉時務、連我都受不了的課程？看來我爸沒課可聽，我只好向某位留法的朋友借個姓、向聞一多借了鬍子、菸斗和才學，好空降一位老師給他。但我竟忘了順便讓他去體驗一下罷課和抗爭，那經驗對寫作還是有用的。

《蕉風》三〇二期（一九七八年四月）有個署名馬車行的作者（從筆調和文中透露的曾任職南大的經歷來看，似是老麥）發表了篇〈雲南園去來〉談到南大景致的美，也談到南大的紅、左，「據聞那時的南大學生，只有左派和右派之分。中立及無政治觀點的，就得停學，我的一位朋友是這樣轉校的。」（六四）「各路好漢回首當年進條校園路時，一番古道熱腸。總以為百年樹人，任重道遠。豈料招數未盡，峨嵋少林白鶴，統統殺到遍體鱗傷，狼狽落荒。有的在想當年，有的以為虎落平陽。……」（六五）南大內部的複雜，即便是多年以後的當今，那些「中立及無政治觀點的」仍然不敢多談當年事。老麥和王叔岷的回憶錄都語焉不詳，就可見出那不亞於老李言禁的左的氣焰餘炙猶在。〈雲南園去來〉的前兩期，有一首冷燕秋（老麥）的小詩〈風雨雲南園〉，筆調、武俠江湖比喻和感慨都與這篇文章相似：

深深的林園彷彿午夜疆場
已滿布蘇苔的步階就更濕更長：
然而多少好漢仗義而蹈
又多少俠客落荒而逃

最後結以「也不問窗前古柏看盡多少英雄際會：有人韜光養晦，有人一去不回。」（《蕉風》三〇〇期，一九七八年二月，頁七〇）

一九七八年到底發生什麼事呢，那麼感慨？

也曾任職南大的台灣學者古鴻廷在一篇專論中寫道，「一九七七年八月，南大理事會宣布停止校長的職務，成立一個四人特別委員會，負責處理南大的新發展。……南大理事會並宣布調整南大現有課程，完全採用新加坡大學的現有科目，並表示願與新大聯合共同上課、共同考試，以提高南大學生的英文水準……。」（〈星馬華人政治與文化認同的困境：南洋大學的創立與關閉〉，氏著，《東南亞華僑的認同問題：馬來亞篇》，聯經，一九九四：一七五—一七六）那年，以華語為教學媒介語的南洋大學實質上已滅亡。

幸或不幸，我的家族網絡裡，並沒有人唸過南大，上一代沒人唸過大學。或許因此逃開了歷史的風浪，但也只能生存在歷史的外部。對南大人受的傷害，我只能間接的去感受。雖然那可說是星馬華人精神史的一大創傷。

## 在冷戰的年代

去年八月發表的〈我們的新加坡〉原本打算在李光耀過世後寫的，恰巧有個機緣就先寫了，限於字數及發表場域，有些話沒有說。〈我們的新加坡〉是向老李告別致意的，身為南馬人，總覺得欠他一份情。儘管我們不喜歡新加坡那種令人喘不過氣來的管制，那種菁英主義的社會等級制，但我很多親友都長期依賴獅城的工作機會謀生養家，這是非常現實的。倘若我沒有來台灣，多半也會小心翼翼的在新加坡討生活。

部分星馬華人一直希望有個以華語為主導官方語言的國家，再不濟，維持個華文大學吧；但自三〇年代以來，華人在東南亞一直被認為是中共的先遣部隊（尤其是以中共為思想主導的共黨活動），左翼華裔子弟令人難以忍受的祖國情懷，到他們老了的現在，也常毫不掩飾的展現，年輕時只怕是更赤裸更激越。五〇年代紅通通的新加坡華校，在冷戰的年代很難避免成為英美的眼中釘。務實的李光耀狠狠的把華人這文化政治血緣情感切斷了。這一切斷，也宣告在南洋華人與華語華文的連結以建立一個「真正華人」的民族國家的最後希望給斷掉了。「亂世之奸雄」李光耀因此被部分華人視為民族的叛徒，那是一點都不奇怪的。

把華文教育最小化，是韓戰後三十年內東南亞的常態，印尼泰國菲律賓的華語教育紛紛覆滅，大馬華校也歷盡劫難。在李光耀那樣的務實政治家看來，華人要在東南亞生存，就得採取土生華人（peranakan）的策略——對土生華人而言，華語，尤其是華文並非生存之絕對必要。接受當地語（印泰菲馬皆如此）和接受殖民帝國的語言，都是相對安全的，但殖民帝國的語言更方便和西方世界接軌，而免於受困於這樣那樣的地方主義。對當地人和「西方」而言，華語華文都是「麻煩」的代詞，我們的「華文」不被祝福，華人民族主義更是大麻煩。假若當初由說華語的老左領導被馬來世界包圍的新加坡，這語文和政治的包袱真不知道要怎麼解決。但從新加坡建國後數十年內，華語文在馬來西亞的艱難處境，其實並不難想像，它很可能會上升為國家安全問題，忙著搞這事就足以消耗掉國家前進的可能。另一方面，一直被詬病的冷藏行動，相較於同代東亞政治強人之處置對手（不論左右，史達林、毛澤東之大規模監禁、屠殺；蔣氏父子在台灣搞的戒嚴、白色恐怖，動輒槍決；波布在柬埔寨之不論男女老小，趕盡殺絕），老李的作為，幾可說是「仁慈」了。

在冷戰的年代，一九六三年，李光耀領導下的新加坡政府以冷藏行動，一舉逮捕了左翼的政敵，同年加入英國人主導的大馬來西亞；一九六五年，印尼蘇哈多在美國CIA策畫下的反共肅清五十萬人大屠殺。在東南亞，那可說是「美國主導的全球性白色恐怖」中，規模最大也最為殘酷暴虐者。在印尼，剿共同時排華，華人被屠殺，「紅色祖國」其實也幫不上什麼忙。

蔣氏父子在台灣的手段，與李光耀同世代的台灣人當然痛苦的領教了。但苦難無法比較，他人的苦難永遠比不上「我」（自身）、我家、我方的苦難。

而共產黨政權對敵人的「打落水狗」（精神肉體同時摧毀，外加鬥臭）的傳統，五〇年代末以後的中國，蘇聯，東歐，都有「精采」的表現。我們從卡謬的《反對者》、米沃什的《被禁錮的頭腦》、米蘭．昆德拉《玩笑》之類的早期小說、章詒和的《最後的貴族》等，都可以清楚的看見。換言之，如果當年反過來是李光耀這二毛子、帝國主義的走狗被對手逮捕，如果來不及或不肯流亡，多半會被弄成殘廢的精神病患——如果僥倖沒被處決的話。

## 獅子與玻璃球

最近十七歲新加坡少年因批評李光耀而被捕、被判刑，也可以看到新加坡本身的脆弱；自六〇年代以來，逮捕反抗的中學生也幾乎成了一種「傳統」。自建國以來，「治世之能臣」李光耀一直以獅子的意志，守護那玻璃球般脆弱的小小新加坡；誰想靠近，不管是意圖染指，還是玷污，都得受牠凶猛的一爪。輕則皮綻肉開，重則肚破腸流、頭破血流。誰也不能否認，他對他一手肇建的新加坡有強烈的愛，也盡力在守護。但那種控制欲過於旺盛的嚴父的愛，常會令人受不了。但老李最恐懼的，輕易能瓦解新加坡的種族衝突會不會很快回來呢？誰也不知道。

二〇〇〇年，我曾以小說〈猴屁股，火與危險事物〉撩了一下老李（小說中大賣回憶錄的那個「長者」），也用我自己的方式、移花接木的向冷藏行動下的老左們致意（〈烏鴉港上黃昏〉亦然）。二〇〇五年，又以〈目虱備嫁〉調侃一下小獅子。還好我人不在新加坡，也還好讀者不多。「亂世之奸雄」老李開不得玩笑，人生苦短，禁不起冷藏。

而我的心意，心靈嚴重受創的老左們多半也不會領情。畢竟魯迅在〈小雜感〉裡說過，人的悲喜並不相通。

二〇一五年四月四日清明節前一日，時血月在天

# 老麥和他的流放

我們那一代，領過國民政府的「華僑證」，英國的「護照」，馬來聯邦的「登記」。有些後來也領了其他外國的工作準證、移民證或身分證。這些，都只是方便就業、出國的證件，尚談不上「國家認同」……。具有這種混雜的工作和生活背景，國家認同從來不是一個問題。沒有就是了。我已多次轉換國家認同，多到我全部都放棄掉。為國爭光的人很多，不差我一個。

我也常問，一個科學、文學，或音樂的人才，他們的原籍有意義嗎？也像泱泱大國，我們是否也來給馬華文學一個血緣，一個國籍？……作家們的思維是天馬行空的，為什麼我們要用一個框框把它框著呢？他們只有一個認同，那就是他們的行業。

——麥留芳，〈獨醒的況味〉

我記得我最早見到麥留芳教授（我們私底下暱稱他老麥，後文亦省卻尊稱）似乎是在二〇〇二年間，那時我住暨大宿舍，他到暨大東南亞所客座，向我借腳踏車代步。麥師母和我說，他讀我的小說笑到從床上滾下來。那本小說，《刻背》，出版於二〇〇一，我應該沒送他。（在那本書，我還借他的姓來開個小玩笑，〈刻背〉裡有個東南亞專家姓鬻。鬻，賣也。）可能是東南亞所的朋友借給他打發無聊時光的。那時六高還未開通，從台北南下埔里，坐一趟台汽客運，單程就要四個小時左右，相當考驗屁股和耐性的。

讓他笑到滾下床的，應該是那篇同時拿馬共三面諜總書記萊特、和小巨人李光耀來開玩笑的〈猴屁股，火與危險事物〉吧。

此後多年，大概都有給他寄自己的小說集散文集，做解頤之用，雖然那些文章不見得都好笑。

最近一位馬華文壇老前輩給我覆函時順道提及，要我別再給他寄書了，因為他都會買，有時買了又收到贈書，就有兩本了。我回函時說明，這些年來我寄書的同鄉前輩只有兩位，另一位是麥留芳教授。為省郵資而一向寄水陸，有時書抵達還晚於書肆。自我檢討：其實該寄空郵的。但我也知道，我心裡其實預設了，這些受贈人不會買我的書，我自己也不介意。

有一回當面送他書，我在書扉頁上題「麥留芳老前輩」，他看了笑紋滿面漾開，對「老前輩」三個字似乎有點恐懼——在馬華文壇，我的名字大概早被等同於「殺老」吧。

老麥的笑容非常燦爛，直笑到雙目瞇成細線；但人非常敏感，這是我後來才慢慢領略到的。

我遇到老麥時，他開始退休了（我不知道他前後總共退休幾次），據說在國大待得不太愉快，那時似乎也還不到六十歲。有一回返鄉順道去他新加坡的別墅探訪，在空蕩蕩的書房裡什麼書也找不到，即便是他自己早年的雜文《流放集》（八打靈：蕉風出版社，一九七九）。他說，書分批送給圖書館都送光了。也許只在某處兼任工作的研究室裡，還留有若干專業參考書。那時我其實連《流放集》都沒讀過，某些旅台前輩手上可能有，但也不容易看到。

老麥的文字語感和南來文人（不論是滯馬的如白垚，或留台的——所謂的外省第一代文人）比較接近，有能力自由剪接鑲嵌文言故典，隨時用文言句法壓縮；前者的效應是古雅感，後者是簡淨，而且利於調節思路與情緒的速度。這麼做的基本條件，當然是對古文古詩有相當的涉獵，及持續的敬意。

我對那些文章的印象，是後來在舊《蕉風》上陸陸續續閱讀時形成的（包括他的現代詩），大概也一直沒讀齊，因為我的《蕉風》是嚴重缺期的。會比較認真慢讀，也許是認識了本尊的緣故。那之前，不論劉放還是麥留芳，對我而言都不過是個名字。錦忠倒是常提到這位故人，包括他寫詩時用的筆名，冷燕秋。

我們這些晚生的世代對自身文學傳統的記憶是殘缺的，如果沒有人特別引介，就不會知道，當然更不會去注意。幾年前讀到《蕉風》三三一期上的〈底沙茹〉（一九八〇），其中有十行詩好像是為我〈開往中國的慢船〉量身定製的，即補進再版的《刻背》（麥田，二〇一四）裡。那首詩寫的是種無鄉可返的流放感，比我的小說早了二十年。

早在一九八八年大學三年級時，我就在台北唐山書店買了麥老師的《方言群認同：早期星馬華人的分類法則》（中研院民族所，一九八五），精裝版定價二百五十元。扉頁除了簽名、註記日期和購書地點，還寫了四個字：「忍痛而購」。那些年，「忍痛而購」的往往是不得不買的必修課的教科書（如龍宇純老師的《中國文字學》），但《方言群認同》不是，那是華人史的自我理解的一部分。迄今我仍認為「方言群認同」是華人認同的根本關節之一，也是鄉土情感的根本依據之一。去年我的一篇隨筆〈沒有位置的位置〉，原題就借用了這書題，做〈方言群認同〉，感慨馬華文學八〇年來在華文文學的「世界體系」裡，也不過是一個小小的「方言會館」。

老麥初中時就是個文青，早慧的詩人（詳見白垚大著《縷雲起於寸草》），出道甚早。但他選擇的路是走向學術，受正規的社會學訓練，當大學教授，盛年時主要的精力都花在教學與撰寫專業研究論著。早年研究東南亞華人的幫派和方言群，大概也是為了探討自身的根源。成年以後，除洋人的國度外，還曾周遊台、港、北京，加上長期居留的星、馬，對華人文化，學界文壇，有充分的參與觀察經驗，對其中有文化延續性的陰暗面尤多感觸。因此這集子更適切的標題應是《獨醒的況味》，即便它有人用過了。「獨醒」其實是某類知識人共同的感覺，是種格格不入的邊緣位置感。發而為文，就有著些許「喚醒睡豬」的意味了。雖然，假裝睡著的人（或以為睡著，其實係「死咗」嘅）是喚不醒的。

另一個問題。為什麼對「流放」這修辭那麼著迷呢？以「劉放」為筆名、以《流放集》命名昔之雜文集，是和同代人老狼之流共享一種〈流放是一種傷〉式的，海外文化棄民的感覺結構、感傷情懷嗎？

應該不是的。老麥的專業訓練讓他對華人有更清晰的自我認識，對華人文化有更深刻的理解，或許也更為悲傷——前者常自比為鮭魚（祈求返鄉）——那真的是種「虛擬認同」，認同的對象本身就是虛擬的——譬如認同武俠小說中的江湖。後者的圖騰，就是鳥了。馬華詩壇頗多鳥喻（麥留芳《鳥的戀歌》，李蒼《鳥及其他》，方昂《鳥權》、《白鳥》，張瑞星《白鳥之幻》，假牙《我的青春小鳥》……），可說其來有自。

身為華人（老麥是第二代），既被拋擲在一個大結構（天朝，中原，民族主義）之外，又不可能不經常受它影響——我們的文化血緣既是遺產（包括我們的母語——方言，姓名，傳統節慶，家族事業等，〈直呼其名〉），也是債務（如華人根深柢固的對外族的歧視，文化自大感，義和團。深刻的討論見〈獨醒的況味〉）。在語言與文化高度混合的南洋，生活在被殖民過的土地上，華人幾乎免不了會受以天朝自居的「北京人」的蔑視。只要「不聽話」，動輒被指斥是殖民心態或奴才，是一點都不奇怪的。更何況我們共享的南方方言，一向被文化心胸狹窄的北方人認為是「南蠻鴂舌」。近年，已被困於鳥籠內的香港華人的處境難免令人物傷其類，感同身受（〈恨烏及屋：北大的貴爺〉）。而華人自身的各種社團組織，文壇神壇，也幾乎沒有不好鬥的，內鬥內行、外鬥外行。雖然也許不再是方言群械鬥，但形態相去不遠——物以類聚，黨同伐異，不擇手段。從這裡，大概也可以理解老麥雜文集《鳥語鳥話》何以多激憤之言，而時作老鴉之鳴。格格不入，到哪裡都是異鄉人，雖不致立錐無地，但只能踩在飄浮的虛線上，一個沒有位置的位置。「流放」，因此是個自我認同的位置，帶有些許存在主義的意味。

但選擇說話而不是沉默，選擇惡聲而不是鄉愿，還是對溝通抱以希望的吧。對文化傳承也不無積極的構想（〈活頁馬華文選〉），但那構想，在網路時代，倒像是一種老派文化人的鄉愁了。

去年（二〇一四）八月我到新加坡一趟，在「傳說中」的草根書店和老麥有個短暫的會晤。他問我，有沒有讀過他的〈煮酒論英雄〉，他說是寫給我看的。我返台後，即上網找來仔細拜讀兩遍。恕我魯鈍，我還真看不出是在勸戒我什麼。見面時，老麥笑說，他還以為我會入不了境。但二〇〇一年後，我多次出入境新加坡都沒問題啊。二〇〇四年時，不是連陳平都「獲新加坡政府特許，以學術研究為理由，短暫訪問新加坡」（http://www.twwiki.com/wiki/陳平/馬來西亞共產黨總書記）嗎？我近年的「馬共小說」，什麼東西！新加坡政府才不鳥呢，華文書店都快關完了。

行前他還不忘提醒我，「國喪期間」，「南大演講最好不要批評李光耀。」

求學於戒嚴時期的台灣，長期生活在準戒嚴狀態的星馬（內部安全法令、誹謗罪），短期居留於連外部網路都要封禁的中國的老麥，對「言能賈禍」還是深自畏懼的吧？台灣目前大概是言論最自由的，污蔑馬英九總統拿黑心油老闆黑錢的「假面女王」（整張臉都是整的）不是才剛獲判無罪——如果在新加坡鐵定被告到破產，沒有錢繼續整形，不出十日，就會露出真面目——臉皮就會崩垮成純粹的線條。

雖然我們也不知道這種自由能延續多久，未來的事就先別管它了。

二〇一六年一月十六日大選日

# 木已拱
## ——我們的《百年孤寂》

大約在一九九三年，時在淡水攻讀碩士學位的我，有一天心血來潮，給千里之外日夜守在窯邊的、「堅定的循著馬華現實主義的道路寫作」的馬華本土作家雨川寄去一本志文版的《百年孤寂》。哥倫比亞作家馬奎斯（陸譯馬爾克斯〔Carbriel Garcia Marguez, 1927-2014〕）的《百年孤寂》（陸譯《百年孤獨》）是我輩必讀之書。其時我大概也在寫著以雨川為藍本、充滿絕望氣息的短篇小說〈膠林深處〉，把甫出版的台灣資深記者徐宗懋《南洋人》對大馬華旅台人的觀察等等都交織進去。

為什麼是雨川？雨川何許人也？為什麼是《百年孤寂》？

雨川本名黃俊發（一九四〇—二〇〇七），我不知道一九八〇年後出生的年輕世代還知不知道這名字，他屬於「有國籍的馬華文學」的第一個本土世代，憂草、慧適、溫祥英、菊凡等都屬同世代。那一代有許多著名的馬華作家，但名氣能走到國境之外的並不多。他們都比我母親小幾歲。那一代也幾乎是留台的第一代，最著者如鄭良樹（一九四〇—二〇一六）、王潤華（一九四一）也幾乎和雨川同年，據說他是前師大教授陳鵬翔（一九四二）的小學同學。因家貧，這輩子也就只有初中學歷，但熱愛寫作。

我與雨川從沒見過面，純粹因小說而結緣，且是留台後的事。一九九二年一、二月《蕉風》上刊出我甫獲「大馬客聯小說獎」的作品〈鄭增壽〉，這題目是雨川寫過的，也許就在九〇、九一年間，但他那篇小說寫什麼，我全然不記得了。那之後的幾年間，看到這位篤信馬華現實主義的寫作人的作品彷彿有一些姿勢上的變化，對後設技藝和小說視角似乎特別感興趣，但他的變化卻讓我有點不安。

大概就是那時候，我給他寄去一本《百年孤寂》。

為什麼是《百年孤寂》？

外國小說對當代中文小說影響之大者，大概沒有一部能超過這本號稱是「拉丁美洲的聖經」、「《堂吉軻德傳》後最重要的西班牙語小說」的《百年孤寂》，這隻小說熱帶化的領頭羊，直接催生了中文的魔幻寫實主義。原著出版於一九六七年（與我同齡），對中文世界產生實際的影響卻是在一九八二年馬奎斯獲諾貝爾文學獎之後的事。同一年，宋碧雲的譯本現世，再過兩年，又有楊耐冬的譯本（及大陸譯的《百年孤獨》）。

在台灣，得風氣之先的張大春（一九五八—）的魔幻寫實代表作〈將軍碑〉（迄今已是台灣中文小說的經典篇章，也是張最重要的代表作之一）發表於一九八六年，其時張大春也不過二十八歲，正值他的盛世的前段。作為第九屆時報文學獎的首獎，刊出的時間是一九八六年十月三、四日，《時報人間副刊》。為了準備這二十分鐘的發言，我好奇的去查一下確切的時間，是十月三、四日。九月二十八日方從馬來半島飛來台灣的我不是個文青，還沒開始寫作，沒有注意到一個重要的文學獎即將揭曉一個重要的時刻。

八〇年代中國大陸文學爆炸，莫言（一九五五—）和韓少功是最成功的借勢於南美魔幻風的。莫言氣勢磅礡的《紅高粱家族》初版於一九八六年；韓少功（一九五三—）最具代表性的〈爸爸爸〉、〈女女女〉發表於一九八五、八六年間，和《紅高粱家族》中諸篇發表的時間差不多。毫不令人意外的是，莫言的故鄉山東，是《聊齋誌異》鬼狐故事的現場、蒲松齡的故鄉；韓少功的故鄉，楚地，則是屈原的故鄉，原即是中國瑰麗的幻想文學的發源地。

而我們當代寫小說而有抱負的，自張大春、朱天心以降，深受衝擊，很少不把《百年孤寂》視為待超克的大山者。被《百年孤寂》（及波赫士）鬆綁了小說的經驗論限制後，穿上飛行鞋，百無禁忌（這部分的論述當然受益於米蘭·昆德拉）。敘述無妨跨越死生，往返於夢／醒；神亦可殺，鬼常飄搖，魂兮歸來；時間可壓縮、打折、展開、退行，自《百年孤寂》中文版面世後的二十多年間，從張貴興的《猴杯》（二〇〇〇）、駱以軍《西夏旅館》（二〇〇八）、甘耀明《殺鬼》（二〇〇九），到童偉格《西北雨》（二〇一〇）、李永平《大河盡頭》（二〇一〇）等，成色分兩，純雜輕重；各有所長、亦各有所短。某種獨特的詩意在想像的界限被解放後，源源不絕的被釋放出來。

當然，雨川並沒有活到能看到魔幻寫實的內在動力被耗盡。

那之後也許我們通過信，但那些年我一直在移動中，收信要靠幾分機緣。

有一天，我收到他寄來的裝訂成薄薄四冊的手稿影本《河誌》，裡頭附了一紙短箋：

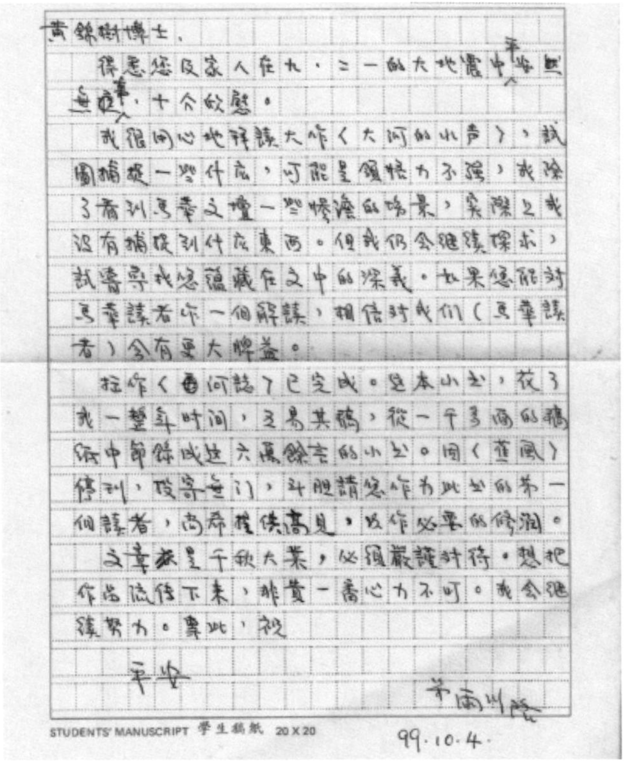

黃錦樹博士，

得悉您及家人在九・二一的大地震中平安無事，十分欣慰。

我很用心地拜讀大作〈大河的水聲〉，試圖捕捉一些什麼，可能是領悟力不強，我除了看到馬華文壇一些慘淡的場景，實際上我沒有捕捉到什麼東西。但我仍會繼續探求，試著尋找您蘊藏在文中的深義。如果您能對馬華讀者作一個解讀，相信對我們（馬華讀者）會有更大裨益。

拙作〈河誌〉已完成。這本小說，花了我一整年時間，三易其稿，從一千多頁的稿紙中節錄成這六萬餘言的小說。因〈蕉風〉停刊，投寄無門，斗膽請您作為此書的第一個讀者，尚希提供高見，以作必要的修潤。

文章乃是千秋大業，必須嚴謹對待。想把作品流傳下來，非費一番心力不可。我會繼續努力。專此，祝

平安

弟雨川啟

STUDENTS' MANUSCRIPT 學生稿紙 20 X 20　99.10.4.

信第一段言，「得悉您及家人……安然無事」者，母親故後留下的一本剪貼冊內，有一小方泛黃剪報：「台灣埔里大地震　馬華作家黃錦樹一家成功逃出　安然無恙」。信封沒留著，故不知確切寄達的時間及地點。信末押的日期九十九年十月四日，距九二一大地震不過二週，即便寫後即寄，水陸印刷品漂洋過海至少也要一個多月的時間。地震後，知名勵志作家人稱「李跑跑」者，其時任暨大校長，與諸來自天龍國之高層私議北逃避難，遂借台大教室寄讀半年。雨川此函寄達的時間，應即在南北奔波的半年內，實際交到我手上應是更晚的事。

信的中段提到的〈大河的水聲〉於一九九九年九月中旬迄十月初的《南洋商報・南洋文藝》分多次刊出，是我為規畫中的《刻背》寫的偽序論，小說版的馬華文學當代瘋狂史，對馬華當代作家有諸多影射諷刺。「試圖捕捉一些什麼……實際上我沒有捕捉到什麼東西」，對於像他那樣認真、「嚴肅」的寫作者而言，「無所得」似乎是必然的。

第三段提到他「五易其稿」的新著，「從一千多面的稿紙中節錄成六萬餘言的小書，因〈蕉風〉停刊，投寄無門。」很客氣的要求我幫忙看一看，「以作必要的修潤」。拜「李跑跑」之賜，以我當時的狀況，忙於生存就已筋疲力盡，大概也沒那心情去幫他細讀、提供修改意見。

今年二月應許德發先生之邀走了趟丹絨馬林小鎮，在一家主要是賣文具的書局裡發現它竟然早就出版了，獲福建會館補助，書名題做《河志》（聯營出版有限公司，二〇〇二），這本書寫得好不好？如果非回答不可，我會說：其實並不好。看得出作者很努力，全力以赴的寫，「一共寫了四遍，到定稿時已用去了一千多張稿紙。」〈後記〉（ii）態度非常誠懇，但它的失敗似乎是注定的——誇張的一點說，先天的，就像是這部小說第一頁犯的一個文字錯誤，所象徵的——亡靈敘事者自述「屍骨已拱」——看來是「屍骨未寒，墓木已拱」的不當壓縮省略[1]。

小說嘗試用多位敘述者現身以第一人稱講述自己的故事（讓人不禁想到芥川龍之介的〈竹藪中〉，但它的企圖似乎是福克納《喧囂與憤怒》，又有點地方戲曲生旦淨末丑各自粉墨登場的意味——），相較於莫言《檀香刑》聲腔之豐饒多變，《河志》的敘事聲音是單一的，作者其實沒有能力經營那種表述的差異；甚至讓亡靈現身，也感覺不到一絲一毫鬼氣。故事講述了某條河邊蘇光祖一家幾代的開墾，種椰子、燒窯，從發跡到被不肖子孫敗光。故事的核心其實是華人拓荒者鑾典型的故事，《河志》相較於方北方等的類似敘事，最大的差別應是它的敘事手法。然而，如前所述，《河志》的新手法比較像是那些手法的蝌蚪形態，還非常原始，腳都還沒長出來。從該書〈後記〉也不難看出他是感慨曾經豐饒的河口被開發殆盡，「密不透風的雜樹都被砍除，殘存的尼巴樹在黑黝黝的爛泥中苟延殘喘。」（ii）其實這樣的意圖，一個有能力的寫手，一個短篇小說，數千字散文，十數行抒情詩，應即可以更完美的達成。

我無意苛責雨川，那並不公平。有的事，我們自己也做不到。他大概對《百年孤寂》無感，也沒能力讓他的「現實主義」升級。那似乎也是必然的。於他，寫作勞動本身或即已是信仰的完成，如同晨禱、如祭祀。執筆如拈香。作品寫得好、寫得不好，彷彿是和他的寫作關聯不大的另外一回事了。

即便是前面列舉的那些中文魔幻行列，和《百年孤寂》之間都有著不大不小的距離。即便是才氣最接近馬奎斯的《魔鬼詩篇》作者魯西迪，他兩度獲布克獎的傑作《午夜的孩子》，讀起來還是有少了點什麼的感覺，更何況我輩。

我們那被養在政治盆栽裡的馬華文學，如果像方修那樣從一九一七年算起，確實也有一百年了。

（本文核心部分為我於二〇一六年六月二十五日應花蹤之邀在「花蹤國際研討會」、「閱讀的原鄉——我的啟蒙書單」上的發言。）

二〇一七年七月二日

1 菊凡早就指出雨川「在遣詞用字方面很隨意，因此讀起來，會覺得混淆。有時是詞語重複，讀起來不怎麼順口。」（〈沒有意會 只靠言傳——談雨川專輯小說及寫作心態〉，《蕉風》四八七，一九九八年十一月和十二月號，頁七。）

# 別一個盜火者

獨坐十里晴陰，
遂繽紛作千株錦繡，
以無瑕的顏色，
賦予群樹以新意，
流水以新聲。

——白垚，〈青春〉

白垚（劉國堅，一九三四—二〇一五）這位一九五七年南渡的「最後的南來文人」過世，確實象徵一個時代的終結——雖然這麼講有點陳腔濫調的意味，但「南來文人」作為一種歷史現象，在嚴格奉行種族政治、移民門檻高得離譜的馬來西亞（相較於「有錢好辦事」的新加坡），已經不可能復現了。

二〇〇八年我曾經就白垚的巨著《縷雲起於綠草》（大夢書房，二〇〇七）卷一（文學回憶）的部分寫了篇感想〈有國籍的馬華文學之起源〉（收入《注釋南方》，有人，二〇一五），談到友聯那群自港南下創建《學生週報》、《蕉風》並培養本土寫作者的文人，「原來離有國籍的馬華文學的起點那麼近」。事後張錦忠捎來白垚對我的觀察的回應，說很反諷，這群創建「有國籍的馬華文學」的功臣，在馬居留二十多年後，都被迫再度離境，落腳於美加，並不曾擁有馬來西亞的國籍。這背後的政治因素，迄今未見有人談及。在那冷戰的年代，肩負與極左思潮搶奪文學青年的這批南來文人，照理是意識形態戰場上的大功臣才是。

爭取文學自身的獨立性（相較於作為政治宣傳），爭取文學的個體性（相較於集體性），但最終只有他們辦的刊物和作品屬於馬來西亞——似乎有國籍——這反諷無意間觸及了馬華文學本土論的一個政治盲點，一個非思。因此，有國籍的馬華文學（我覺得這命名本身是對馬華文學本土論的一個挑戰性的提問），從方天到楊際光、白垚，能落籍於斯的畢竟是少數。但馬華文學如果因國籍而把他們剔除，文學史將成笑話；一如一九五五年後的馬華文學史如果繞過《學生週報》、《蕉風》，幾等同於自殘。但馬華文壇不乏昏庸的愛國者，自殘也不是不可能的事[1]。

數量龐大、橫跨不同年層的「南來文人」，我在最近的一篇隨筆裡籠統的以「南來世代」稱之，並譽之為馬華新文學的最強世代（〈廣州馬華文學研討會後〉）——裡頭的強者不止受了完整的新式大學教育，諳外語，還具備相當的中國古典文化涵養（弱者就勿論了）。因經歷亂世流離，國破家亡，對存在、對文化都有更深刻的體會。他們被迫離境，在陌生的他鄉披荊斬棘的從無到有，重新建立一個文學傳統。更重要的是，有國籍的馬華文學的本土世代（一九四〇年前後出生者，憂草、魯莽、梁園、冷燕秋、溫任平、冰谷、山芭仔（溫祥英）、菊凡等）都是在南來文人的鼓勵、庇護下成長起來的，和早期的《蕉風》淵源都很深。而白垚因為是南來文人中年紀較輕的（和他們相差十歲左右，差不多是我和張錦忠的年歲差距），也幾乎是他們文學上的兄長了。《海路花雨》一卷裡提到的熠熠發光的昂揚少年，麥留芳，十五歲；李蒼，十六歲，都還是中學生，白衣少年。在那個高唱著東方紅的左幟狂揚的年代，有個兄長頂著壓力畢竟是幸福的（當然他並不孤獨，友聯諸子不乏高手），還毋需如我輩徒然的「尋找亡兄」。

二十七歲的年輕白垚，曾如此激昂的寫下：

在年輕的飛奔裡
我掀宇宙以狂飆的動
怒擲正午的紅標
向太陽作東方諸海的狂嗥

在紅太陽烤焦神州大地的年代，竟有「射日」的豪情。在這首〈新生的力〉（一九六一）末尾，更有狂嗥如：

攻宇宙高矗的城

舉震動雷電之弩，我鶩桀而笑
誰殺天國專制的王（二一五）

弒王的狂想。在反右年代的中國，早已「萬馬齊瘖」，當然容不下這種叛逆的聲音了。對大馬的文學左翼來說，應也是十分礙眼的。在被馬華左翼文學史教父拒絕承認的文學園地上，年輕的白垚也曾自詡為盜火者，如〈火盜〉（一九六一）一詩有云：

而聽者，我手中有火，我是盜，我不懼天譴
我叛眾神

1 一九九六年，在關於編纂馬華當代文學大系的討論中，溫任平即提出「應該如何『看待』」那些在海外的馬華作家？進一步問，「如果一些居留於海外的馬華作家已放棄了馬來西亞國籍，成了他國的公民，那又怎樣『處理』？」那長居大馬國內的呢？「據說前輩作家如姚拓先生仍然是手持『紅登記』的（……），他的作品，『馬華當代文學大系』應不應該收錄？」（〈關於《馬華當代文學大系》編纂標準的一些問題〉，《南洋商報・南洋文藝》，一九九六年十月十八日）陳政欣的回應就斬釘截鐵：「至於已放棄了馬來西亞籍的作家，我認為在他放棄馬來西亞籍之後的作品，可以不理，放棄馬來西亞籍之前的作品，我們應該還要處理；況且，在作者介紹中，我們勢必申明這位作家是『前馬來西亞公民』了。」但雖沒有直接回應長居大馬的「非馬來西亞公民」要如何處理，但從「凡是擁有馬來西亞國籍（無論身在何處）的華人，以華文創作的作品，都應該有資格被選」這樣的主張，就可思過半矣。（〈對《馬華當代文學大系》的省思〉，《南洋商報・南洋文藝》，一九九六年十一月十五日。）

以火想，我將不朽
我咯咯而笑，我舉烽火
我豈真是搖撼天宇的狂徒（二二一—二二二）

確實狂態畢露。但對雜草叢生的馬華文壇，盜火射日可能還是太文言太溫和了，不如「燒芭」有本土味，有刀耕火耨的煙味。

身為馬華現代詩的盜火者，除了年歲，曾經留學台灣也是他和其他南來文人大不同處。白垚四年的留台於詩的見識應有浸潤之益。五〇年代的台灣，是純粹的流亡的悽惶的民國的棲地（「台灣」鄉土被戒嚴壓得死死的），其時的台大由陳寅恪筆下的「扶餘海外王」傅斯年主掌，那一代台灣的「南來文人」的亡國經驗都還是淌著血新鮮的傷口。偏安格局，彷彿重演了晚明、南宋的悲慘窘境，身在其中的白垚必然分有著那種悲傷。因此某些白垚詩流露的、曾經讓少女梅淑貞心醉神迷的稼軒調（如〈南斜〉、〈紅塵〉等），並非為賦新詞強說愁，他們那代人最能深刻的體會南宋大詞人辛棄疾的悲慨。白垚現代詩對中國古典文學的調度，和六〇年代後部分台灣現代詩人（如比白垚大六歲的余光中，小他六歲的葉珊）之轉向中國古典，是不是也有若干精神上的關聯？即便不是影響，也可看到時代的共振——余、葉取徑於民間古詩及楚騷、《詩經》，但路徑是相似的，都有對中國傳統文化淪亡的杞憂。

在馬華詩壇目無餘子的溫任平，七〇年代末為什麼那麼大方的把第一首馬華現代詩這開端的榮譽頒給白垚的〈蔴河靜立〉（〈馬華現代詩的意義和未來發展：一個史的回顧與前瞻〉）？這位比白垚小十歲的小老弟，他的現代詩啟蒙應該就是來自白垚「新詩再革命」，從大陸四〇年代、台灣五〇年代盜來的火吧。六〇年代末方有雛形、七〇年代初方成立的天狼星詩社（溫任平，〈天狼星詩社與馬華現代文學運動〉），成員作品大量發表於《學生週報》、《蕉風》。他們最開始發表習作時，也都是初、高中生，是這兩份刊物最著力提攜的白衣少年（白衣，迄今仍是大馬中學生的校服）。換言之，白垚是他們嚴格意義上的先驅，天狼星詩社的火把，火種來自現代詩的火盜白垚[2]。在江湖尚未被某詩社獨占前，白垚的寫作已有一股橫槊賦詩的江湖氣概，因而我嘗許之為「有開國氣象」。

二〇一五年六月二十一日

2　白垚〈火盜〉（一九六一）以「振屠神之矢，東方的兄弟射九日」始，有「我叛眾神」句。余光中一九五七年撰有〈羿射九日〉最後兩句：「孤獨的神啊，我留你照亮這世界，我是神的叛徒，我是屠日士，我是后羿！」（《余光中詩選一九四九—一九八一》，洪範，一九八一：八二）但我認為白垚這兩首有射日意象的詩（〈新生的力〉）比余光中的強而有力，文字也更有密度和張力。〈火盜〉自稱「我是賊」，而無懼於天譴，「遂以鐵筆搖銅鑄的天庫」，不避文言句式是箇中關鍵。也表現得更有決心與自信，也更年輕，如「怒投光之乾坤於崖下，文明自我指際溢出」（二二一）。

# 在欉熟

……點了火，冒起煙。

如果你愛山，愛登山，對山有認識，你當大張旗鼓的寫山——南投多山，但你對山不熟。這裡是島上希見的「內陸」，離海甚遠。但那山風海雨其實均離你甚遠。「看見台灣」攸關立足點，但你只有一隅立錐之地。

那天，你特意到波羅蜜樹下，眺望樹上纍纍碩果。你仔細聞，清風裡，彷彿有香氣浮蕩。架了梯子提了刀爬上樹，你鼻子貼近了聞。由低至高，一共摘了五顆，除其中一顆係「殺錯良民」，其實還沒熟；餘四顆都已「在欉熟」，重六至十公斤不等。樹上還有二十多顆，十多顆看來已「夠水」，隨時會「在欉熟」。

它是原產於印度及南洋群島的外來種。

病後，起得比任何人都早，當然也比從前的自己早。

午夜的寧靜裡後園有蟲鳴，蛙鳴。那些聲音消歇之後，經過隧道般的黎明前的黑暗，是雞嗚——如果有月光，公雞即不時自喉嚨深處咳吐出惺忪鳴叫，略無倫次，大概也失眠了。之後是狗吠，不遠處寺廟的鐘聲。再一會，就是眾鳥的歡叫聲，天亮了。

除非是雨天，每日你都會踱到園裡去。花上兩小時，甚至更長的時間。當腦袋空空，昏昏沉沉時，手似乎並沒受多大影響——搬石頭，略略鋤地、扒土，移苗，採果，把不懂趨吉避凶的非洲大蝸牛逐一踩爆。有的陳年老蝸，殼頗厚，踩之陷進土裡，安然無恙，只好另以石頭敲擊之。不論殼薄殼厚，下場都是殼破肉綻，肉猶絕望的在碎殼裡冒著泡、抽動著，草綠色的肚腸，白色或白色的卵。那一定很痛，但也是沒辦法的事。一隻小蝸牛就可以毀掉許多幼苗。

非洲蝸牛也是強勢外來種。

（醫生囑咐：不要做耗力的事。）

今年冬天，種了多年的甜檸檬，收成竟有百餘顆。初夏，土芒果也收穫了百多顆，與女兒合作製作了幾回芒果青，吃到牙床發麻。最後一批十來顆留著，快熟了才摘下。因沒施藥，大多數的果樹，結的果少，小，酸澀，且多蟲傷。果子多半沒法等到「在欉熟」。狂野的芭樂最典型，熟了後或被鳥吃得只剩一層皮，或裡頭遭蟲蛀得爛腐，剝開時可以看到群蛆鑽進鑽出。但今年的紅肉李一顆都沒得吃，結得不多，還沒熟就被風雨打落了。

一年多前，隔鄰建擋土牆時，挖土機把我的鐵籬笆推擠壓得蜷縮變形、甚至掩埋在礫石之下鏽蝕。擋土牆邊大小石頭一堆堆，猶可想見挖土機斗的模樣。對方雖曾言「還沒完工，會扒給它平。」但看來真的只是說說而已。當初挖擋土牆基時，他曾悍然指著邊界我種的一排樹，說「這一排都要推掉」，還宣稱已跟地主談妥，你火大回嗆：「地是我租的，樹是我種的，你憑什麼挖！」隨即向游妻抗議，指著兩塊土地之間的界碑——「擋土牆又不是我要建的，要讓也是各讓一尺，怎麼挖到我的地來？」伊去疏通後，一向蠻橫的游某略有退讓，但太靠近邊界的幾棵樹還是不保，包括一棵刺蔥，樹幹有拳頭粗了。你以為那麼大棵的刺蔥不怕挖，以為即便挖斷，樹頭也會重新抽芽。雖然一身銳刺，但真正強悍的不是它。那前人種在邊界上的ana-ana（像釋迦又像紅毛榴槤）樹頭一樣被挖斷，抽出的芽卻不計其數。

其時，游某且指著邊角那株長太好傻乎乎的吊了一樹小綿羊的大棵呆木棉樹，嗆說，「擋土牆如果被它的根弄倒要你賠！」牆建好後，它的盡頭離木棉樹還有三公尺遠。木棉我種在國有地上鎮守邊界。這國有畸零地地目是「山坡保育區」，不能隨便挖，不能有建設。你們可是向地政處調閱過地籍圖的。

建擋土牆留下的瘡痍一直沒時間整理。看到那些再難還原的鐵籬，難免一嘆，得有愚公移山的精神啊。

長得過於繁盛的月桃，雖然花正開，你還是砍除了三之一叢，樹頭斷根後移去邊隅；凹處填平、凸起的拉低，每天至少兩三個小時消耗在園裡。清理好後，從一端望過去，呈百公尺的石礫走廊，似是多出來的一塊地。然而在兩公尺高擋土牆的陰影裡，能種的植物種類並不多，只能是耐陰的，要不就是存心讓它越牆。

古人叢植以為籬或守護護城河的九芎，兩年前隨處扦插，都長得數公尺高了。再不處理可要長成九芎林了。鋸去上段，堅實而窈窕的樹幹可用以搭建花果棚架，頭斷根後，則移去埋於圍籬旁。

枯枝敗葉堆。白煙，及爽脆的微響。

生活的這一部分，你似乎和父親並無不同，只是他待在園裡的時間更長。而土地不論是租的、買的，結局並無不同。村裡多的是那樣的例子，年輕人多在都市討生活，父母留守鄉間，一旦離世，房子很快就閒置朽圮了。

當然，你也寫作，工作之餘，在島嶼寫作。

如果把寫作比擬為病，你的「病識感」偏低。沒辦法像某些也許僅僅不過出版了一兩本書的同行那樣，屢屢自稱是作家／小說家、侃侃而談。也許因為寫作始終不可能讓你賴以為生，也不會有什麼讀者，必須有某些額外的理由支撐它的存在。

當初留下也不是為了寫作，沒那麼大的野心和抱負。得以居留的理由當然也不是寫作，那不被視為一項可以擁有居留權的技能。台灣（民國）不是個對移民友善的國家——大馬當然也不是。外國人要留下並不容易，需要某個讓官方可以接受的理由。留下，生活——首先當然是生存。

決心離開大馬，也許最堅定的理由不過是，對種族政治的厭憎，希望下一代能在比較公平的環境裡長大，不必承受種族政治的陰影或烙印，更可以「做自己」。

你從沒想到有一天會在一個叫南投的地方留下來。台灣太小，但本土化的強大動力能把芝麻放大。你總覺得《南投縣文學發展史》那樣的書有幾分可笑。好多陌生的名字，穿插著幾個熟悉的。日據時代你只記得張文環、陳千武、巫永福；當代人裡，你的老師李瑞騰教授和詹宏志、吳繼文等皆出身南投，但出生地真的那麼重要嗎？那些聲名超出自己家鄉的偏鄉之子，上升之路或者經過台中（一中或一女中），或者逕直經過建中（北一女），多半還是落腳於台北——或台中，留在故鄉的少之又少。如果能力夠，必然能以大都會為舞台；如果連小小的故鄉都走不出去，重要也有限。因此所謂的地方的，也就是全國的。地方文學史不可能只記述他們留在故鄉的時間，而是以其整體的文學表現為對象，管他走到哪裡、走過哪裡。反過來，外來者除非夠重要，否則地方不會把他的名字留下。那名字被留下的，文學史也只關注他抵達以後的作品。之前的種種，泰半存而不論（除非此人「抵達」前已是個產出過名著的名家）。馬華文學史也是這樣對待「南來作家」的。

簡而言之，類似《南投縣文學發展史》和《台中市文學史》、《台北文學發展史》最菁華的一部分其實是重疊的，去蕪存菁之後，就是《台灣文學史》呈現的部分，其實也就是那幾個名字。

民族國家接納移民時，往往要求一定程度的文化同化，譬如來自越南、印尼或泰國的外籍配偶，常被迫快速學會「國語」，甚至「台語」（對於這島國之人每每驚訝你故鄉之人也會說「台語」，你總覺駭然）。你沒有同化的問題，雖然在你來自的地方，前者喚做華語（同樣令你驚駭的是，有的島民傾向把海外華人的共同語華語視為外語——拜託，連自身的民族語言都看作外語，那他們的內語——母語是什麼？那和閩南語只有些微語彙差異的台語，真的能讓他們安心嗎？你聞到反智的味道），後者叫福建話。不只流通於閩南，五百年來，也流通於廣大的南洋群島。它的語彙，甚至深入南島語族的共同語——馬來語，吸納了後者的若干成分，並反饋回「僑鄉」。

你完全沒有語言隔閡。但你能寫作台灣文學嗎？

台灣，這民國的消失點。

在台灣寫作馬華文學又意味著什麼？

自一九九六年定居埔里以來，二十年過去了。

單是在埔里的日子，就已經超過在馬來西亞度過的，那人生最初的十九年。如今，兒子也十九歲了。當年如果不選擇入籍，十八歲就不能依親居留了。即便用「僑生」的身分到畢業，之後如果找不到月薪四萬八的工作，就得離去，回到「僑居地」去，即便他土生土長於斯地。

二〇一七年七月二十二日

# 夢與序

等待許久的雨終於淅淅瀝瀝的落下。

暖冬的末尾，空氣幾乎日日紫爆，曾幾何時，「最宜人居處」經常「不宜出門」。下雨應該會好些，雨水與許會把污染帶向大地。雨刷撥弄著玻璃上的流水，收音機裡播放著海頓的大鍵琴交響曲，女主播方才介紹說：海頓七十七歲那年死於憂國。

車子往醫院的方向徐行。去年三月末發的病，將近好至可以忽略時，十一月竟又復發，恢復且比上回慢。先是每週回診，接下來是隔週。你感覺是在恢復中，眼皮不再往下掉，頭不再暈，但醫生不敢輕易給你停藥，雖然療程已進入第五個月了。

藥物讓你夜裡難以成眠，白日嗜睡，但睡不久，終日昏昏然。

幾個月前，一位父執輩同鄉素人找你為他的書寫序。明確的文類屬性，散文，老練的文字，比一般散文寫手的文字有趣多了。你的序嘗試給他一個文學史定位，揭示它的優勢。在藥物的作用下，失眠的你花了很多時間在深夜凌晨反覆的寫。睡意濃時，眼睛一閉上就入眠，如果手指恰壓著刪除鍵，常常把大段文字刪了。醒來時發現了，只好又費許多時間憑記憶補上；但天亮後發現那半醒半睡間寫的，竟都消失得無影無蹤。也許沒存到。即便其時用臉書或電郵寄出去的，找出來看，裡頭仍是這裡殘那裡缺的。好像做了場寫序的夢。

朋友建議你去掃毒，「電腦一定是中毒了！」他再三從千里之外傳來訊息。

於是，以前幾天就可以完成的事，如今得花上數倍的時間；即便完成了，列印出來，也還擔心是不是只是幻覺或夢——那種不真實的感覺，還會持續上好幾天。

多出來的時間，失去的時間。

沒法寫作。

出版社問你是不是要為那本即將重出的舊小說集寫個新序。二十年前的舊作。好似有許多話說，好似無話可說。年輕時的想法，都在年輕時寫的序裡了。

但總得寫些什麼。

一年前，你邀一位比你年輕得多的同輩為它寫篇序。當年你在大馬燒芭，引火燒身，他們近處觀戰，你想知道他們的看法，想知道那樣的清理他們是否覺得受惠。但也接近截稿時間了。

是事忙，還是措辭困難？

又一篇序插進來。

出版社成功的把你的一本書賣出大陸版權，版稅老早領了，也花掉了。兩個多月前，因開車時突然睡著（彼時的狀況，醒時如夢，但一般只會在等紅燈時睡著），該轉彎時沒轉，直直撞了牆。那筆額外的收入，剛好用於修車。

排版好後，編輯通知「除了修正部分習慣不同的用語外，也修改了一些敏感詞彙」，他們發現原書的〈跋〉多處語涉民國、台灣（甚至有「一邊一國」之嫌者）都得改，以免審讀不通過。還建議你另寫一篇序，「談談馬華文學與中國大陸，以加深大陸讀者對馬華文學的了解」。書內的「中國」會不會都被改做「祖國」，而序的標題是否會被改為可笑之至的「致祖國讀者」？

到得稍晚了些，診間都是病人，老人居多。總是漫長的等待，直到過了正午。

「這病反反覆覆的。」

往上看。往左看。往右看。

醫生例行的用手電筒照你的眼肌。

他再三交代，多休息，千萬不要感冒，以免變重症。

例行的開藥。

「能不能再減一顆？」你哀鳴。

雨依然斷斷續續的下著。

春雨來過後，黃花風鈴木盛開；櫸木和木薑子先後發出新芽，蜜蜂嗡鬧，一年一度的花季也到了。桃，李，櫻都稍微早些，而如今，所有的柑橘品類也都開了花。

幾個月前，一位年輕的詩人找你為他一本即將出版的小書寫個序。那時你的狀況頗糟，但你想，時間還早，到截稿時，應該就好得差不多了。稿子你擱了好久，一直沒看，雜事也是要排隊的；況且，工作之餘也沒剩多少精神。

終於到了不能再拖的時候。

於是你反覆閱讀。數十個幾百字的斷片，雜感、隨感、素描、速寫、寓言（〈兩個國王〉、〈房間〉、〈下一個房間〉等）、極短篇……（後二者較少），有的標題簡直是論文（如〈論康德，以及生物學的崇高〉、〈異化勞動〉之類的），雖然內容不見得是那回事。你反覆看了一遍又一遍，企圖找出那種種片段間的一致性與整體，看來是徒然。你試著設想，如果真如理論家所言，小說的形式可以包含所有文類，那是不是有某個特定主題的敘事，可以包含這所有的斷片？或者反過來，那些斷片中其實蘊含了詩的胚胎可供採擷？還是說，與其說那些斷片屬於某個文類，還不如說，它們是在反諷哪些類？

如此，序如何可能？

序究竟有什麼功能？

這些年，你受邀為人寫過好些序——所謂的「推薦序」——必須細讀文本，努力找出它的長處、特異之處，確實需費不少功夫。也難怪多年以前你的第一本書，你的老師會婉拒——後來在某個告別的場合，細微如發自夢的深處的聲音說，「當年應該幫你寫那個序的。」

有宣稱從不為人寫序的，但也有幾乎來者不拒的前輩。有些書單是看作者名字你就不會去翻。好奇翻閱之後，你驚訝的發現，他們還真的通讀了全文。真不知哪來的那許多時間。

讀過太多那類的序。不乏純粹捧場的，太多溢美之詞；或不痛不癢的，看不出撰序者是不是真的看過稿子，序本身有高度相似性。不乏以前輩的姿態指指點點的，求序者形同自虐。要寫得恰如其分，並不如想像的容易。找出作品的秀異處，必要時略事商榷，那是你的原則。但也因此曾經被退稿——大概被嫌讚美得不夠。溢美總是比批評受歡迎。

似乎是這樣的——那樣的序，是一種從文本內部延伸出來的、圍繞在外部的話語。但這回，你的序只能從反方向操作，以進入那文本深處——反向的，對序這一次文類發動一場微型恐怖攻擊。

於是你從那些斷片摘錄的筆記中摘錄重組，一行一階，排列成詩的樣式：

## 〈微型恐怖攻擊〉

（他們更長於用樹枝沾糞便溝通……）

當讀宇宙理論的哥哥與女友分手
街燈的黃暈捎來雨的寒涼
我終於發現了哥哥的房間
拉丁學名的花開了
畸形樹枝敲打著鑄鐵小鐘
黎明之前，黑暗的雨持續落下

對土星的戰爭已持續了一年

他該當醫生，他讀哲學
在帝國圖書館的閱覽室
走道的盡頭，是晚霞的窗
有其東倒西歪的孤獨
淨土實相只在經卷——
虛榮的肉桂。愛鑽牛角尖的
關瘋人的大鐵籠
褲襠裡的普魯士香腸
這已是全幅神話的寬幅

晚餐的咖哩沒有肉
晴夜的星星並不為我挪移
「我只會寫作」

（以上句子均（含標題）摘自廖啟余《別裁》）二〇一七年三月二十六日

# 輯二，自己的文學自己搞

# 「自己的文學自己搞」

## ——序張錦忠《時光如此遙遠》

我常說，一九五六年出生的錦忠比「有國籍的馬華文學」還大一歲。當他二十郎當歲到吉隆坡討生活，參與《學生周報》、《蕉風》編務時，馬來西亞這新生的民族國家還年輕得像個小學生，更遑論「有國籍的馬華文學」。如果「猛得革」（五〇年代知識人對mederka的很猛的音譯）之前的文學都不算（因為「沒有國籍」），那時的馬華文學還真是個還在學爬、吸著奶嘴的幼兒。然而現代文學被引介了，不論是經由香港，還是殖民帝國的語言。然而很快的，作為東亞冷戰布局之一環的馬來西亞，建國後沒幾年，一九六九年五一三事件，一九七〇年新經濟政策，一九七一年國家文化備忘錄，華文教育風雨飄搖，牙牙學語的「有國籍的馬華文學」還沒注意到自己一開口就在政治上犯了錯。彼時，年少的文青張瑞星可能也還沒辦法理解那麼複雜的政治問題，也沒有料想到那是那麼大的政治傷害，數十年後傷口還一直在發炎。

三十多年後，國家還年輕，但文青已初老，且遠走他鄉，成了資深外配。下面的持平之論聽來像是一聲長嘆：

> 只要語文問題沒有解決，我們今天不管在談「國家文學」或「馬來西亞文學」，其實都了無新意，都是在炒冷飯。那為什麼談了三十年、五十年，還要再談國家文學呢？國家文學的問題既然出在語文限制，解決之道不是取消語文限制（多語的國家文學），就是擱置語文問題，回歸文學現象（馬來西亞文學複系統）。
>
> ——〈回到馬來亞文學：馬華文學不是問題，國家文學才是問題〉

然而，因為那不是個可以操之在我的事，所以幾乎注定無解。這可說是「有國籍的馬華文學」特有的難題。但文學為什麼要有國籍呢？作者有國籍作品就有國籍嗎？文學真的有國籍嗎？對馬華文學而言，「有國籍」是不是個殘酷的反諷？

這問題——國家文學問題、馬華文學的國籍問題，挑明了講，也即是馬華文學本土論的可能性的條件問題。

白話一點說，身為馬來西亞華人，其實普遍沒有意識到，愛國其實也受到固打制的制約的。在數學上，它和分配的固打制恰相反，分配時分給華人的往往是剩下的，是剩餘；愛國這回事則相反，它訂下的指標既然你不接受（譬如：以馬來文寫作），他不愛你但你非得愛他不可（畢竟是國民啊，豈可不愛國？），於是你必須多愛很多，愛到滿出來，哀告、請求、拜託，討伐持不同意見立場的「反動分子」，卻還是不夠，它像是個永遠填不滿的lubang besar（馬來語：大洞）——可悲的是，本土論者竟然沒有意識到，一旦拒絕以國語寫作，哪還有資格談本土論？

這真是場悲慘的苦戀啊！

錦忠呼籲的回到「馬來西亞文學」（Sastera Malaysia），在政治上即是馬來西亞人的馬來西亞，經濟上的公平競爭，教育上的平等對待各語言源流學校，在一直是馬來至上的馬來西亞，都不啻是天方夜談。但無妨保留個期待——其實它也可能是個階段性的議題，我們可以想像，假使它有一天突然解決了，馬華文學被承認了，那又如何——給作家頒獎、送房子、進口車、私人飛機、高薪、醫療保險、退休金，那又如何？你拿得出夠水平的文學作品嗎？華人不也自己搞了個馬華文學獎嗎？水平如何不也是「有目共睹」？

從這個角度看，國家文學確實是個不是問題的問題。反過來看，恰是由於它的拒斥讓馬華文學免於成為官方文學，免於受官方意識形態的干涉，其實是件幸運的事。被拒絕也是一種福氣啊。

但我們首先應該愛文學，而不是在這問題上把國家扯進來。很愛國但寫不好又有什麼用？把作品寫好才是我們應該做、也應該能做的。另一件該做的事是，鑑定、分析、汰選過去或當下的馬華文學作品，為好的作品辯護，開展有力的論述。

沒有作品，一切都是空談。我當然非常同意錦忠這論斷。但有些人寧可空談。在我，頤指氣使的空談是特別難以忍受的。

這本集子（《時光如此遙遠：隨筆馬華文學》）有相當數量的篇章是為同時代人的書寫的序或評介，由於時間跨度大，錦忠又與當事人多有交誼，敘事過程中帶出的毋寧是他一己的馬華文學記憶，有著情感的溫度。從文青時代親炙馬華現代主義的諸開國功臣（陳瑞獻、梁明廣、白垚、李蒼、梅淑貞），那些年、那些人，這些人、這些年[1]。都城那些孤獨的文學心靈，張景雲、溫祥英、洪泉、黃遠雄、莊若、小他；那些煙花一般的小雜誌，《人間》、《煙火》；那些巷子裡的小出版社，犀牛、十方，那些印度檔，那些一起吃咖哩、喝咖啡取暖的文友們……有國籍的非國家文學的參與者們，馬哈迪時代的抒情詩人們，對文學的愛是真誠、熱切的。但這些文學記憶，新世代的文青可能都不太知道了。有的寫作者作品一直沒結集，有的即便當時結集了，作品流通不廣，也乏人提起。即使偶然出現在某些書店書架上書與書間的夾縫，也不會引起注意。這涉及書中談到的另一個大問題——誰在乎馬華文學？誰願意為它付出？誰對它感興趣？

梁文道去吉隆坡當文學獎評審，有人問這位會念經的「外來道長」有什麼馬華文學作品值得一讀，他「『頓了一頓……才回過神來』」。

——〈如果梁文道赴倫敦當文學獎評審〉

1　留台人更不在話下，從李永平、張貴興、我、冼文光、龔萬輝、木焱等。

竟然有大馬同鄉會去問這種問題，「可見也沒有多少人在意馬華文學，或關心『馬華文學』這個議題」。這問題，我過去用過的表述是：「誰需要馬華文學？」二〇〇九年還在皇子大學做了個小演講[2]，講詞見報後一個據說狂熱的愛戀著馬華文學的「馬華文學的良心」、潮州怒漢[3]即嗆道：「人民需要馬華文學！」但問題在於：人民在哪裡？誰又是那人民？華人人口裡有多少是文學閱讀人口，而閱讀人口裡有多少能讀華文文學的？華文文學閱讀人口裡有多少人關心馬華文學？

錦忠的文章提到的慘痛經驗是，當年我們合編選集《回到馬來亞》公開向華社徵求贊助，結果一毛錢也募不到。其實二十多年前我唸大學時，和廖宏強等友人「搞」（借用老共粗俗的口頭禪）大馬青年社、編《大馬青年》時，就有很深的體會了。那時不「乖乖讀書」而出來「搞」活動的，大致可分為三種人：一種是政客型的，有強烈的領導欲，運籌帷幄，對會長之類的選舉很有心得。油頭西裝，喜歡辦能見度高的活動，擅長「致詞」，總是強調「要以大局為重」；一種是運動型的，挺身參與彼時火燒火燎的社會運動，短處是腦（知識的儲備）總是跟不上腳，講話比較教條空洞，雖然總是很嗆很大聲；第三種叫傻瓜，覺得該守著學術、文學自身的步調慢慢做，相信終究只有書留得下來。我們大馬青年社屬「第三種人」，經常被前二者批評太不識時務了，做的事看不到立即的效果。大馬青年社之所以會快速收攤，原因就在「傻瓜」實在鬥不過政客，只好各自退而「搞」「自己的文學」或學術。

而更廣大的沉默的留台人，大概對馬華文學也沒什麼興趣，普遍抱的是未來的中產階級之夢。而這些都是能讀華文書的華社菁英，且多數是獨中畢業生，這樣的狀況應該很能說明問題。每年好幾千個人留台，我曾開玩笑說，留台大馬人如果支持留台馬華文學，我們的書就不致一版二千本十年都賣不完，出版社還常得大批送去壓成紙漿以減低庫存壓力。

而暨大中文所歷年收的來自大馬的碩士生，極少想研究馬華文學的。隨口一問，馬華文學常識也殘缺得可怕。那些不知為什麼斗膽去做的，也毫不意外的做得很不好，看了只想當掉，或者拜託他們「以後去做別的更有意義的事」。看不到有任何的激情，像是一場可怕的學術體操。

這些都是公認的「專業讀者」了。

相較於一板一眼、金屬表面一般冷硬的學術論文，錦忠這些「雜文」都比較接近文學本身，也比較抒情。連書名《時光如此遙遠》都像回憶錄，或抒情散文。確實，那是錦忠自身的馬華文學的經驗與記憶。時光流逝，每一個點都是個人生命史上的小小的驛站。敘述者在那裡曾經小駐，翻翻書，喝杯茶或者咖啡，聊聊天，看看雲，講幾個冷笑話。

從故鄉的沼澤河口到海東「鯤京」，再到「打狗港」；從日頭雨到西北雨，季風易而為颱風，潮起潮落，在茫茫的風裡繼續尋找詩意。

2 〈誰需要馬華文學？〉，《星洲日報．文藝春秋》，二〇〇九年十月十一日。

3 其人其書眾所周知。姑隱其名，免得「衛道之士」又說我「鞭屍」。

寫得好的，按個讚；寫得不太理想的作品，則婉言相勸。這是小小的馬華文學共和國茅草亭子，由對話、文本交織而成。

國家雖然年輕，但和所有第三世界國家一樣，積弊已深，甚至略顯老態。而依大馬華人普遍尚富好名的社會風氣來看，愛好文學的「傻瓜」應該不會多。還好一直後繼有人，國家的陰影權且當成考驗吧。即便只能寫在國家文學之外，但「自己的文學自己搞」（〈後記〉），還是能「搞」出一點東西來的。那也許會比較純粹。小就小吧，金子不必和沙子比重量。雖然年輕的「我們的馬華文學」容或有些許發展遲緩——因營養不良而多少顯現佝僂症的早期症狀。

最後，回到這本文集。我想所有（寫作水平到達一定程度的）馬華寫作人都應該有這樣的基本共識——自己的文章要自己整理，不該任其流失，這也是文學史的一部分。那些年，錦忠寫下的文學隨筆數量應遠不止於此。即便是那麼小的文學傳統，也需要記憶的傳承，這也是「我方的歷史」呢。

二〇一四年十二月二十二日，埔里

# 華馬小說七十年徵求認養

**主編：**張錦忠、莊華興、黃錦樹

**說明：**

a.釋華馬：這本小說選集馬來（西）亞建國前後約七十年來的華馬小說三十餘篇。所謂「華馬小說」，指的是華裔馬來（西）亞作家，亦即馬來（西）亞的華人作家以華文、馬來文及英文書寫的小說。換句話說，這是一部打破語言藩籬、跨越語文疆界的短篇小說選。從馬華到華馬，調整認識的角度，擴大包容的範圍。不論從哪個角度來看，這都是個創舉。

過去各種馬華小說選集皆只收入華裔馬來（西）亞作家以華文書寫的作品，彷彿華社的作家皆以華文書寫，或華社不存在使用其他語文書寫的同胞。這當然不是華社的全貌觀。讀者讀這樣的馬華小說選集，無從（透過文學）了解同個華社內（只）講英語或馬來語的族人對生活與現實的感受、經驗與想像。讀者無形中也將這樣的族人摒除在自己的閱讀經驗之外。

因此，我們想做的是，回顧過去七十年來的華人書寫，分別從中選出華馬作家以華文、英文與馬來文創作（具某種程度的代表性的）的短篇小說三十餘篇（英文與馬來文創作譯成華文），輯成一集，供讀者檢視並閱讀比對。這樣的編輯概念，可以說是過去從來沒有的。當然這只是個開端，如果條件允許，也許其他有心人可接著做諸如詩、散文、論述等大型跨語選集；或者反過來以英文或馬來文為媒介，把其他不同語文的華馬文學翻譯過去，達到真正的跨語交流對話的目的。

b.釋七十年：從一九五七年馬來亞建國迄二〇〇七年，五十年。但文學的歷史總是比現代民族國家的創建來得早一些。論者一般以五四運動後（一九二〇年左右為起點），那又也許太早了，有作品而無經典。本選集大致以鐵抗的傑作〈白蟻〉（一九三九）為起點，是為經典開端。取其整數，約七十年。

我們也想看看，七十年過去了，華馬小說究竟留下了什麼，看看我們沒有缺席的「經典」有哪些。我們的選輯，或許有我們的（美學）偏見，不過集中的作品，多半曾經收入別的選集，故多少也有一定的經典共識與代表性。此外，我們也重新「出土」了若干過去受到冷落的作品，以示我們以選集重寫典律的意圖。

c.釋編者：張錦忠、莊華興、黃錦樹三人都在大學教書，長期致力於華馬文學的觀察、研究或翻譯，也都有專著出版，論述上幾乎更新了既有馬華或華馬文學研究的視野。張錦忠博士的英美文學背景及其對馬英文學的長期觀察，莊華興博士的馬來文學專長，都是本選集「跨語」的必要條件。就編輯人選而言，可說是一時之選。

d.釋台灣製作：這本華馬小說選集將在台灣委由民間出版社製作出版，以目前的華文出版條件而言，台灣當然遠勝馬來西亞，而且主編三人中二人在台，書的品質我們也比較好掌握。但是這類書在台灣幾乎沒有市場。可能的購買者除了少數專家學者小說同好外，大概就只能寄希望於華馬同鄉。我們希望馬華知識界與文壇可以共襄盛舉，由若干單位（或個別有力人士）分別認養個一兩百本；既贊助出版，也促成流通。這樣馬華文學才可以在台灣繼續「境外營運」。反過來說，這種工作屬於社會公益（編輯作業也都是義務工作），學術意義大於一切。出版成本都由台灣來付也說不過去。大馬華社應也有相對的責任。

**附記：**本選集暫定四百頁，新台幣四百元／本，大量購買可七折，即二百八十元新台幣／本。

徵求二十本以上之大戶，小戶待書出後請直接到書店購買。目前我們只是做個統計，確定書何時出來，再請有關單位匯款給出版社的行銷部（或代理，或海外代理），倉庫寄書。歡迎有心人認購捐贈華校。

意者請聯繫

張錦忠tktong@mail.nsysu.edu.tw
莊華興cfhing@fbmk.upm.edu.my
黃錦樹kcng@ncnu.edu.tw

# 辭謝南方學院大學邀請擔任《蕉風》名譽編輯顧問函

通元：

感謝好意，但就我的立場，還是婉拒為宜。

《蕉風》到南院之後，因編輯把關不嚴，任由刊登的文章對我橫加謾罵、污蔑詆毀者，不止一回。以致讓我失去一位可與論學的摯友，對如此文壇如此刊物甚覺心寒，而拒閱拒讀拒投稿多年。前年余配合完成之「黃錦樹專輯」，誠已為一告別矣。

錦樹　二〇一七年六月二十六日

按：二〇一七年六月二十二日傍晚六時許突然接到《蕉風》資深主編許通元臉書簡訊：「錦樹兄，寄上本校邀請您擔任《蕉風》名譽編輯顧問的公函，敬請參考附件。靜盼佳音。」附件中有「盼您能提供編輯《蕉風》的寶貴意見。」二十三日凌晨五時我即出門轉車去機場，趕赴吉隆坡花蹤之約。事情忙完後，二十六日將返台，凌晨五時即起，即以臉書私訊簡覆如上。我所能提供者，無非是一個教訓。

# 不錯與夠好

好像有一則劉小姐很兇的留言被刪除了？感覺伍和劉都練了自傷拳，三分傷人，七分傷己。錦忠說妳們吵得有趣，叫我過來看看。我以過來人的身分勸勸兩位，劉的那篇作品也許不夠好但不能說不好。極短篇本來就有它先天的限制，因篇幅的關係讓它往往不得不程式化，本來就「難好」，最後幾行總要來個逆轉。名家如黎紫書也不能免，除非你有勇氣像川端康成那樣寫成詩，但那對公共議題也不宜。採取這樣的擬人化也算不錯了，如果能多加皺褶會更理想。來日方長，作品不夠好是常態，但能不錯也就不錯了。

不管是自評還是評人，都該留點餘地，不然被評的人一定會很不爽，甚至口出惡言、搭擂台。如果用於自評（自我要求），輕者造成不敢發表，重者連寫都不敢寫。久而久之眼高手低，如同自廢。兩位都還非常年輕，各自用作品做良性的競爭比較有建設性。寫作的人對自己的作品一定要謙卑，否則走不下去。我們往往只能做到不錯，夠好總是遙不可及的。希望兩位覺得我這則留言不錯。

二〇一三年五月十一日的一則臉書留言

# 叔輩的故事

宋子衡（黃光佑，一九三九—二〇一二）、溫祥英（溫國生，一九四〇—）、菊凡（游亞皐，一九三九—）這三位年齒相近的同代大山腳馬華小說寫作者屬戰後「有國籍的馬華文學」的本土世代，作品都不算多，到晚年總結下來，也就只是幾個小冊子。愛好文學，但寫作之路充滿不確定感與挫敗感。那種挫敗感主要由箇中學歷最高的溫祥英反覆的表述（有時是訪談，有時是隨筆。代表性的如〈更深入自己〉），溫的困難也許集中於語言轉換上的——平時讀的是英文書，但寫的是華文小說，生活空間盡是方言土語。但他也許刻意拒絕中文文學書面語的參照，拒絕現代中文文學的既有表述，一意忠於自身的生活語境（溫祥英，〈寫作途上所遇到的難題〉，《南洋商報・南洋文藝》，二〇一五年十一月十七日，十一月二十四日）。身為中學華文老師的菊凡，長年教華文課，是三人中文字最流暢的。但太流暢也不見得都是優點——譬如書寫中常會跑出大馬華語不會有的語尾詞「兒」，和大馬的口語環境反而有距離，方言土語特有的韻味也在被轉譯時犧牲掉了。

菊凡出版處女作短篇集子《暮色中》（棕櫚，一九七八）時已三十九歲，不可謂不晚；三人中最早出版處女作的宋子衡，《宋子衡短篇》（棕櫚，一九七二）出版時作者三十三歲了；《溫祥英短篇》（棕櫚，一九七四），作者三十四歲。且三人的處女作各篇作品篇幅都不大，整本書也不過薄薄百餘頁。這都可以看出成書不易，也不容易得到社會支持。菊凡的第二本小說《落雨的日子》（棕櫚，一九八六）與第一本相距八年，出版時作者都四十七歲了，那書一樣只有百餘頁。相較於《暮色中》，它的語言張力、形式本身的張力不見了，似乎向「馬華現實主義」妥協了許多，關心的也都是當下現實的政治議題、華社議題。晚近的《誰怕寂寞》（二〇一三）延續那樣的樸實低調，《暮色中》中強烈的小說衝動似乎煙消雲散了。

小說緩慢的繼續著，就像生活本身，但那些小說似乎在做著別的事。我們可以讀到裡頭有一些議題，但找不到屬於小說自身的審美意趣。就像許許多多的老派馬華寫作人對自己寫出來的「詩」詩意缺席毫不在意，甚或渾然不覺。大部分馬華作家也就那樣，寫作繼續著，但它像是種強迫性的勞動，文學的企圖心（如果曾經有的話）不知道什麼時候被磨蝕掉了。

在這樣的語境裡，溫祥英的繼續抱怨與悲鳴，看來就是一種不甘心與掙扎（因此小說還維持一種執拗的形式感），即便身在暮年。那是馬華文學本身的嘆息。他們都不是沒天賦，也不是不努力、不讀書，也都掌握了一定的文化資本。曾經的海峽殖民地檳城可不是文化荒漠。

菊凡的自我挫敗，應該就在《暮色中》出版後的那些年。他的轉向可視為一種具體的、退縮式的回應，原因也許再簡單不過——臨近不惑方初試啼聲，但《暮色中》被同代人普遍認為是失敗之作，沒有人覺得那是條可以繼續嘗試的道路（討論見我的〈暮色與空午——讀菊凡《暮色中》〉，《星洲日報．文藝春秋》，二〇一五年六月一日），他自己也沒那個自信，因孤立無援，而讓一條可能的路荒蕪了，淡淡的足跡被雜草掩沒，如同「未擇之路」。另一方面，同代人對《暮色中》那樣的接受——反應多少也反映了馬華文學本身的問題，即便是讀過不少洋文書、可能是三人之中學養最好的溫祥英，也把自己寫作的挫敗感毫不保留的投射給老友們。他們之間似乎互為鏡像自我，但菊凡對同儕的批評看來就寬厚得多。但那寬厚對對方的成長一樣沒什麼幫助，也不知道是為什麼。即便大山腳的文人類聚——至少可以取暖——在馬華文壇算是少有的，那種無邊的寂寞和惆悵在他們相聚的溫暖中還是如二手菸那般自然的飄散開來（見杜忠全的訪談整理，〈棕櫚長青——從「七色棕櫚花」的永久缺席談起〉，原刊於二〇〇六年十一月十四日，《光華日報．新風》，作家心路專欄）。

能持續寫，最後靠的就是意志了。

晚年的菊凡，有幾篇小說還是挺有意思的。二〇一二年出版的《大街那個女人》中的〈大街那個女人〉、〈那間紅屋〉、〈那段恐怖的日子〉三篇，都比較抒情，都是從暮年回望早年經歷過的日子，都用了孩童的限制觀點（路徑與溫祥英的〈清教徒〉、〈唔知羞〉之類的晚期小說類似）。作者自述：「〈大街那個女人〉是關於我父親的一段沒有結果的哀怨婚外情」（〈自序〉），以之為書名，「是因為我真的很懷念芳阿姨。」難怪那種抒情氣氛那麼強烈。老去的作者重返少年時，重溫待他如子的父親的另一個女人給予的愛，不帶欲念的身體接觸，母性的溫暖。小說裡描寫的她身上的香味，是思念本身的味道。整篇小說沒有連續劇灑狗血式的嘶吼拉扯，三個主人公都溫厚而蘊藉，整個故事因而瀰漫著命運作弄下的無奈和感傷，像一首抒情詩。像是紀念一段猶有餘溫的愛情。〈那間紅屋〉、〈那段恐怖的日子〉都用了懸疑的筆法，圍繞著一個被遮蔽的事件，一點一滴、欲語還休的披露。這就是孩童限制觀點這一策略的長處——事情太複雜，孩子知道的很有限——前提是，作者得按捺下傾吐的衝動。這裡頭當然有技術。「那間紅屋」旁曾是孩童遊憩的聖地，而後因日本人的出現而成了恐怖之地（歷史的暴力以這種方式現身，也是成長小說和電影常用的方式，可對比於〈唔知羞〉），從神廟到鬼屋，用狐獸的叫聲比擬被日本人虐害者的慘叫聲，猶如把日軍帶來的傷害類比為血色的紅屋——整篇小說反覆刻寫的，就是紅屋這物件——它的陰森、妖異，無非即是敘事人對那段歷史的印象的具體化。就像〈大街那個女人〉把思念具象化為「大街那個女人」。〈那段恐怖的日子〉也用了類似的孩童印象的手法，寫一個隱身賣「辣沙」的年輕民運（馬共的訊息傳送者，糧食運送者），不帶多餘論議的寫出民眾的支持與恐懼。

孩童觀點看似不可信，但卻往往更有文學上的說服力。尤其對照作者生平，他們都出生於日本南侵之前數年，童年時經歷了日據；日本戰敗後，又經歷了英軍的重返，馬共的反殖革命，馬來亞建國……。對於我這代人而言，這些叔輩的故事早已被深埋在歷史的水泥表面之下，沒有人講述，我們連想像都很困難了；更年輕的世代，或許就更易於認為那是不必多關注的，教科書裡冷冰冰的歷史敘述，它存在的意義只和考試或許有關。

然而這幾篇作品，也讓人有意猶未盡之感；故事好像未完，還可以再繼續講下去。那樣的故事是個人深層的情感故事，適宜強化時間的幻術。從小說的角度來看，其實可以給「懷念的芳阿姨」幾個不同的可能未來，輕而易舉的就可以讓她幸福——即便僅僅只是在虛構敘事裡。

她可以是我們任何人的祖母。在終於找到可以共患難的男人，建立自己的家，歷經大半生打拚以後，有一天，也許有感而發，不經意的向依戀她的孫子說起，多年以前也有一個那樣的小男孩很喜歡和她臉貼臉。但那時她的皮還沒皺還很滑嫩，出門時很多男人盯著看的。她有一個很喜歡的男人，那男人也很喜歡她。可惜他有老婆孩子了。然後日本鬼子來了……。

在五腳基，暮色中，屋裡頭飄出米飯初炊熟的清香。她坐在藤椅上，抱著剛學說話的孩兒，輕輕的晃著，嘴裡喃喃自語；專注的望向遠方紅黑交錯的火燒雲，好像那將是伊最後一次看著太陽下山。

二〇一六年一月十日

# 最後的豬籠草

張貴興的《猴杯》出版迄今十年了。不知道什麼緣故，這十年來，他沒出版更有分量的作品。於《猴杯》次年出版的《我思念中的南國公主》，相對而言是部較通俗的長篇，分量不可相提並論。在這兩部小說之前的十餘年間，張貴興大概每三年左右就有一本小說出版。因此《猴杯》可以說是他個人寫作生涯的一個重要的里程碑吧。

這十年來，關於張貴興的討論並不算多，雖然比前一個十年要好一些。因為台灣文學的學科化，學位論文的題目有限，台灣新移民的文學生產多少會有學術樣本的價值。可是說實在的，大部分都無甚新意。因為難以超越既有的論述，沒有人嘗試深入文學舞台之後的背景。恰因為背景不同，當寫作者刻意以出生地婆羅洲為書寫舞台，確實很難不被看成異國情調。那是種純粹美學的目光。這方面作者當然要負些責任，自留台寫作以來，浪漫傾向及刻意的審美營造是他試圖融入台灣、避免在此地被視為異鄉人的方式。想像的鄉愁讓他把婆羅洲亂針繡為他的文學共和國。走到《猴杯》，張氏美學（所謂的「雨林劇場」）已臻極致，文字的風格化、對雨林的美學化幾乎到了極限，是雨林想像之極致，能調動的幾乎都被調動了，從犀牛、蠍子、蜥蜴、猴子、豬籠草……及其他鳥獸蟲魚，都躍然紙上。可說是中文書寫裡未曾有的美學景觀。但也難免會被論者認為這對他而言已構成一道難以超越的柵欄。

他多年的沉寂是在尋找另一個寫作的開端嗎？

另一方面，在文學史上，也難以超越台灣—大馬這樣的地域評價。儘管它的水平並不見得低於排山倒海的當代大陸中文長篇。這多少說明了，邊緣地區中文寫作的一種命運——終究受限於文學的地緣政治，寫作只能是個人的戰役。

然而如果我們接受作者在訪談中的提示，《猴杯》不只是審美實踐，而是深刻的觸及了婆羅洲的現實，也即是華人拓殖史的黑暗面。從這角度來看，它裡頭的故事就不是母題和原型而已，而是涉及華人在原始積累過程中的造孽，那也是「排華」或族群摩擦的其中一個常見的肇端或原因。就這方面而言，《猴杯》可能是自有馬華文學以來最尖銳的反省了華人與他人關係的小說。

作為移民，華人史一向最自豪於集體的「墾殖」、開疆拓土的形象，自豪於是南洋諸現代城市（諸如馬來半島「所有的市鎮都是唐人街」這樣的說法）的肇建者，而自然而然的接受了現代化的意識形態。也普遍的忽略了，不論是華人還是印度人，作為殖民主義的協助者，有時幾乎即是殖民者作為「生態地理殺手」的幫凶——另一方面，作為墾殖者，與原住民的互動一定程度的重複了殖民者與原住民的剝削關係——「勤奮」的華人不見得會尊重當地人的生活習性及對土地的態度。經濟、知識與生存謀略上的相對優勢，更惡化了華人的準剝削者位置，對原住民文化的輕蔑（即使是區區伐木工人）。《猴杯》便是這樣的故事。那是一個救贖的故事，也是個復仇的故事，當然也是個傷害的故事。故事的核心是華人與達雅克人的世代恩怨。

小說藉由敘事者的妹妹逃回大森林，他去尋找而把讀者的目光帶入雨林深處。除了雨林的生態之外，近乎全面的展演了達雅克人的生活場景、生命禮儀；達雅克人的獵人頭習俗和紋身技藝，都被華麗的渲染了。相延展演開來的，是家族兩代的黑暗仇殺故事。為了掠奪達雅克人的土地，小說中的曾祖父藉英殖民者的權力與武力，以暴力強取，並以暴力守護；闖入的達雅克人常遭射殺，因此成為世仇。土地之外，是對動物的濫殺（一如殖民者）、對女人的「性薩伐旅」——《猴杯》裡那退休的羅姓華文老師正是箇中典型。他的華文老師身分的設計，反諷得刺目。在這方面，小說似乎嘗試呈現部分他人的視域，他們的集體怨恨。這構成了整部小說敘事的張力。

而那個核心的家族的大家長則更不用說了，種罌粟、賣鴉片、開賭館、放貸——奴役，甚至殘殺同胞。小說裡有這麼一段曾祖對祖父的告白——「不出所料，曾祖說的是客家話」——最親切而冷酷的傳承：

> 你以為我這些產業怎麼興盛壯大的？你以為我那一點比白種人強？有誰願意和毒蛇猛獸為鄰一輩子？有誰願意在這煉獄熬一生？有誰願意為那點錢做牛做馬做到老死？有誰願意生下來就做苦力？我不想點辦法拴住他們行嗎？

他的方法有一定的普遍性：

我冒大風險，花大本錢開館吸毒嫖賭，為的就是發展鞏固種植園區。他們只要吸上癮，就會不斷向我賒錢，如此只有給我做一輩子奴；逢賭必輸，只要賭出癮頭，只有欠我一屁股債。……你以為娼館裡的婊子是怎麼弄來的？

不擇手段的原始積累，是一般華人史「為尊者諱」的。一般暴發的富豪的傳記也僅只是傳奇式的寫到他們「遂成巨富」、「遂發家」，好像純粹出於偶然，或反正就是一種必然（匿其因而揚其果）。而在馬華文學史的傳統裡，這主題應是「批判現實主義」著力的目標，但由於技藝的欠缺，一般而言都是概念化的、抽象的。而《猴杯》的長處正在於肌理的豐富，語言的生動之外，敘事亦非常曲折，環環相扣，深具可讀性。在敘事的技藝上，一如《群象》，離奇而合理，主人公非到最後不能充分了解自身行為的意義。讀者亦復如此。

相對於它所觸及的華人的現實來看，文字及文體的高度文學性，是否反而讓讀者輕易的買櫝還珠，而以為那不過是一場異國情調的美學表演而已？

按：本文部分段落取自筆者未刊論文：〈華人與他人：論東馬旅台作家李永平與張貴興小說中的

旅群關係〉，「二〇〇九年族群、歷史與文化聯合論壇：東南亞華人族群與區域比較國際研討會」論文。新加坡國立大學中文系主辦，二〇〇九年十一月十三─十五日。

## 腳影戲，或無頭雞的啼叫

無頭雞在村民引頸企盼下恩愛完母雞後，呼的飛上一根七尺高的木樁，「環視」四野的茅草叢。……除了溫存母雞和讓懶鬼焦餵食，無頭雞大部分時間站在野人頭上「遙望」茅草叢，守護著懶鬼焦的芭園，像一個斷了頭的雞形木製風標，間或發出泥濘低沉的「啼叫」，像在召喚被蜥蜴擄去的頭顱。

——〈妖刀〉

張貴興的新著《野豬渡河》是部精采之作，文字、細節精研細磨，情節曲折繁複，敘事自由進出各種類型，意象飽滿鋪張，是近年兩岸四地中文小說少見的佳構。文字的張力自第一頁一直延伸到四百多頁，精力彌滿。十多年沒發表長篇的張貴興顯然已回復到最佳的狀態，也即是《群象》（一九九八）與《猴杯》（二〇〇〇）的盛年。並不誇張，張貴興小說上的成就其實絲毫不亞於莫言及駱以軍狀態最好的時候（前者《紅高粱家族》、《檀香刑》；後者《西夏旅館》），而他之所以相對被貶低，無非還是場域問題——對「中原」或「台灣」而言，作為「熱帶的旅行者」之一的張貴興，和他的同鄉先天的「不接地氣」，大概還是主因之一。

在婆羅洲書寫方面，張貴興的對手一直是他自己，他的「昔日之我」，而不是任何的前輩平輩晚輩。在幾部代表作裡，他調度動物的能力似乎一直在強化。〈草原王子〉中作為較為單純象徵的大蜥蜴，到《賽蓮之歌》有了豐富的神話意味；《群象》中的象、「以字為象」，《猴杯》中的犀牛「總督」；《野豬渡河》則近乎火力全開，不只是野豬群，猴子、鱷魚、豪豬甚至螢火蟲。而那荒莽大地上與人做生存競爭的龐大野豬群，那人豬大戰，即便不是世界文學史上最壯觀的，也是中文小說史上絕無僅有的奇觀。

《野豬渡河》以日軍南侵北婆羅洲的那幾年為焦點，情節圍繞在日軍對「籌賑祖國難民委員會」[1]成員及其家屬不斷擴大的血腥殺戮（這方面小說極致的鋪張描寫）[2]、游擊隊的反抗與潰敗、獵人間的私誼與陰暗的欲望。小說虛構了個「豬芭村」以替代北婆羅洲任何確切的華人聚

1 這裡的「祖國」當然是指中華民國，彼時華僑和中國有很深的連帶。九一八事件後，南洋華人積極反日。北婆羅洲的史實見楊昇龍，《砂勝越華人的抗日活動（一九三七－一九四五）》（中國文化大學史學碩論，二〇〇二）第三章，「抗日籌賑組織與影響」，有古晉、詩巫、美里各地籌賑會成立的日期與相關成員名單、所募款項，及義賣、演劇、募集寒衣等物資的詳細資料。

2 日軍在北婆羅洲對華僑的屠殺，數量當然遠不如新加坡和馬來半島，小說應是疊印了南京大屠殺與星馬大屠殺。史實部分詳《砂勝越華人的抗日活動（一九三七－一九四五）》第四章，「日軍治下的華人社會」。文中亦述及諸籌賑會成員之被日軍迫害，頁一二八－一三二。論文提到當時稱做「大山背」（今稱加拿大山）的廉律、羅冰、巴甘及山城馬魯帝一帶墾殖的農民也受到迫害，可能就是小說的現場之一了。

落（從生產石油來看，應是作者的故鄉美里），那些具體的地名都被模糊化、蠻荒化、始源化，從而也寓言化。即便日軍南侵、占領的時間是確切的，但「豬芭村」這樣的修辭有助於讓那空間本身被賦予另一種時間性，它非常原始，幾乎就是雨林及野豬、猴子、飛鳥和魚的時間性。但那也是游擊隊和日軍的時間性，二者都同時具備獵人與獵物的雙重性，遵行叢林法則，可以是「野蠻」這詞語的具體化。依本能而行的野豬，莽撞、暴力而強欲，在敘事裡最終成為日軍及其反抗者的象徵。

敘事上，《野豬渡河》有計畫的分成幾層不同的敘事（在實際敘事進程中交錯著展開），由日軍、獵人、公豬母豬構成的「成人的世界」之外，小說花了不少篇幅勾勒出一個歡樂野趣的孩子的世界。這世界以兩種方式展開，一是鄉間小孩成群結黨戲水抓魚爬樹、打石彈惡作劇。但《野豬渡河》與眾不同之處在於，它大量引入日本童話及神話裡的妖怪面具（天狗、九尾狐、河童等），也就引入了日本文化元素。相關的故事與想像（這方面，召喚的其實是普遍閱讀日本奇幻動漫長大的華文讀者的共同記憶），藉由一位偽裝成貨郎的日本密探小林二郎——在日軍登陸前，密探潛伏在各行業裡，從南洋姊、攝影師、賣草藥的、拔牙的、賣木柴的、雜貨小販等，在小鎮搜集情報多年——的引介，加上相關的童謠、謎語，讓整個敘事空間更其奇詭、異色、極富異國情調。再則是華文學校裡，老師引導下的戲劇表演，以《西遊記》為主，悟空和群猴、哪吒、二郎神，熱熱鬧鬧的展開，為中國抗日籌賑。那是傳統文化向度。而這一切一切童趣，都是為了強化毀滅的悲愴。

形式上，《野豬渡河》藉用分節、小標題，特寫某個人物或事件的形式，有的是相當獨立的短篇。長處是，敘事快速推進時，如果不足以呈現出角色與事件的完整性，這樣的設置可以達到「外傳」式的完整性。如〈神技〉之寫潛水憋氣奇人扁鼻周；〈斷臂〉之寫被迫淪為慰安婦的何芸和一雙鬼子的手臂的古怪情慾（這在慰安婦書寫裡可說是不落俗套）；〈龐帝雅娜〉細寫彷彿具有殺鬼之能的馬婆婆之盡力守護孩子的慘敗史（鬼子顯然比pontianak難對付得多）；這些分節當然也是整部長篇不可分割的一部分。

日本和中國傳統說部元素外，作者還調度「本土資源」如油鬼子（渾身泥巴或抹了油的裸身色鬼）、龐帝雅娜（掛著一串內臟的飛天人頭，吸血鬼）等鄉野奇談，且把它們充分的戲劇化。為了強化戲劇效果，作者把傳說中的幾把日本名刀（日本武俠小說和動漫常援引的神器，如妖刀村正）也都引渡進婆羅洲，而在地凡兵帕朗刀也被誇張強化為神兵。箭毒樹，吹箭，達雅克人傳統的獵頭之俗在二戰中被美軍有計畫的恢復[3]，而《野豬渡河》大大發揮斷頭的美學效果。愛蜜莉的報復始於其父偽貨郎小林二郎的失頭；日軍在南洋及中國戰場喜歡砍中國人頭（及剖腹）是史實，他們在小說裡被施以砍頭報復也順理成章。然而，砍頭竟然延伸到一隻公雞身上（見本文篇首引文），斷頭而不死，昂揚的活著，這顯然就是作者的說故事「神技」了。

3 Frances Larson的《一顆頭顱的歷史》（貓頭鷹，二〇一六）第二章「戰利品首級」有詳細的敘述。

作者幾乎全面調度了可能的敘事元素——甚至《神鬼奇航》的沉船死兵。順著這樣的邏輯，無頭鬼子繼續騎腳踏車行軍，當然也就不奇怪（〈無頭騎士〉）；鬼子被斷臂，極少數活到故事終端的關亞鳳也被斷臂。奇怪的是，他被斷臂後，腳技精進，能以腳持刀削木、製彈弓，製風箏，騎腳踏車，甚至「以趾代指，透過煤油燈光芒，在龜裂黯黃的木板上表演腳影戲。」「抬起兩腳，十趾像十尾靈蛇出洞，曼舞飛旋，在木板牆上模擬出數十種飛禽走獸。」（〈父親的腳〉）這是小說的開篇章，也即是小說的開場，彷彿在宣示，《野豬渡河》的故事都是由「父親的腳」講述的「腳影戲」。

作者也擅用吸食鴉片及犯癮時產生的幻覺，夢、錯覺等，營造審美趣味。

這部充斥著殺戮、血腥、情慾的婆羅洲大戲，日軍之所以能非常順利的追蹤、屠殺「籌賑祖國難民委員會」成員及其家屬，小說一開始就在華人圈裡布了一個鬼，一個女孩，愛蜜莉，兩代華人都以為她是自己人。不料從傳奇獵人到幼童，都因她的出賣而幾乎全滅。而愛蜜莉，也是全書唯一兩次出現在獨立篇名的，這讓她成為全書黑暗的核心。〈愛蜜莉的照片〉其實已暗示她的日本人身分，因她的相片被印製在日軍空投的宣傳單上，但沒有人懷疑——因為那張照片已在鎮上日本人鈴木的照相館陳列了一年，但沈瘦子和扁鼻周卻因此而被滅口。為什麼她可以那麼從容的出賣所有的人，包括那一大群小學生？就因為她是日本人？這可能也是《野豬渡河》留下的一大謎團，會不會賭注大了些？全書最末章的〈尋找愛蜜莉〉以外傳軼事的方式補敘了愛蜜莉的邪惡，她因嫉妒好友幸福而害死她。從上下文來看，那彷彿是先天的、本質化的，那就近乎類型小說的設置了。如果真是如此，愛蜜莉倒似乎不止是《野豬渡河》腳影戲上的一枚頑強的雞眼[4]了，更可能是本書的脆弱環節。

二〇一八年七月三十一日

4 小說中朱大帝、紅臉關、亞鳳都長雞眼。名可名，非常名，雞眼原非雞眼。

# 愛蜜莉之謎

《野豬渡河》敘事生猛有力，語言吞吐自如，欲望橫溢，好像出自三、四十歲盛年的小說家，而不是比我年長十歲的寫作者。

《野豬渡河》應該是目前為止關於日本南侵、關於那「三年八個月」最全面也最精采的小說。日本的侵略，早就退出當代馬華文學的視野了（雖然馬英在長篇的視景裡難以繞過），寫作的人最關注的一直是自己的當代。

《野豬渡河》比《新俠女圖》更像武俠小說，雖然沒什麼武俠小說常見的武俠符號，它的武器裝備更奇幻，也更現代化。不再是氣功，十八般武藝之類武俠小說既有的程式，但也沒有超越於歷史場景與讀者經驗存在之上的絕世高人（如獨孤求敗，風清揚，逍遙子，王重陽等），因為《野豬渡河》已經是船堅炮利的現代，而且作者不打算讓那些異人活著。張貴興在最近的訪談裡意味深長的談到金庸和莎士比亞，談到悲劇，都有助於讓我們了解他的寫作意向——莎士比亞化的金庸，金庸化的莎士比亞，他的審美實用主義。

相較於李永平這個婆羅洲前輩，在張貴興那裡，看不到類似的的語言掙扎。他大概更早就意識到，也致力於開展一種屬於自己的文學語言，那種語言可以簡潔流暢，可以華美精緻，它富於彈性，不受任何在地的制約（婆羅洲、台灣的方言土語，譬如客語，閩南語，馬來語等）。雖然，理論上任何寫作者都會致力發展出自己的文學語言，然而在民族國家裡，總是會被強烈的要求回應在地，最表面而立即可見的，就是語彙。高中時代就嘗試過各種寫作試驗的張貴興，經歷《伏虎》的歷練之後，他的語言路徑就像他的小說路徑，非常的個人化，非常的唯美，也非常的享樂主義。二十年前我曾用「詞的流亡」來指涉那樣的語言狀態，也許不夠確切，因為流亡還是得預設一個對抗的中心，但張貴興似乎更像是嘗試建立一個純粹屬於自己的文學王國，不怎麼在意存在的語境。這語境，既是文學史，也是歷史。就這點而言，他和李永平一樣，沒有繼承——沒有來自過去的，不論是婆羅洲還是馬來半島都沒什麼可繼承的。而後來者，只怕也難以繼承。

在張貴興的前期寫作，《賽蓮之歌》因此可以說是張貴興的美學宣言，核心隱喻是希臘神話賽蓮Siren，那是自我情慾的美學劇場；當歷史被引入，也總是被開展為審美導向的傳奇劇場（譬如移民史成為《頑皮家族》，砂共轉喻為《群象》、家族史成了《猴杯》），而《野豬渡河》，雖然是以日軍南侵的三年八個月為歷史背景，極力敷寫日軍的殘虐的同時，它的狂想，對暴力殺戮不留餘地，使得日軍南侵的豬芭村也成了張貴興的傳奇劇場，它的殘酷、它的暴力與欲望，也許還超過歷史本身，甚至變相的正當化了殘酷的歷史，賦予它存在一種美學的正當化（王德威的用語是「逾越了寫作的倫理」）。游擊隊員的反抗注定是徒勞的，因為暴死是通向現代悲劇的捷徑，他們非死不可。從這角度來看，愛蜜莉其實位居作者美學意志的核心。它其實曾經在《群象》裡出現，那時她還沒有名字。王德威在為《野豬渡河》寫的導讀中指出，這部小說已把核心隱喻從賽蓮轉向能將任何好色之徒變成豬的色喜（Circe）。是否如此不得而知，因為愛蜜莉似乎比色喜更為黑暗。

野豬生猛，日軍凶殘，張貴興兼而有之——在審美實踐上。

# 真正的文學的感覺

今年十月，在美國哈佛的一場學術活動中，一位台灣留學生突然公開問我：「為什麼是馬共小說該向陳映真學習，而不是反過來，台灣文學（陳映真）該向馬共小說——譬如金枝芒的《饑餓》、賀巾的《流亡》學習？」他針對的，當然是我二〇一三年在《南洋人民共和國備忘錄》的自序裡談到我那篇借用陳映真小說篇名的〈悽慘的無言的嘴〉的最初發想是，「既然陳的早期小說是中國以外左翼文學的標竿，馬共小說也該有篇陳映真式的，可惜馬共陣營普遍欠缺真正的文學感覺。」（十二）我這兩句話，其實已預先回答了那位台文所出身的青年的提問。

身為寫作這一行的晚輩，我不過是陳映真眾多讀者之一。我從來沒見過陳映真，沒聽過陳映真的演講，不曾參與有陳映真出席的任何活動，不曾動念找陳映真簽書或寫序，甚至連以陳映真為主題的研討會都不曾被邀請。雖然我在台灣居留的這三十年，其中的二十年是「陳映真在場的台灣」。

我和那名字的關係，純粹是讀者與作品的關係。對那些作品已成經典的名家，我的態度一貫如此，即便自己微不足道。雖然一九六〇年以後的馬華文學，大部分可歸為「民國—台灣影響下的馬華文學」（相較於三〇年代以來的中國革命文學影響下的馬華文學[1]）；雖然，中國革命文學的影響一直延伸到七〇年代，但已沒能催生出什麼像樣的文學作品。對我們這支幾乎沒有作者、沒有作品的小文學而言，台灣的文學巨擘未免太多了些，多到令人沮喪的地步。

不若葉珊、余光中對天狼星詩社的持續影響——溫任平之畢生低首余光中，楊牧詩對不同世代詩人的啟發——馬華也產生過它的七等生（張瑞星《白鳥之幻》），鄉土文學之為宋子衡等的長期參考對象，商晚筠至死仍心追意摹朱天文（從《七色花水》到《跳蚤》），楊澤之曾經影響傅承得（瑪麗亞／月如）……。曾經關心馬華革命文學的陳映真，對馬華文學卻沒什麼影響[2]。

對那些甚至可能並不知道自己是在中國革命文學教條的死灰裡寫作的馬華左翼寫手而言，即便他們稍微認真的讀了陳映真，也會認為那不是同道——看起來太過現代主義了。他們頂多只聽說陳映真是「台灣作家」，台灣＝民國＝蔣幫，大概也就不屑一顧了。

「真正的文學感覺」，談何容易。

即便是陳映真本人，「真正的文學感覺」也一度被他自己的「意念先行」摧毀——如〈夜行貨車〉、〈萬商帝君〉——那些年，或許可以說是陳映真的馬華文學瞬間。出獄後的陳映真，確實經常否認自己的現代主義血緣，好像那是什麼原罪似的。但陳映真對我而言，最有意義的首先就是他三十歲前寫的那些陰鬱幽暗慘綠的現代主義小說，而不是別的什麼。那是不可替代的。

陳映真的過世，說真的，我沒什麼感覺。畢竟他已癱瘓在北京多年，文學生命早就結束了。

對我而言，他也不是什麼思想導師。他的大一統論、第三世界文學論都太過常識；和陳芳明那場文學史論戰的學術水平太低，雙方都了無新意；晚年「回歸祖國」更是個人悲劇，也沒什麼好說的。

我讀大學的那幾年，正是《人間》雜誌的盛世，但我也不是訂戶，每每只是到學校對面的書店去看免費的新刊。我手上的第一本陳映真小說，是遠景版的，第九版的《第一件差事》（一九八五），薄薄的，不足兩百頁，大二寒假時購於台北某舊書攤。書櫃裡還有遠景版的《山路》（初版，一九八四）和包含諸多早年作品的《夜行貨車》（五版，一九八七），大概均購於台大對面巷弄裡的遠景門市，那裡常有遠景自家的特價書在拋售。扉頁沒有註記，可能那時的自己不是那麼重視；沒寄回馬餵白蟻，留著待讀或待重讀。

大學那幾年，讀了可能也沒什麼感覺，大概感受不到箇中寓言的共振，還欠缺充分的在地知識。我畢竟是台灣歷史的局外人，無法像那些與他共同經歷過白色恐怖年代的讀者那樣，對作品

---

1　詳盡的討論見謝詩堅，《中國革命文學影響下的馬華革命文學（一九二六—一九七六）》，馬來西亞檳城韓江學院，二〇〇九。謝自承，這題目的靈感來自於陳映真的一篇文章，陳文，〈世界華文文學的展望：關於世界華文文學的歷史與特質的一些隨想〉，http://www.wengewang.org/read.php?tid=6659，陳的相關判斷除了來自方修的文學史論述，再則是到大馬當文學評審時與當地老輩作家的接觸。

2　當然，對馬華作家沒影響的台灣作家遠多於有影響的，即便是現代主義陣營的名家如王文興、舞鶴。但陳映真的意義不同，他既是現代主義者，又是老左。

有深刻的心靈共鳴，因而對陳映真身上累積的巨大社會聲望，也幾乎無感。

其時較有感覺的文學作品應是現代詩，詩比較沒有背景負擔。

哪時讀了有感覺，其實我也不記得了。也許在淡江唸研究所，在那落雨的小鎮，系統的讀了日據時代的小說，從龍瑛宗〈植有木瓜樹的小鎮〉、呂赫若〈牛車〉、楊逵〈送報伕〉，一直到皇民文學；讀了施淑先生的〈台灣的憂鬱——論陳映真的早期小說〉及藍博洲《幌馬車之歌》，及各式各樣的五〇年代白色恐怖口述或報導；甚至是郭松棻那些彼時還在校對中，還未以書的形態出版的、迷人卻相當深邃難解的小說——再往回重讀，方能比較準確的掌握那些作品的文學的感覺。

似乎可以這麼說，陳映真的小說既是台灣文學史的縮影，也是心靈史的縮微，日據時代以來被殖民者受創的心靈，亞細亞的孤兒的徬徨感；被殖民情境下的無根與絕望——那延續的歷史創傷，青年陳映真直觀的把握了，表徵為作品裡色調瑰麗、耽美厭郁的藝術感性。那種集體的精神狀態被施淑教授概念化為「台灣的憂鬱」時，台灣戒嚴的歷史已然終結；但那被壓抑的復返、左派的憂鬱的具體化，卻終將成為台灣文學史的紀念碑，也可說是台灣這文學的加拉巴哥島文學演化的有趣案例。

也許，陳映真和郭松棻這兩位「本土左統」可以說是魯迅文學精神在孤島台灣的兩次轉生、兩種形態。兩個同代人[3]文學生命的旅程恰好顛倒——前者從文學的悒鬱經社會介入，再走向政治激昂，個人的時間逐漸被耗盡；後者從狂熱的政治行動走向文學的憂鬱生產，歷經政治理想的幻滅，孵育出的是一種流亡文學。他們留下的小說都不是長篇鉅製，而是中短篇，像抒情詩——這一點也相仿於魯迅、沈從文，因為時間歷經切割、重組、壓縮後，成了晶體。憂鬱的結晶。

二〇一六年十一月二十六日

3　陳映真（一九三七—二〇一六）比郭松棻（一九三八—二〇〇五）早生一年，多活超過十年。

# 缺席與在場

隨著一九八九年合艾和平協議的簽署、馬共解除武裝，走出森林，星馬歷史裡的「裡面的人」（借韓素英《餐風飲露》裡的表述）中的倖存者終於從不可見變得可見。此後的二十多年間，其中的菁英撰寫、出版了大量的回憶錄。但那些回憶錄（包括陳平的《我方的歷史》）雖然解釋了馬共史上的若干疑團，但顯然還有更多的「祕密」依然難以察知。從歷史傷痕的角度來看，它且輻射出大量的問題。包括那些昔日的投誠者（馬共的「叛徒」），那些大量的被「遣送」回中國的馬共，那些在森林裡被生下而被送走的孩子們，那些父母參與革命而被擊斃的家屬的處境，那些有家屬被馬共狙殺者的後裔，都還承受著那歷史的衝擊，猶如那些有家人死於「日本手」者。以效應來說，畫面的真實感、立即性當然強於文字，因此我們其實更需要紀錄片；如果能讓歷史當事人現身說法，當然更為理想。Mohamad Amir的《最後的馬共》（*The Last Communist*，二〇〇六）、《老鄉，您好》（*Apa Khabar, Orang Kampung*，二〇〇七），在新加坡禁止上映的、陳彬彬執導的《星洲戀》[1]（*To Singapore, with Love*，二〇一四）之外，這方面的嘗試還不夠多。

出生於馬來西亞實兆遠、曾經在新加坡小學執教多年的廖克發（一九七九—）是個有心人，紀錄片《不即不離》是個用心的嘗試。二〇一四年杪，他邀我到台中東海大學觀賞《不即不離》的一個早期版本。那是個比較簡略的版本，聚焦的是身為馬共一分子而被槍殺的他的祖父，給家庭帶來的持久傷害。那個版本有許多缺陷，其中最嚴重的大概是，對馬共及歷史本身的了解嚴重不足，祖父昔年的同志，和祖父一樣缺席。很顯然導演的準備功夫還很不夠。於是它就只能是個頗為個人化的家族故事，攝影鏡頭和配樂都傾向於抒情唯美，祖父之謎卻依然是謎。

其後經過一年多的補充，遠赴廣州、香港、泰南等地採訪歷史當事人，整體效果比原來的版本好得太多。相較於更早的版本，《不即不離》的增訂版，已經從一個比較簡單的家族故事，擴展為對一個時代禁忌歷史的複雜追憶。它的原始核心是個缺席的故事，祖父——父親的父親，一個馬共，經歷了英殖民時代、日據時代，參與抗英、抗日，而後在不到而立之年就被槍殺，以致成了家族歷史的缺席者。留下孤兒寡婦，默默承擔大家長缺席的苦果。

一九四八年緊急狀況後，馬共被定調為叛亂分子，這定位一直延續到馬來亞建國後，甚至，一直到今天。也因此，不止身為孫子的敘述者對那個人一無所知，自幼喪父的父親對那個人也沒什麼印象，更別說是對他的志業有所了解。其人其志都成了國家與家族的禁忌。對國家而言是叛

1 這批流亡者認同的應該不是作為國家的新加坡，而是純地域概念的故鄉。一如馬共認同的一直是馬來亞而不是馬來西亞。

徒，對家庭而言是「不負責任的人」。

那缺席者留下的空洞，只有藉由相鄰事物的補充，方得以彌補缺憾。於是導演剪貼了若干二戰、日據、馬共的黑白紀錄片，也到各地走訪倖存的前馬共成員——一九八九年合艾和平協議後回返馬來西亞的、留在泰國和平村的、被驅逐出境而落腳於香港的，因被遣返而留在廣州的——甚至極少數馬來馬共，都已八十來歲，垂垂老矣。倘若廖的祖父沒有被狙殺於壯年，那將是他幾種可能的餘生。許多革命者早就無聲無息的死於森林，青山埋骨；除了追憶，倖存者且為那些死去的同志立碑，安神位祭拜（片子裡不斷迴旋著祭拜的場景）。經由這樣的交叉對照，缺席的祖父被昇華為「祖父們」；而從那些長者的證言，祖父未及言明的志向也彷彿可以理解了。

在這樣的故事裡，「國家」、「祖國」、「國籍」都是反諷的概念。很多馬共都不曾，或不可能擁有馬來西亞國籍。他們認同的馬來亞，更多的是個家鄉的概念。他們被迫離散，那是革命的其中一種代價。為了解殖，建立民族國家，但處境卻是「敗者為寇」，被國家剿殺，唾棄，或被「祖國」背叛。

被「遣返」中國的，和三〇年代到緬甸參與抗戰、倖存，但未南歸而留在中國的南僑機工；或「回歸祖國」投身革命的歸僑，許多在五七反右及文革時，因為有「海外關係」而常被誣指為間諜，或被指控為帝國主義的走狗，都受到嚴重的政治迫害，或死，或殘（王嘯平和蕭村等歸僑在晚年的自傳性長篇小說裡，都有沉痛的回顧）。

新版《不即不離》以比較大的篇幅呈現了一個個案，那是十多萬「被遣返者」的其中一個後裔。母親受不了迫害自殺身亡，留下幼子與同樣受迫害的歸僑父親相依為命。死於青春盛年的母親，給子女留下無盡的哀思。在濃重的傷悼氛圍裡，受訪者回憶起父親對南洋咖哩的執念，對榴槤的懷念，都是無奈身為異鄉人典型的，食物的鄉愁。

片子也訪問了因參與革命而無奈拋棄自己的孩子的馬共們（在森林裡不容撫養自己的孩子，總是被迫出養），無奈之餘，那位父親只好把天下的青年看成是自己的孩子。而那缺席的祖父，在《不即不離》那百味雜陳的證言裡，也彷彿在場了。

另外特別值得一提的是這片子裡的歌曲配樂。從一開始那聽起來好像軟綿綿的馬來西亞國歌（Negaraku）的旋律，其實是首印尼情歌Terang Bulan（明亮的月光），它的弦律據說源自一首法語歌（La Rosalie），也曾是馬來亞建國前霹靂州的州歌。這對那總是少不了血和淚的民族國家和革命似乎是個反諷。接著我們可以聽到昔日的抗日少女清唱的賣花歌，那清亮的嗓音仍一如少女；馬來馬共唱的Barisan gerila Malaya（游擊隊之歌）；導演的父親從他的寡母那兒耳濡目染學來的福州情歌；一群白髮蒼蒼的女馬共「歸僑」，或唱著印尼情歌Terang Bulan，或唱著抗戰歌曲……。從這不同歌曲的調度和迴旋即可管窺《不即不離》涉及的問題的複雜度。

二〇一六年九月十六日

# 政治的，太過政治的

老友莊華興最近在媒體上發表多篇文章談馬華文學，對馬華文學還那麼關切的人，在這星球上可說是絕無僅有了。但有的文章我讀了並不太舒服——不是咖哩羊肉吃飽被撐著的那種不舒服，而是喝咖啡被嗆到的那種。

多年來，華興的立場都很一致，我們在研討會上、報紙副刊上也不知道爭辯過多少次，也不知道多少次尖銳的指出他論述上的盲點和漏洞。但他似乎都沒什麼改變，頑固一如我們的友誼，見面時還可以一起喝咖啡、吃飯，很放鬆的聊一些有的沒有的。雖然如此，那樣的論述看了有時還是會覺得不舒服。倘是其他阿貓阿狗寫的，當然可以跳過去不看，老友寫的，不看又好像不太夠意思。但看了又會覺得沒意思。

如此多年的堅持，只能說那是一種愛，一種如紋身傷疤一般的症狀了。

華興的立足點很簡單，本土，國家，國語，國民的義務。因此主張要從國家的高度去看問題，是以寫作人在語言上要「跨語」（要用華文寫作？可以，但必須同時用馬來文寫作，是謂兼語）；題材上最好要「跨族」，也就是華人不要老是寫華人的故事，該放眼全國民——最好遍及各個少數族裔。也就在這樣的預設之下，他敢於公然質疑少數論述的基礎預設——對他而言，相對於原住民，華文小說寫華人就難脫「華人本位主義思維」：

> 少數族群書寫研究的正當性何在？以（華人）少數角度出發談（其他）更少數，是否忽視了自己可能占據的霸權位置與思維，或始終無法看到作品中残存的華人本位主義思維。這種意識思維在與他者接觸過程中徹底暴露，或許它不是書寫的最終目的，卻在美學策略名義下大肆敷演。
>
> 這些作品，華人本位主義或以一種更為隱晦的意識出現，它必須放在文化高下對比之中才得以感知，書寫者是以一種俯視的姿態直面與觀看他者，具體結果是作品中充斥著民族優越感。
>
> ——〈誰看少數？談馬華文學的少數研究〉，《當今大馬》，http://www.malaysiakini.com/columns/249731，二〇一三年十一月十九日

但華興沒問，真正少數（或作為他者的少數）是否也得預設一種「本位主義」，否則論述沒有起碼的立足點？（此即論者所謂的策略的本質主義，作為退無可退的支點。）

華興的槍口真正對準的是張貴興和李永平這兩位從婆羅洲渡台的寫作者，只有他們的小說才會大規模的聚焦華人與在地原住民之間的互動。對少數民族而言，華人移民之為掠奪者，和白人

並無不同，這在婆羅洲尤為尖銳。因為原住民是當地人口的多數，部落的安逸讓他們單純質樸，難敵華人的機敏勤奮狡詐。即便在華人的集體記憶裡，也經常可以窺見那傷害他人的陰影。梁放的〈龍吐珠〉、李永平的〈拉子婦〉、張貴興的《猴杯》等，對那樣的歷史境遇均不無反思。而為了替梁放的《我曾聽到你在風中哭泣》辯護，華興激烈的指控張、李的小說是「華人本位主義思維」，「充斥著民族優越感。」老兄，大馬華人面對原住民時確實總是充斥著民族優越感的（即便是小老百姓，不同的方言口語裡都充斥著「番」、「山番」之類的詞語），但張、李的小說是在反思與批判那樣的歷史現實啊，難不成要扭曲現實去創造華人頭家大善人的烏托邦神話？但華興的思路不是向這裡，而是向另一邊——對他而言，真正正確的敘事主人公就不該是華人，他應該是混血兒，雜種（論述邏輯和台灣本土論完全一致），只有那樣的存在方是跨族的完美樣板，只有他，方能脫出漢族中心，方具有絕對的政治正確，「小說家在文中處理的是華人如何從純粹的漢人情結到華人，再到半唐半拉的半菜意識。這是《哭泣》跟其他同類型寫作的最顯著超越，可以說是過去砂華小說中，書寫此類題材的集大成者。」（〈梁放跨族群小說的國家與美學雙主體追尋（下）〉，《燧火評論》，二〇一四年九月十一日）華興的辯護首先是政治的，然後才是美學的，但根本上還是政治的。

就我個人閱讀這部小說的感想是，在文學的力度上，它其實不如同一作者早年的幾個短篇。雖然不是很長的長篇，但感覺還是太長了。

在整個跨族論述中，華興對張貴興尤為嚴厲。也許就在於張貴興是個比李、梁更有小說的感覺的小說家。

譬如文章引了一段《頑皮家族》的唬爛情節後，華興批判說：「這是誰的華人史？華人的原罪是客觀的事實，抑或是經由作者所放的蠱？……把華人愚化、醜化之後再來批判。」（《當今大馬》，http://www.malaysiakini.com/columns/282544）只能說，華興（及那些訓練比他差的學者）有時候太不把小說當小說看待了，太把它看作是準歷史寫作了——或者說，總是以一種特定的歷史觀為依據，去嚴厲的審查詩（小說）。審美的狡計有時也是一種思辨的策略，詩有異於哲學和歷史的邏輯。這自然也是老生常談了。但如果文學就只能按照某種政治程式操作，那必然毫無樂趣可言，讀者也只能板著臉讀了。像我這樣的讀者，通常就會讀到冒煙——沒辦法，我的燃點低。

依華興的愛國主義邏輯，我們的離境也幾乎就是一種原罪了，因此他的論述常會出現諸如此類的句子——「沒有國家主體意識，談跨群書寫將輕易掉入『異域中的漂泊華語論』。……離散論者從異族關係切入，作家因華人意識形態終究不得不面對語言的漂泊。這是否定國家在先的必然結果。」（〈誰看少數？談馬華文學的少數研究〉，《當今大馬》，http://www.malaysiakini.com/columns/249731，二〇一三年十一月十九日。）

有了「國家主體意識」又能怎樣？華語就不必漂泊了？馬來西亞這國家可以提供一個安定的錨，讓華文的帆船可以長久、安穩的停靠在馬六甲海峽的某個遮風避雨的港口？

依國家文化的邏輯，其實並不是這樣的。華語一直在大馬的政治季風中哭泣（如此表述會不會太「華人本位主義思維」？），華興自己也經常——而不是曾經——聽到的。而當華文本身對國家而言也是不正當的存在時，是不是就該跨語—兼語了？

這麼說來，《我曾聽到你在風中哭泣》最好還是出之以馬來文。以華文寫成，從國家的立場來看，單是跨族畢竟還是美中不足呢（如此表述可能比較愛國——雖然我早已失去愛那個國的資格）。

二〇一四年十二月十三日

# 後革命年代的馬共小說

海凡不知何許人也。在黎紫書稱許他的〈山雨〉是她「讀過的最好的馬共小說」[1]之前，文壇知道他的人大概並不多。

二〇一四年我到吉隆坡參加書展，順道去張永新的新門市買書，在購買二十一世紀出版的《十年——抗英戰鬥故事輯》（二十一世紀出版社，二〇一三）的同時，發現作者署名海凡的薄薄小書《雨林告訴你》（文運企業，二〇一四），就順手帶了一本。書名有點奇怪，不太像小說倒像是紀實，封面除《雨林告訴你》五個大字外，又有「游擊山頭　和平村裡」八個小字在那五個大字前。

關於黎紫書的評價，我在同年十一月到廣州暨大做的演講〈馬華文學與馬共小說〉中，已做了簡短的回應。幾天前許通元向我邀稿談《雨林告訴你》，我的回應很直接——「黎紫書胡說八道，她自己寫的就比海凡的好多了。」然而勉勵前輩，卻不失為善舉。但令人擔心的是，會做出

1　〈雨林裡的一顆遺珠〉，《星洲日報．文藝春秋》，二〇一四年十月十九日。

那樣的評斷，多半是因為沒認真讀金枝芒的《饑餓》和賀巾的《崢嶸歲月》。後者在去年五月黎紫書拜訪我時，我給過她一個複本，那似乎還是另一位同鄉幫我買的，一不小心就多買了一本。

馬共小說，或者說左翼文學，在革命年代，一般而言首重宣傳功能（傾向性）——對自己人而言，是勵志、提升志氣，或者「揭露敵人的險惡陰謀」；對敵人，則發動攻擊，以「打擊敵人」。金枝芒編纂的《抗英小說選》、《烽火牙拉頂》，賀巾的〈沈郁蘭同學〉等，都是那樣的作品。同樣寫於革命年代的《饑餓》，因此確實是個異數，也許五〇年代緊急狀態英殖民政府剿共的成功，讓金枝芒敏感的文學心靈有了末路的預感。從《十年》中不同隊員寫的回憶文章，也可以看到被圍困於森林中的部隊生活的窘迫——覓食的困難，「叛徒」（官方論述裡的投誠者）出賣造成的生存空間的進一步萎縮。作為部隊內部讀物，《十年》原始出版於一九五八年二月一日迄一九五九年五月五日間，共油印出版了十四集，一九六〇年緊急狀態結束，一九六一年金枝芒被北調中國和其他馬共高幹一樣被毛澤東保護起來。少了這靈魂人物，《十年》戛然而止。從現有資料來看，《十年》既是部隊的集體記憶，是一份檔案，也是金枝芒寫作長篇的準備。《十年》的整理出版，讓我們比較可以清楚的看到某些故事的原始形態（本事）。《饑餓》和《烽火牙拉頂》均可說是《十年》的進一步提煉加工。從《饑餓》的已完成和《烽火牙拉頂》的未完成，可以推想其間的藝術加工需耗費的心力，而完成後的效果，和原始素材間的差距也是巨大的。但對馬共成員而言，要跨過那一步並不容易。《十年》的功能畢竟是部隊的「宣傳教育」，但文學不止如此。《饑餓》可以說成功的超越了《十年》。但《十年》和《饑餓》的「此時此地」都止於五〇年代，但作為文學，《饑餓》已經超越了它的時代。

《雨林告訴你》的作者應該也是昔年《十年》的撰寫者之一，署名伍依在為該書寫的〈序〉中說，「在作者上隊之後，就常有文學作品發表在部隊的刊物上。」雖然難以還原出《十年》中哪個名字是後來的「海凡」，找出來的意義可能也不大。無疑的，他們都可視為是金枝芒的弟子。〈序〉中說這本書「正面講述了部隊中的人和事」，「作品中的人物形象無疑是高大的」（vi-vii），隊友之間因長期共患難而培養出來的情誼及信任，那種相濡以沫，是革命終歸失敗之後剩下的唯一值得珍惜的，這是後革命年代（前馬共成員的）馬共文學的主要特色之一，因此和賀巾並無不同，但賀巾還是多了幾分憂鬱。當槍桿子都銷毀了，已無需藉寫作向部隊成員進行「宣傳教育」；但即便是「光榮和解」，那麼多成員在官方歷史敘述裡以恐怖分子之名被定調而埋骨青山；而活下來的也幾乎耗盡了一生最好的年華。為了革命，犧牲了家庭，放棄身為人子甚至人父之責，但似乎沒有取得什麼可觀的成果。小說至少還具有撫慰的功能，可以藉敘事保留那最美好的時光。雨林裡當然有很多悲傷的時刻，有背叛，有飢餓，有死亡。但可以用敘事切下某段時光，那時還沒有背叛，可怕的事還沒有發生，厄運還沒來——備受黎紫書稱讚的〈山雨〉便是那樣的作品，好像是從《饑餓》切割下來的局部。因為敘事戛然而止，「後來怎麼樣」就可以留白。《饑餓》可不行，作為長篇，它必須讓人物走到自身命運的盡頭。〈迷離夜〉亦然，壞事還沒有發生；〈神奇的耳朵〉的敏銳聽力好像可以讓人避開一切可能的危險。這幾篇的文學表現不壞，均堪稱佳作。然而整體而言，以《饑餓》的宏大篇幅、寓言視野，它展現的部隊困境裡緊張求生的生活幅度，不是《雨林告訴你》的寥寥幾篇所能比擬的。

對我而言，《雨林告訴你》中最有趣的是〈褓母〉的一個細節。作為〈姐妹〉的續篇，兩個革命女青年，及一位懷孕待產的同志，尋求庇護的場所竟然是觀音廟，以「我佛慈悲」的名義。因為成功的被庇護，因而女同志間展開一場關於信仰的小論辯。相較於馬克思主義「宗教是人民的鴉片」的教條，而庇護她們的大嬸（其中一位女同志小梅的母親）被質問：「你天天拜神，心理真信嗎？」她的答案竟是肯定的，回應以「你們心中不也有旁人不能明白的相信嗎？」相較於革命女青年「科學的信仰」的教條，小梅媽並不是從狹義的宗教觀來談，而是回歸到信任、信賴（對某些人、對革命同志）、信念（對某些理念）這種最基本的人情義理，但也是更為根本的共同體成立的根本條件上來談，它是人的超驗衝動的社會面，也是宗教的社會基礎。人們把它進一步抽象化、人格化之後，就賦予了各種神的名字（觀音、關帝、大伯公、拿督公……）。

顯然已從生活體驗裡得到超越共產主義的反宗教教條體悟的小梅媽，她對那來自「科學的信仰」的質疑的回應是：「不都是要給人們帶來福分嘛。再說，毛主席在大家心中，不也是一種神？那本語錄，你們不是像佛經那麼背誦的嗎？」（四三）這態度幾乎已可說是「道教的真精神」了，對馬共那盲目繼承來的宗教成見，是個重要的修正調整。這篇文末寫著「一九七八年舊作，二〇一〇修訂」的小說，我們不知道它原來是什麼樣子，也不知道作者修訂增減了什麼，但書中的〈倘若雨林有知：和平村日記〉一九九〇年四月九日卻記載了一段堪稱是信仰的見證的奇蹟，值得引給大家看看：

劉波終於和家人聯繫上了，真是令人高興！他與方壯壁、田民一道，應是六〇年代就離開新加坡，流亡至今。與家人斷絕音訊三十餘年，生死兩茫茫。現在能獲得確實的音訊，聽到了魂牽夢縈的聲音。那種恍如隔世之感，不是親歷者是無從體會的。

奇妙的是，母親會轉來他家人的尋問，並不是由於兩家人熟識，而僅僅是寺廟裡結的緣。原來在我離家的十多年頭裡，母親走遍了島國無數個寺廟，向各方神明燒香叩拜，祈求孩子的平安。到我們終於夢幻地異地重逢之後，她一回國就忙著到寺廟還願。一旁廟祝聽到她的禱詞，忙向她介紹了同樣來廟裡祈求親人團聚的信徒，即是劉波的家人——「可憐天下父母心」。一條在茫茫歲月的煙波裡斷了的線就這樣地續接上了。

一時間，突然對供奉在寺廟裡的那些泥塑木雕的偶像，萌生了幾分親切感。（一七五—一七六）

劉波、方壯壁、田民，有的是最近在新加坡被禁的陳彬彬的紀錄片《星洲戀》（*To Singapore, with Love*）[2]中的主要人物，都不是虛構的名字[3]。「天下父母心」，「心誠則靈」。母親對孩子

2 坊間一般譯做《星國戀》，但我覺得從這些歷史主人公的立場來看，他們多半不會認同李光耀體制的新加坡的，對Singapore的戀，與其說是國，不如說是家與鄉。星洲是未有新加坡國和國之前，晚清叻坡詩人丘菽園的古雅譯名。

3 這片子的討論見潘婉明，〈舐犢遺憾——《星國戀》的流亡敘事及其他〉，《燧火評論》，二〇一四年十月二十八日，http://www.pfirereview.com/20141028a/。

的愛，這基本的人性人情，卻見證了老百姓世俗的、看似愚昧的信仰，自有它的道理（當然也因為星島小，主要的廟就是那幾間，較易巧遇）。在革命宏大的信仰退燒之後，剩下的也許就是最基本的人與人間的情感，不論是血親，還是友誼。而那家庭之愛，是一開始投身革命就作為革命的條件捨棄了的。為了革命，大部分革命者最先傷害的總是自己的父母，在不能重來的人生裡，那傷害對老一輩而言往往是致命的。《星洲戀》說的其實是這樣的苦澀悲劇，但前引〈和平村日記〉卻是來自現實的一道溫暖的救贖之光，它穿過了雨林革命的幽濛昏晦，重新見證了母愛與「不科學的信仰」——母親—觀音。倘若革命成功，那些廟多半是得敲掉的（如蘇聯、中共發生的），那樣的母親是要寫自白書悔過改造、甚至接受兒女無情的批判的。

但也許，就像蘇共瓦解之後，最先回來的是宗教。當史達林以鋼鐵般的殘酷讓災難的規模遠超越個人所能承受，當災難大於死亡，被砸碎的聖母只好從廢墟裡爬起來。宗教回來，而且總是以它自己的方式。

按：海凡，本名洪添發，祖籍福建南安，一九五三年生於新加坡，二十二歲時上隊。

二〇一五年一月十日

# 文學的犀鳥之鄉
## ——序梁放小說《臘月斜陽》

雖然有人把婆羅洲、馬來半島、旅台並列為馬華文學的「三大板塊」，其實東馬的寫作人遠少於西馬，旅台寫作人均來自東西馬，且人數比前二者少得多。有趣的是，旅台名家雖不多，來自東馬的小說家就占了兩位，且都來自砂勝越，可說是絕對的多數了。沒有留台背景而小說得到普遍承認，砂勝越最主要的「在地代表」，就是梁放了。同輩中，類似的受承認的馬華本土小說家，大概就是大他兩歲、有些許現代主義傾向的小黑（陳奇杰，一九五一—）和洪泉（沈洪泉，一九五二—），及作品稍遜的現實主義者丁雲（陳春生，一九五二—）了。

本名梁光明的梁放，一九五三年出生於婆羅洲，比李永平小六歲，長張貴興三歲，都成長於婆羅洲被馬來政權染指之前。不同於其他兩位同鄉之出身英美文學系，梁放是留學英倫的土木工程師，沒那麼多文學資源。

一九八一年開始發表作品時梁放二十八歲，第一個十年出版了兩本小說集，即一九八六年的《煙雨砂隆》和一九八九年的《瑪拉阿妲》（均砂勝越華文作家協會出版）。此後經多年沉寂（雖然出版了幾本散文集），遲至二〇一四年，方出版了長篇《我曾聽到你在風中哭泣》（貘出版社）。這部自選集的十三篇作品大部分精選自早年的兩本集子，寫於一九八一—一九八四年間的《煙雨砂隆》中的九篇小說，最佳當屬〈龍吐珠〉，〈煙雨砂隆〉、〈森林之火〉次之；從一九八一年略顯生澀的〈臘月斜陽〉，次年的〈煙雨砂隆〉、一九八三年的〈森林之火〉就比較成熟了。《瑪拉阿妲》的六篇小說中，〈瑪拉阿妲〉及〈湮沒〉之一、之二都是佳構。

吳岸在為《煙雨砂隆》寫的序〈梁放的小說及其藝術魅力〉說「梁放的小說，善於布局」，那是相當準確的。吳岸所謂的「擅於布局」，意味著對小說本身有藝術的自覺。約而言之，一是視角的運用，尤其是限制觀點。接著是象徵的經營。前者可以精準的調控訊息，經由隱喻、暗示，製造懸念，一步步向讀者揭露主人公的命運；也便於省略可省略的以免於繁冗，只經營最必要的細節，不說盡。必要時，甚至營造詩意。

〈煙雨砂隆〉中故事發生於「墳」（pendam其實以其音譯本朗或許更佳），主人公盧的厄運肇因於他的好色，不顧危險，一心想越河到長屋去占伊班女孩的便宜（掠取初夜），最終卻慘死為水流屍。小說對那樣的行為的譴責不是透過道德說教，而是經由小說本身的布局——不止是死亡，還有死後的慘狀，膨脹惡臭的屍首。為了增加小說本身的層次感，作者還給主人公的下場增加兩項「神祕的解釋」：相士的預言、被拋棄的懷了孕的泰國女子或許對他下了降頭，這都加強了盧的「必死性」。既吻合一般民眾對這類事件的看法，也增加小說本身的趣味。避免犯下革命文學或現實主義迫不及待的把要傳達的理念、想法灌注給讀者以致讓作品充滿說教氣息的弊病。

吳序尤其對可能被收進最多選集的〈龍吐珠〉做比較詳細的討論，讀者可自行參看。那是延續李永平少作〈拉子婦〉「漢人男子為解決性欲讓原住民女子懷孕產子爾後拋棄」的主題。即便〈拉子婦〉也頗感人，相較之下，由加害人親屬同情視角講述的〈拉子婦〉還是顯得比較單薄。〈龍吐珠〉也是藉由限制觀點細緻的調控完成的。它採取拉子婦之子的視角，由當事人來講述。他不止長大了，受了高等教育，有充分的自我認識能力。這樣的敘事者，有力的增加了故事的深度。唐人父親的無情、伊班母親對他們父子的深情、文化夾縫裡的敘事者對母親的變相遺棄等，都增加了小說的複雜度。細節方面，除了父親留下的木箱上的雕龍，母親墳上的龍吐珠，幾幕吃飯的場景——父親之外，母子均不能上桌——也十分生動。

這兩篇連同〈瑪拉阿妲〉都可說是問題小說，藉由小說來思考特定社會議題。但要達成那樣的功能，先決條件是，小說必得先完成它自己。主題是「原住民少女被無良華人賣為雛妓」的〈瑪拉阿妲〉，也是藉由主觀限制觀點，逐步揭露敘事人少時玩伴的遭遇，甚至敘事人自身的身世，父不祥的他原來也是那類可憐女人的孩子。其間花不少篇幅仔細刻畫抽鴉片的龜公阿葉伯，昔日豪門的敗家子，靠買賣原住民少女維生。小說以血的意象貫串始終，受傷的女人的血、經血、產婦的血，嗜血的嫖客與吸血的龜公。敘事者奉命救援受傷的妓女，疑似童年時故人，而喚起關於瑪拉阿妲的所有回憶。但這並不是個追尋的故事，而是透過回憶、懷想帶出整個社會問題——沉淪於風塵的瑪拉阿姐們。

同樣有問題小說意味的，是那兩篇寫砂共革命傷痕的〈湮沒〉，一樣運用限制觀點，有技巧的調度細節。〈湮沒〉之一〈鋅片屋頂上的月光〉表面上是個返鄉的故事，敘事者在多年以後回到當年唸書的荒涼小鎮鬼影幢幢的小學教書。第一人稱限制觀點裡交錯著今（成人）昔（孩童）兩種目光，以回憶和舊照召喚那個戒嚴、剿共的激情和灰暗的時代，恐慌、驚慄，冤死的年輕而美麗的女老師為愛情而非革命[1]。她和一干殉難的青年，在小說裡被隱喻為一棵不結果的大芒果樹。那既是哀悼，也是微諷。草草被埋於岸邊的死者們，河流改道後，幾可說是死無葬身之地了，這生動的隱喻那段被湮沒的歷史。當與事件有關的人都離世之後，歷史的灼痛感也將消失殆盡。小說反覆思索記取與忘卻，思索歷史傷痕的意義。對敘事者而言，作為世間美好之象徵的女老師被殘殺暴屍，那慘劇徹底結束了他的童年。因而意識到人生如暗夜尋路，盡頭處或許有一線曙光，但那總已在茫茫遠方。早已拋卻年輕時理想化身為商人的秦老師，事隔多年仍忘不了，多半還是因為對伊人心中有愧，無關革命。無法承受喪女之痛的女老師的母親，以發瘋來抗拒遺忘。這篇小說如其篇名，銳利、陰冷而悲傷，但鋅片屋頂上的月光畢竟仍有幾許救贖的意味，那是詩意的瞬間。

〈湮沒〉之二〈一屏錦重重的牽牛花〉人物細節均比前一篇繁複得多，涉及好幾個家庭。藉由受害者遺族的對話、互動，以暗示的方式勾勒出那件事。參與革命活動的年輕夫妻的慘死，給兩方家屬留下持久的傷害。更年輕的一代如何承接這樣的歷史遺產，還是一個大問題。這篇小說最生動的，是寫喪子的老人的創傷後遺症。有一些細膩的細節，譬如家屬擔心新開的馬路會壓過被亂葬的親人；又譬如緊急狀態時，為剿共、限制村民行動而圍起的鐵絲網，上頭那一圈圈刺鐵筋，綴著「錦重重一屏紫色牽牛花」，一抹詩意。牽牛花，日人稱之為朝顏，朝開暮謝。美麗但脆弱，看似無用，生命力卻強悍，堅韌，庶民性。從鐵絲網上的牽牛花，可以看到歷史的反諷，經由文學語言。

無可諱言，梁放有的作品是比較弱的（這一點都不奇怪，每個作者都有一些較弱的篇章），以下舉幾個例子談談。比如應是取資於留學生涯的〈臘月斜陽〉，寫一個婆羅洲華裔留學生在一間旅舍短期打工，和一群日薄西山的老人之間的互動。雖然對老人們各自的境遇、心態有一番細膩的觀察，但這題材本身不易討好。敘述者畢竟是局外人，又太年輕，還沒有足夠的歷練深入老人們身世的暗處。雖然敘事者似乎有意識到那種時間差距，但還沒有足夠的技術去克服它（譬如強化象徵和隱喻）。又譬如〈現代人〉，作者刻畫了一個極端崇英的女祕書李眉，從小說開頭到

1 李永平〈一個游擊隊員之死〉也寫到一位中學女老師葉月明之死，直寫她和先生都是北加里曼丹人民軍一員，其後死得不明不白，小說裡暗示是遇到張貴興《群象》中的內部肅清。《雨雪霏霏》（天下文化，二〇〇二）純就小說來看，〈一個游擊隊員之死〉的講述方式不只是太囉嗦，也太抽離，反思的深度也嫌不足。雖然也是以學生立場談老師的犧牲，卻已然是個純粹的局外人。歷史如此一言難盡，對另一個局外人談，也只能是淺談。〈鋅片屋頂上的月光〉的敘事者以新老師的身分回到現場（好像是已逝的她另一種意義的歸來），這一策略，或許暗示了歷史的修復是可能的——藉由教育。

結束，沒有任何變化，相當吻合佛斯特《小說面面觀》所言的「扁平人物」。作者並沒有把李眉的人生放在比較長的時段來審視——她還沒有經歷必要的考驗（譬如被洋人騙財騙色之類的）。類似的個性，經歷考驗後，一般不外乎兩種趨向，一是有所覺悟，一是繼續硬撐。或者展露她的另一面（譬如：愛護小動物？），那都有可能增加主人公個性的複雜度。又譬如〈燭灰〉，寫一個老婦人李婆婆被兒女欺負、甚至遺棄。從整篇小說看下來，看不出盡心盡力為子女做牛做馬的李婆婆為什麼會受到子女那樣的對待，除非她的子女天生性惡，要不就是有什麼隱情。也就是說，作者沒能真正展現母親和子女之間真正的矛盾。女兒多會因父母重男輕女（教育機會、財產分配不均等）而心懷怨恨；兒子多因溺愛而變成豬狗。換言之，作者有意無意的規避了為母者可能的過失。技術層面上，也可以說是限制觀點的選擇出了問題。只用李婆婆的視點，不如同時展露欺凌她的孩子的觀點。換言之，不如採取自由間接體，能避免單一視點的限制，置身事外的敘事人也能適當的參與。

同樣是因為敘事觀點失當的，還有〈房客〉。那是個騙子的故事。賴元才處心積慮的去詐騙陳德一家，既騙財又騙色。可惜作者採用騙子賴元才的觀點來講述故事，又不展現他的內心活動，於是我們看不到他的心思。小說後三分之一轉向陳德夫婦的觀點，尤其是勢利的陳嫂。以這篇的狀況，其實都採用被騙方的觀點來呈現故事也許會更成功。易言之，陳德的觀點在這小說中只能造成減分。還不如讓受害者在事後，經由警方或記者的調查，逐步揭露賴元才的真面目。

在現實主義教條長期主宰的馬華文壇，好小說相當稀見，一個寫作者能有幾篇傳世之作就已經很難得。現代主義陣營的狀況似乎好一些，但普遍作品也不多（譬如溫祥英，小黑）。但梁放明顯的不屬於現代主義陣營，對文學本身的各種奇淫巧技看來興趣不大，這一點，和李永平、張貴興這兩位砂華旅台同鄉相當不同。相較於馬華現實主義小說作者，梁放對小說技巧有充分的意識。這在他最好的小說裡尤其能充分展現，也是那些小說之所以能成為佳作的重要原因。

梁放大半輩子都在婆羅洲服務，踏遍故鄉的土地，見多識廣。相對於兩位長年離鄉的同鄉，梁放其實有某種在場優勢（也許他還沒有充分意識到，還未能充分發揮那優勢），婆羅洲的具體現實提供的種種的文學可能性，或許能引導敘事深入現實與歷史的核心。

我大概是在一九九三、九四年間接觸梁放的小說，《煙雨砂隆》和《瑪拉阿妲》都是（友人或家人）寄自大馬者。此後多年，只要有編纂馬華小說選的機會（包括外譯），都會把集子裡的佳構選入。二〇〇一年以「台灣熱帶文學」偷渡日譯出版的馬華小說選《白蟻の夢魔》（人文書院），收了梁放的四篇小說：〈瑪拉阿妲〉、〈龍吐珠〉及兩篇〈湮沒〉，是該集子所有馬華作者中收錄最多的，比黎紫書的三篇還多了一篇。

二〇一八年二月四日，二月五日補

# 回家的路
## ——序陳建榮先生《歲月的回眸》

我們家從廣西鄉下遷移到馬來半島的經過，和其他同期的華人移民大同小異。

——陳建榮，〈晚霞・清水港〉

我和陳建榮先生素昧平生，不過是臉書上的朋友（無關乎「面子」）；幾年前偶然路過看到他寫下的關於故鄉上霹靂早年生活的點點滴滴，覺得很有意思。尤其箇中一張老家的照片，更喚起我的鄉愁——那幾乎可以說是我們這種早年住過山芭，而後永遠離開的人的「老家」之原型。其時我曾在陳先生的臉書上留言，如此豐富的生活體驗任其流逝未免可惜，建議把它寫成一本附有圖片（相片）的書。對後生晚輩而言那會是個最好禮物，或許可以讓他們對這塊土地上前行代的生命體驗也能有一番體會。如今初稿完成，我也責無旁貸的必須從文學史的角度講幾句話。

自有文學史以來，依作者及作品風格特性，馬華「文學散文」可以分為兩類，一是受三、四〇年代何其芳等早期現代主義散文的影響，收於《新馬華文文學大系》中的威北華、王葛、憂草、慧適、魯莽、沙燕等的大量散文，都唯美、抒情，講究修辭，其效果甚至帶著淡淡的感傷，幾成彼時馬華散文之正宗。其格調其後經天狼星詩社的進一步「精緻的鼎」化（如溫任平〈朝笏〉、〈暗香〉等），讓其更趨向古典中國的典麗華靡。其後如鍾怡雯（〈垂釣睡眠〉）、陳大為（〈木部十二畫〉）更可說是臻於精巧極致。這現代散文歷史的後半段，溫任平以降，影響源轉而為台灣的現代散文，及中文系才子才女們溫婉典雅的實踐。這一散文的系譜對文學性有高度的自覺——有時未免過於自覺，以致為了它而願意犧牲那些看來和文學性並沒有直接關係的事物。在有利可圖時（譬如文學獎徵選），文勝於辭，甚至為文造情都是相當常見的，稍有不慎，會失落寫作的初衷。

另一個路徑，自有馬華文學以來，凡是歸屬於馬華現實主義者，幾乎都奉行這一信念：寫作是為了反映現實。裡頭有部分是素人，但也有部分是老手。不止是依然活躍的冰谷、章欽，兩部《大系》裡大部分散文寫作者，甚至有人出版社和大將出版社的大部分作者都選擇這樣的寫作位置。倘不是文學認知不足，便是刻意選擇的質樸。之所以選擇那樣的位置，除了反映現實之類的籠統說法之外，更重要的原因恐怕是，不希望被特定的文風遮蔽了書寫者經驗本身的特殊性，而寧願趨向風格的缺席。和所有現代主義傾向的作品類似，「美文」自有其窠臼，風格化。誇大其辭，為文造情；甚至無病呻吟，為求其審美效果而忽略其餘（「太過文學的」）。但過於素樸的寫作亦有其病，易流於單調乏味，枯淡而毫無文學意趣（「非文學」）。只有極少數老練的專業寫手能從容穿越兩界，駕馭各種不同風格類型的寫作。

陳建榮先生的《歲月的回眸》自不屬前者，而是後者長遠「素人」傳統的一個可貴的收穫[1]。陳先生文筆老練，能流利的掌控文字的動勢，抒情寫景說故事，均收放自如，故事講得很生動，並非一般的寫作人可比。書中多個獨立篇章都可選入馬華散文選，甚至《大系》。這樣的作品體現出該傳統的若干長處——真的有話要說，年過耳順迎向古稀之時，回顧來時路那河那山那些一起生活過的人，那逝去的時代，兒孫輩難以想像的曾經有過的生活——時過境遷之後，那樣的經驗已成了傳奇，大炮仙口中的故事。從遷徙到安居，雖謙言「大同小異」的移民史，那差異竟也是十分明顯的。那當然和體驗者的感受力，甚至文字能力有直接的關聯。作者具備敏銳的感受力，他的文學感覺和掌握的寫作技巧遠遠超過了過於拘謹的前輩或同輩素人們。這樣的寫作也需具備相當的歷史感，那讓時間具體化，一如經驗讓時間具體化，二者皆匯流於寫作的編織中。

本書的大背景，是父輩的南遷、適應、定居，那是南來華人庶民史的一章，父親母親和哥哥們在時局動盪年代裡下南洋討生活。第一代移民是最辛苦的，他們必須從無到有，拚盡勞力和時間，為子孫創造一個安適的家居。如果大環境允許。因而必然有那深夜不能寐、憂心忡忡的父親，堅忍苦幹、心總繫於孩子身上的母親。

移民初代的子女，必然要分擔父母的重擔，以致常得犧牲學業，放棄可能更好的未來；或者為了可能的未來，冒險稚齡離家遠行。輯三即用略嫌誇張的「漫漫功名路」來描繪那為了脫離底層的勞工命運（為了「翻身」）而刻苦求學的歷程——倒不見得是為求什麼功名——那幾乎也即是我們這一代的故事。種種經驗的差異，時空跨度之大，構築成的另一個版本，比我們根據自己有限經驗而知的版本，顯得更為多樣而複雜。

尤其，《歲月的回眸》的地景始於上霹靂清水港，中經大曲新村，終於彭亨而連突，橫跨了三大州。書的前景鋪設多為歡樂無憂的童年、少年生活，捕魚，像猴子那樣亂玩；其背後，是大森林的無情開發。作者詳細寫了菸葉種植的詳細步驟，箇中甘苦。其間，我們可以看到方言群會館的重要功能——為遠離家鄉求學的孩子提供住處和庇護；在資源極其貧乏的窮鄉，識字的長輩為幼小者提供最基礎的小學教育，以便銜接（官辦或）中學，那是社群意識很好的體現。然而在那樣的自然狀態下，在求學之路上，女性常「自然而然」的被犧牲，以致作者在輯三列出的「功名錄」中，女性極稀缺。生於一九四七年的陳建榮先生比我年長二十歲，是我母親那代人中的小弟。相較於我父母，陳先生算是「有唸到書的」（即便沒機會唸大學，也是個知識分子），因此對家族遷徙的條理清楚得多，多識鳥獸草木之名。這樣的寫作對同代的「廣西子弟」集體記憶之保存，更是功不可沒。他們那代人吃的苦、苦中之樂——後代不可能再經歷那樣貧困而飽滿的體驗，——生活艱苦，但流水豐沛而清澈，魚大而多而肥；古樹濃蔭，有燒不完的柴，捉不完的

1　近年馬華文壇突然出現的筆名鷹童者不知何許人也，發表了兩篇長篇散文〈亂世童年〉（《星洲日報・文藝春秋》，二〇一五年七月十三日）、〈煙波舊跡〉（《星洲日報・文藝春秋》，二〇一六年一月二十五日—二月一日），筆力遒勁，非一般寫手可比。

魚，用不完的時間。對小孩而言那幾可說是天堂了，還不必去面對幽暗艱苦的成人世界。大路不通，小徑千迴百轉，得多花上許多時間，體力幾乎耗盡，方能勉強穿越，抵達彼方。而路一旦開通，那種經驗就不易再有了。這種種，都只有曾經身歷其境者方能道其彷彿，不是局外人能道出的（最動人的如〈漫漫功名路：回家的路〉）。

《歲月的回眸》中篇幅占最多的是關涉這方面的，童年、青少年生活記趣，輯二、三、四多涉及此。並不止是輯六的「熱帶雨林歷險記」而已。

而這些故事有其嚴峻的時代背景——這關涉敘事者的「此時此地」。其時北馬各州，是英殖民政府與馬共的後期戰場。陳先生生於馬來亞緊急狀態實施的前一年，距二戰結束也不過兩年，那注定了他的童年、青少年必然在那為剿共而設置的新村度過，交戰的雙方都不是抽象的存在。「這一帶軍事行動頻繁，時有拉大隊裝甲運兵車來往，以及部隊長期進駐紮營。飛機也向可疑森林地區投炸彈；也有時投的不是炸彈，而是傳單，或直接低空播音勸降。」（〈槍戰〉）

馬共的必然在場為本書增添了歷史的深度，那也曾經深深影響作者和那一代廣西子弟。稍微留意馬共在這本書不同輯的配置，會很有意思。

輯一　〈馬共與殖民地政府的鬥爭〉

輯二　〈戒嚴令下的大曲新村〉

〈新村內外兵抓賊〉

〈槍戰〉

輯三——

輯四　〈馬共走進我們家〉

〈馬共與殖民地政府的鬥爭〉總括性的勾勒何以二戰結束沒多久，抗日顯然有功的馬共不為殖民政府所容，走上武裝抵抗一途。兩股力量的交戰，讓華人夾殖民左右為難。身為南遷初代的作者的父親，對共產黨在中國的作為有一定的了解，為他幾個正當青年易受意識形態誘惑的哥哥做了理性的分析和安排——敬而遠之，結果也證明那對個人而言是正確的選擇。〈戒嚴令下的大曲新村〉是作者幼年的「此時此地」，雖然有戰爭的陰影，卻有不少歡樂的事。但那歡樂，其實又是以鐵絲網脆弱的保護著的。〈戒嚴令下的大曲新村〉只是簡略的勾勒了背景。〈新村內外兵抓賊〉和〈槍戰〉都是佳構[2]，運用前景／背景，孩子們「此時此地」的遊戲，影射那場進行中的戰爭。成人們必須選邊站，多選擇和殖民政府合作，組成自衛隊，接受英軍的武裝訓練，以便迎戰共產黨，園坵內外零星但真實的生死之爭。「直至一九七九年還發生了一位自衛團團員於霹靂河右岸膠園內死於馬共手中。」（〈槍戰〉）

輯三雖沒專篇涉及馬共，但〈梁安先生和他的徒弟〉特別介紹了坐鎮廣西會館，有點神祕

---

2　〈花果山的猢猻群〉、〈一家八口一張床和七十二家房客的故事〉、〈漫漫功名路：回家的路〉也都是佳構。〈一家八口〉從標題上就略顯沈從文意趣（沈的傳奇故事標題上好用字搭配，如〈三個女人和一個迎春節〉、〈一個多情水手和一個多情婦人〉之類的）。

的梁安先生，作者暗示常鼓勵學生留台、和台灣頗有聯繫，一直為台灣講好話，精明幹練的梁先生是國民黨安插在馬來亞的「地下黨」，幫著大馬內政部對付共產黨。輯四〈馬共走進我們家〉卻是篇小喜劇，以為家裡食物已被幾位馬共搜括一空，不料對方卻留了點錢以表示，非偷非搶，而係買。敘述者的母親雖言「蝕大本囉」，但那語氣其實是鬆了一口氣，雖然幾乎險遭小馬共洗劫，還好對方維持了基本的禮節，而不致成為對峙的敵人。這裡可以看出作者對陷於困境的馬共的同情，這在系列的第一篇〈馬共與殖民地政府的鬥爭〉結尾亦可看出。那兩個幾乎暴露身分以致身涉險境的生手青年馬共，倘不是敘述者父兄的有意庇護，斷不可能逃過一劫。那樣的與殖民政府之間保持距離，求取平衡，那是因為，畢竟大部分華人所求者，還是安居樂業，過上舒適的生活。在這一點上，《歲月的回眸》背後其實有另一層敘事——古老雨林逐步被消滅，轉化為大規模種植園（橡膠，油棕——或規模較小的咖啡，可可，茶葉、菸葉等），這是殖民帝國為了聚斂搜括殖民地資源，而淪為「生態地理殺手」，摧毀殖民地的生態和文化體系。而在去殖民過程中，接續的民族國家往往繼承了殖民帝國的發展主義，繼續砍伐、開發，有過之而無不及。

華人移民在這過程中成了殖民者最有用的幫手。等到意識到這一點，多少特有種被伐除、被吃到絕種，一切都來不及了，〈新村裡的伐木營〉裡那老樹的哀鳴告訴我們，那個世界已經徹底的被改變了，誰也回不去了。

二〇一七年十二月二十五日

# 文學檔案，現代主義，豆靡

## ——序杜忠全《文字新語》

長期以來，大馬華社都不太有檔案觀念，鮮少有人會在這方面花心力。雖然近年隨著史學領域的青年學者增加而有稍稍改觀（譬如有人開始留心墳墓碑銘），總的來說，該做而還沒做的事還很多。在文學領域，基礎史料的重建也一直還沒開始。譬如最近我們為了編書，查詢某些早期馬華文學作家的基本資料時，就很感慨，有的名字連它是筆名還是原名都搞不清楚，作者的生卒年、經歷、著作等，都難以查明。既有的工具書（如馬崙的那幾本）往往難以滿足需求，錯訛疏漏之處不少，但馬崙已是難得的有心人了。這類工作很難靠單打獨鬥，本來就應該是集體的工作。馬華文學館雖成立已多年，但似乎也沒有計畫把它逐一補起來。

偶爾在報紙副刊上看到某些作者撰文回憶同代人，或相關文學活動，似乎也沒有人有計畫的把它們收集整理成書，作為文學檔案保存下來。常常是這樣的，某個作家甫過世，副刊趁熱做了幾個禮拜的紀念專輯（如最近的白垚）。之後，那人就消隱為歷史裡的一個名字。十年、二十年後，繼起的世代就很少人會知道。因為馬華文學的選集和評論都沒做好，文學的記憶更難以傳承，幾乎只有同代人知道哪些重要的名字和他們的代表作。饒楚瑜，方天，梁園，魯莽，沙燕是其中幾個被遺忘的名字。

杜忠全也算是有心人，作家訪談的出版也是保存文學記憶的一種方式。這部篇幅不大的訪談錄，著墨最深的還是檳城大山腳的文學活動，尤其是那幾個馬華文學史上重要的作者，菊凡，溫祥英，宋子衡，冰谷。一小群對文學有真愛的年輕人創立了棕櫚出版社，以互助會形式出版棕櫚叢書，雖然只出了七本薄薄的小冊子，卻是同人間珍貴的紀念。又如身為中學老師的菊凡之耗費多年心力孵育文風社，可說是個文壇佳話了，雖然也許並沒取得特別值得一談的成果。然而教育工作就是那樣，不能功利的預期有怎樣的效益。但那樣的活動（文藝營等）對中學生是很好的啟蒙（我中學時就沒那樣的機遇），而今已是馬華詩壇重鎮的方路和依然潛隱的吳龍川必然曾經深深受惠。但如果要寫作，還是得向更大的文學場域汲取資源。

從這些訪談中，也可看到若干老問題重複被提及：青年作者的寫作難以延續。為了工作和家庭生活，有的名字後來就消失了，一中斷就是十年、二十年，甚至三十年。運氣好的話退休後會再出現，但是否能如年輕時那般敏銳就很難說了。或年輕時曾寫出好作品卻遇不到知音，就漸漸失去了自信，而改弦更張，不敢再大膽嘗試（如菊凡）。或碰到瓶頸時無人可談，得靠自己慢慢摸索著度過。倘若不幸度不過，就算繼續寫，作品其實也就卡在那牆邊了（如宋子衡，他還長期被文壇誤認為是個現代主義者）。或發現自己被隔離於生活世界之外，與華文搏鬥，寫作時舉步維艱，在自己也不知情的情況下，成為道地的現代主義者（如溫祥英）。他自己也宣稱並不知道現代主義在西方文學史上是怎麼一回事。

相當程度上，是另一個老問題造成的結果——文學評論的長期貧弱，因而無法和寫作的人及時對話，給予鼓勵、認可，或拈出盲點，提示商榷，避免走冤枉路。少了這層來自文學系統的支援，寫作的人只能孤獨的探索，像個盲人獨自在漫長的夜裡伸長了手彳亍摸索。那必然會徒勞的消耗掉許多時光，而每個人可用的寫作時間其實是有限的。以致認真把寫作當一回事的，幾乎都寡產；寫作的困難彷彿就直接內化為作品的存在樣態。有的人，不知不覺的就成為現代主義者。

訪談裡的洪泉也是個不知情的現代主義者，自發的探索著，自然而然的就變成那樣了。但他的實驗性寫作好多都還沒有整理出版，有的現代主義者不在乎發表，也不在乎出版，當然更不會在乎讀者。那也不是好事，畢竟有心於寫作上探索的馬華作家並不多。他對魯迅的直觀判斷是對的，魯迅在文學上當然是個現代主義者，只是大馬那樣的環境，能了解這一點的人並不多。尤其深受左翼教條洗禮的一代人，更不可能理解。

從詩人變成美食作家的林金城對何以不再寫詩的講法也很有意思（一個很「巴托比」的回答[1]），當年希冀藉詩以改變現實，但詩發表後，現實糟糕如昔（甚至更糟糕），以致讓他喪失寫詩的理由（現實可以重複，但詩不行）。坦白說，這是對文學（西方慣以詩為「文學」之總

1 見西班牙作家安立奎・維拉馬塔斯（Enrique Vila-Matas）的《巴托比症候群》（上海人民，二〇一五）。

稱）非常離譜的期待（在大馬卻可能是常態），不只要「反映現實」，還想改變它。這根本弄錯了詩的屬性，結果卻造成了詩的自毀。文學應該要比現實走得更遠才對。詩有它更為超然的使命，它和現實不宜過於貼近。那理由既是審美的，也是存有論的，在某種程度上，審美和存在其實是一體的。

作為詩創生的文學史神話之一，曹植「七步成詩」出於不得已，如不及時成詩，則將危及生命。因此那被迫速成的詩還得有解圍的力量，也就是說，它必得直白而微妙的指涉當下情境，以情以理觸動把詩人逼進此危機情境的權力者，而不是激怒他。要達到這功能，即便文字直白，它也必須藉由藝術自身的力量（煮豆燃豆萁，豆在釜中泣。本是同根生，相煎何太急？）。首先是聲音：讀者彷彿可以聽見豆的枝葉燃燒時細細的必必剝剝聲響，豆子在鍋裡沸騰時咕嚕咕嚕的響聲，甚至可以感受那火和蒸氣的熱度，那氣味，那急迫和悲傷。那隱喻直指情境的危急（被煮著），但詩自身是巧妙的（聲，義），這體現出曹植的捷才（文學史也一向如此說）。而在馬華，竟有人大膽或無知的把它縮減為六步甚至三步，好像要和傳說的天才曹植比賽才華，既誇大了現實的急迫（當真危及生存時詩也解救不了你），也看扁了詩（急迫殺死了詩，犧牲掉詩意），更高估了自己的能力。「三步詩」的想法多少反映了在馬華，某些類型[2]的詩是怎樣被逼進窮境的，那其實一點都不「純粹」。「煮豆燃豆萁」其實可移做馬華現實主義（包括各種名目的速成詩）處境的隱喻。在這裡，那樣的文學是釜中熱水裡浮沉的豆，被現實（或貧乏的經驗與想像）之火煮得滋滋作響，還常被煮過頭以致爛熟，化為豆糜。有時候，停筆也不失為明智之舉。

在文學的商品世界裡，有不少人不得不靠專欄謀生，但專欄對文學的妨害，也是眾所周知的事。除非寫作者有充分的自覺，且能自律。

《文字新語》中有的名字我完全不熟悉，就不多言了。

這本小書大部分訪談都完成於二〇〇六年，將近十年了，好些資料都該做一番更新。譬如宋子衡和何乃健都過世了，溫祥英則寫出了代表作，陳志鴻也有新作問世，潘碧華也為作協做了好些事。另一方面，如果著眼於文學檔案，我會希望看到更多細緻的採訪。

其實我也不知道杜忠全為什麼要找我寫序，訪談錄其實沒什麼好談的。略作贅言如上。

二〇一五年八月十八日，台灣

2　最迫切想要「反映現實」、對現實發揮作用者。

# 迴旋木馬的終端

## ——序張柏榗《青春口吃物語》

生於一九七八年的張柏榗，是出色的馬華本土中生代寫作者。《青春口吃物語》無疑是他目前為止最好的作品。只比龔萬輝、曾翎龍小兩歲的柏榗，也年近四十了。沒有任何學院背景、不曾留學，看來寫作純粹憑自學——話說回來，寫作也只能憑自己摸索——和同代的其他馬華寫作者比起來，毫不遜色，且似乎更具幻想氣質。

張柏榗的第一本小說集《世界灰塵史》（有人，二〇一二）多篇涉及科幻題材、未來世界，語調輕快，篇幅較短；第二本《城市吉普賽》（漫延書房，二〇一三）所收作品較長，題材較「寫實」。作者在《世界灰塵史》〈後記〉中說，這兩類作品是「平行的」（時間重疊），可能是他「一分為二的生活的各自投射。」（二〇一二：一三三）前者是為生存、耗盡白日的時間與精神體力的「越來越嚴酷的現實」；後者是「幻夢世界」。彷彿是如此的二元對立——白日／黑夜，現實／夢幻——或互補。〈後記〉也提到，寫作改變了他的人生軌道，成為他人生不可或缺的一部分，寫作與人生彼此相互形塑。馬華作家中，很少看到對寫作有這麼深情的表白的。如果沒有天賦，寫不出什麼像樣的東西，如此表白，可能會被看成是譫妄囈語，而被冷嘲熱諷。

現實和夢囈，在馬華文學的現實主義傳統裡，只有前者有正當性。後者如不是被認為太過個人，就是太小資產階級了。對張柏榗（及我們這些凡夫俗子）而言，這兩者是不可分的，因為生活即包含這兩部分。最近的集子《青春口吃物語》的作品，當然也包括這兩個部分。由於生活是小說的一部分（作者稱之為「小說裡的小說」，〈後記〉，一三四），小說也即是生活的一部分（或可稱之為「生活裡的生活」）。因此柏榗的小說裡的主人公常常是（純真的）文藝青年（不論他／她從事什麼職業），也常出現主人公在寫作、或閱讀文學作品、思考寫作與生活，時或顯露後設小說的意味。譬如〈盡頭的地方〉（集子內的第三篇小說）不告而別的女主人公寫下〈黃昏出遊〉（集子內的第二篇小說）；〈邊界〉中男女主人公無意識的照著他人寫下的小說激情「演出」彼此的「人生」；〈燦爛〉的啞巴妓女和恩客之間，他們的另一層關係是寫作者和讀者；雖然她寫下的並非「文學作品」，而是生活溝通所需的詞語碎片。然而當她不在場，他思念她時，就好像是在虛構敘事了。〈假寐南方〉的敘述者和外遇對象「查某人」（昔日的文青學姊）因文學而混在一起，每週在南方邊城一夜的幽會就像是平日為五斗米折腰之餘的文學生活，「妻子」乃是庸常的現實生活的代稱。妻／情婦＝現實／幻想，也是常見的文學比喻。敘事者「伊」在「查某人」這個理想讀者面前成為作者、詩人，寫「詩」（或「撕」），文學方面的激情遠大於肉體方面——這兩位也是文青無疑。

更別說〈午夜書店〉幾個更短的故事，主題都是對書的愛。其中的〈預演彌留〉的年輕書店老闆「開書店後，賣不出書成了他的惡夢」，「以前獨中的圖書館裡有半個台灣文學史」，而夢到被書埋葬；〈貓與少女〉日本漫畫似的故事，「被書圍堵」的二手書店老闆，貓來偷書，原來那貓是愛偷書的少女變成的。「男人不能一日沒有書。書店裡不能沒有詩集。貓不能一日沒有詩。詩集裡不能沒有愛情。男人不能一日沒有貓。」都是轉喻。而羅列的書名多少投射了作者的閱讀史，也是寫作取材、對話的對象。「少女說他的書店像個內心的倉庫，堆積著黯淡的歲月遺骸。」《顧城詩選》、《西西詩集》、《鬼故事》、《紅字》、《野性的呼喚》、《叢林之書》、《白癡》……一直到《追憶逝水年華》，其暗示不言而喻。

這一切一切，藉〈打字機迷情〉中自白「我迷戀寫作」的敘述者，把對寫作的著魔比擬為打字機上依附的昔日的主人的陰魂，物故後寫作的意志猶驅使著鍵盤，猶如「我」之被吸引進一種無盡重寫的生命情境，一種附魔的經驗——

> 錯開來寫小說中的小說，是錯誤的第一步，漸漸的我竟然忘了回頭，我不斷開嶄新的故事和情節（……），再進到那些小說的深層中，小說中的小說也有寫小說的作家，我又去寫他的小說，後來小說中的小說中的小說中又有一個寫小說的，我逐一去寫他們寫過的所有故事，彷彿世間所有的故事都在這裡了，而我就像一個在永無止境的小說內部漂泊的作

家，……

……我不知道我這樣算不算一個作家，寫作和我究竟處在什麼樣的關係，寫作的我到底是一個什麼樣的存在，有何意義？

而陷入閱讀與書寫的無窮系列裡，主體幾乎要被湮沒。「寫作的我到底是一個什麼樣的存在，有何意義？」這大哉問深植於寫作的活動之中，大概也只有寫作本身能回答。〈盡頭的地方〉給了個嘗試的答覆——由於思念，虛構以召喚不在場者：「這是唯一能再見到藍子矜的方法了。用故事去把藍子矜找回來，在虛構的故事裡永遠和她在一起，永遠永遠。」非常抒情、非常文學的理由。

青春的寂寞、惆悵、失落與及隨之而來的尋求伴侶，是張柏榗小說不斷迴旋的主題。〈青春口吃物語〉相當有概括性，高中生蘇勇州不敢向喜歡的女孩表白，大概也知道即便表白了也多半不會有什麼好結果，不如就讓它懸著。那是因為口吃——一切青春期求偶時條件欠缺的隱喻，就好比青春痘過多、矮小、肥胖、貧窮等——那造成的後果是持續的傷害，那讓他覺得「有一種很抒情的方式今後不會再有，那就是愛人。」一種本質性的失落，蘇勇州自省：「我在不知不覺愛上你後，竟然忘了要給自己留退路，以致在青春歲月的漩渦中越陷越深，再也無法回頭。」（〈青春口吃物語〉）它的原型是《城市吉普賽》中的〈居鑾的日與夜〉。可能性已被耗盡，再也無法回頭，只有寫作可以讓時間重返。因此，這其實也可視為前述寫作的理由的一個補充。由這種失落狀態出發，有兩種可能的表現形式——一是讓它不斷的陷落，漸層著色，幾至迷離狀態。這種惆悵情緒的純粹形式，如〈深秋旅舍〉在偏鄉經營旅舍的年輕女子，等待一個有共同閱讀品味、多次重返的旅客；但浪人的行蹤其實不可預期。因此女主人公只能用話語自我安慰——「在自己的際遇裡，我只能獨自上路」獨白，「我想愛——是回到最初的源頭，找回我自己，而自己又在歲月裡繁衍著另一個自己：你，從此住在我心上，陪我共度餘生。」只能擁有對方的形象，在意識裡，猶如用敘事來收藏他——一種寫作。

這種極致的哀傷之外，最常見的模式則是給主人公一個異性伴侶，好讓他們在寒涼的人世裡相濡以沫。諸如〈邊界〉裡的男女，彷如失散多年的兄妹、亂倫的激情；〈燦爛〉的啞妓女和嫖客；〈假寐南方〉裡的「伊」和「查某人」；〈午夜書店〉店主、貓和偷書少女；……相應的，柏楷的小說世界，經常是父親缺席，或甚至父母親均缺席的，那是失能的家庭；兄妹，或姊弟不得不相依為命。或許因此，時時感覺「寂寥」的主人公對愛的渴求格外強烈。

這本作者獻給外祖母的小說集裡，重訪當年外祖母工作的膠園、緬懷外婆的〈凌晨探訪〉，也是集子裡最接近散文的一篇——低度戲劇化——敘事者以蒼老、感傷的語調回顧那片已然消失的南方膠園，像遊魂那樣居高臨下，俯視那回憶影像化的陰暗世界，「童年那座幽深的膠林」；年輕時的母親、外婆、舅舅，森林裡的亂葬崗，日本南侵時的大屠殺，無頭鬼的傳說、叢林深處的哀傷——經驗、回憶、故事、歷史……只有文字能重新召喚、建構它，讓它再度顯現。

作者的一些實驗也很可注意。我們可以看到相當到位的史帝芬．金或愛倫坡式的恐怖故事（〈當城市入夜以後〉）；科幻元素，末世感（〈尾聲〉）、烏托邦（〈千禧森林〉）、荒誕小說（〈遊子魂〉）土法煉鋼的福建話（〈假寐南方〉），及一篇令人驚豔的「馬共小說」〈夕陽之歌〉。

〈夕陽之歌〉的特殊之處不在「更貼近現實」，或對歷史理解有什麼過人之處，而是最根本的文學技術——語話置換。就這篇而言，是大量的童話元素的置入，代換了「馬共書寫」預設的現實感、嚴肅感，讓它有一種好萊塢卡通《史瑞克》的歡樂氣氛。那根源於幻想、戲謔、白日夢，對文學本身的愛。姑引幾段以為結。

鳳仙花是兵團裡的手榴彈專家，她全身上下都吊滿手榴彈，隨時會給敵人連續轟炸。你千萬不可以惹她，手榴彈一捏就爆，……

我不是什麼怪物，我是路，你每天踩的就是我，沒有我你什麼地方也去不成。路？路也會說話？你騙三歲小孩不成。我們這個兵團廣集各路英雄好漢，除了我這條道路，還有椰子樹，他是你們的橋，許許多多的稻草人，鳳仙花同志，酢漿草同志，夕陽與夢，老師，醫生，叮叮糖工廠的老闆，農夫，工人，男的，女的，老的，少的，雙胞胎，三胞胎，十二根手指的，十五跟腳趾的，大家齊心合力打魔鬼軍隊，還我大好河山。

當神祕花園的夢想瀕臨破滅，兵團裡的好多人都逐漸變得稀薄逐漸透明了。

二〇一七年九月初稿

# 詩的空間
## ——序林婉文《我和那個叫貓的少年睡過了》

這兩年馬尼尼為（林婉文）頻密接連出了好幾本書，成書之速，在旅台作者中並不多見。繪本、童書、插畫，都得力於美術系的專業訓練。但她對文字看來也相當熱中。自二〇一三年的《帶著你的雜質發亮》以來，她為自己開啟的路徑也和其他寫作人不同，建構了一個具相當高辨識度的暗黑家庭劇場，帶有風格意味。一直到《我們明天再說話》（南方家園，二〇一七）、《沒有大路》（啟明出版，二〇一八），文字、詩意彷彿是用恨來餵養的。《我們明天再說話》迴響著「你父親已經死了去參加他的葬禮吧」，《沒有大路》的切齒之言：「我對我先生的恨是十鋤方休。十針見血。」「我還要寫他被嵌進牆上。一輩子動彈不得」。那樣的恨意，當然令人不安，即便是出於風格或寫作策略的考量。

這本《我和那個叫貓的少年睡過了》的後記藉孩子的視角說的話「要是不寫詩的話，她會是個正常的媽媽」，多少透露了些許訊息。還好，對於擔心恨意是否能作為寫作之長遠動力的讀者，這本《睡過了》有一些有趣的調整。就如這後記採取的策略，孩童視角（從兒子的立場仰視，或旁觀寫作的母親），也是以小孩為預設讀者的繪本必須採取的視角。《睡過了》的第一首〈我的爸爸媽媽都不是很幸福〉就是這樣的例子。或直接寫母子之間的互動，如〈沒有媽媽的歌〉、〈母親來接我了〉之類的。那究竟還是母愛的視角，畢竟，「孩童觀點」也是一種技術上的虛擬。

這本詩集的主題依然圍繞著貓，孩子，瑣碎的家庭生活，寫作。馬尼偏好大白話而不是以精緻雕琢的意象、隱喻，或優美的節奏音色來構建詩篇，與其說有時更接近散文，不如說接近日常生活的話語。那樣的取徑，文字的冗餘是常見的風險。

姿態上，馬尼仍一貫的維持一種世故、反骨的姿態，自嘲，挖苦自己的存在方式——甚至寫詩這回事，如〈我在這裡假裝這樣很好〉：

我在這裡假裝樣很好。
反抗出版社。
反抗假的希望。假的讚美。
假的憎恨。假的索引
惡魔的光環。銀色花圈
假裝沒有近視。假裝很愛小孩

假裝很有母愛。假裝很賢慧。
會寫詩還多才多藝。

假的，假裝的，那一切一切都是日常生活的自我表演，包括寫詩在內。但有時，寫詩和生活是衝突的，如〈我知道你現在沒有寫詩了〉道出的——敘述者把故事裡主人公曾經有詩而今「沒有詩」，直接歸咎於生活對女性（有孩子的職業婦女）的擠壓。反諷的是，馬尼把那讓詩不可能的困境本身直接表述為「詩」：

我知道你現在沒有寫詩了。成名太早。
再加上你生了小孩。還要上班。
下班回家很累要顧小孩要分擔家事。
週末要帶小孩出去玩要去買菜做飯。
這樣的生活裡容不下詩你說。這樣的生活只容得下吃飯睡覺。

於是，順理成章的
「現在沒有寫詩不是你的錯。有小孩沒有詩只有屎」
詩和屎（而不是更富學術意味的史）的並置，二者間的可替換性，強化了風格化的怨怒。類似的例子還有〈厭倦本身是屬於所有人的〉，但這一首已試著克服抱怨，而結以「漫漫荒草。厭倦已被斬除根／我開始朗讀，不再厭倦的朗讀」。朗讀，還是寫作的生活的一部分。

然而在某些詩作裡，還是可以看到作者嘗試一些比較講究的技巧，如〈聖誕樹亮了一點點〉不斷重複的「一點點」，既像點畫法那樣著色，又擬仿聖誕燈的明亮閃爍，讓整首詩處處童趣的亮點。〈我從來沒有讀懂你的詩〉則運用意象的變位交換，從一物過渡到另一物，不乏超現實的意味。「貓的身體黏了一朵橙色花」變化為「穿起花色的衣服」再變化為「血流出海成了一隻貓」，雖然不知血從何而來，但它是個新元素，構成了貓（的形象），而且從固態轉為液態，「打在船身上到處都是花」，血色水花。整個過程像一幅畫的完成。

〈把童年溺死在抽屜裡〉有如下的句子：

把童年溺死在抽屜裡
還有我的父親我的先生
把貓放進抽屜裡
變成方形的床
把自己縮小
安穩地睡在裡面

用一種轉換的技巧，以動詞「溺死」為「抽屜」增加一種致死的水意與深度；「我的父親我的先生」與被「溺死」的「童年」同位，但隨著下一個句子「把貓放進抽屜裡／變成方形的床」帶著死亡氣息的水意卻又悄悄被抽乾，逆轉為安樂窩，一種詩意的收藏。從而把標題「把童年溺死在抽屜裡」的黑暗意味也逆轉掉了，反而帶著一種童話的安適感，雖然不無逃避的意味。

集子中最「思無邪」的，可能是〈姐姐的空房子〉：

空的屋簷上有鳥糞
空的牆上有壁虎
外面有青蛙大聲唱
唱了三百六十天
野草和野貓說
芒果成熟了
落了滿地厚厚的葉
落葉下有一條通道
通去蚊子的家
從這裡飛去那裡

蚊子問蜘蛛
你會寫詩嗎
我寫在一張空的椅子上
寫在一張空的床上
把詩都寫好了

童話語調、繪本視角和詩的活動，都連接在一塊了。它如繪本那樣鮮明的畫面展開，〈姐姐的空房子〉裡沒有姊姊，甚至沒有房子（的整體），它似乎徹底的「空」了。詩篇第一節展示兩個空房子的局部，「空的屋簷」、「空的牆」，鳥糞意指有鳥棲。壁虎很會爬牆也很會拉屎，壁虎屎也易於辨識。壁虎和青蛙都是蚊子的天敵。青蛙在空房子的外部，愛潮濕，愛雨季，以叫聲顯示牠們的存在，尤其是交配的季節。三百六十天是人的觀點，點出那地方其實沒有四季；野草和野貓對芒果成熟與否都不會感興趣，那還是從人的角度觀看。芒果成熟，為空房子增添一股濃烈的香氣，狂野的印度香。

滿地落葉應屬空房子的內部的外部，牆內（即便是廊外，否則沒意義），蚊子問（牠的獵食者）蜘蛛，你會寫詩嗎？那隻蜘蛛多半吃飽了，或看不上蚊子這太小太不起眼的獵物。最後三句應是蜘蛛的答覆，而不是蚊子的自問自答。蜘蛛網有一種天然的詩意，不論是哪一個種類的蜘蛛織的。它總是顯得精巧，神祕，完成得毫不費力，純依靠本能。

有蛛網的空椅，久無人坐；有蛛網的空床，久無人睡。那是留給詩的空間，就像那個「把童年溺死」的無害的抽屜。

二〇一八年十二月十八日

# 化為石頭，化為文字
## ——讀黃琦旺散文集《褪色》

是不是所有不能實現的夢想，首先都變成石頭？

——〈記憶你為塵土〉

病初，他無法很好組織句子，逐漸語言能力喪失，然後不認人然後石化。語言進入血脈，流失時如沙使血滯，肉身成石。

——〈換了人間〉

文學在大馬也是一種災難。

——〈換了人間〉

散文似乎人人可寫、人人會寫，但要寫好也不是那麼容易的事，還是需要一些技巧的。但散文的技巧也不好說。

黃琦旺的散文集《褪色》（南方大學學院／馬華文學館出版，二〇一七年十一月）很薄，似乎比魯迅的《朝花夕拾》還要薄，只收入十五篇長短不一的文章。但這本小書其實分量不輕，是馬華散文難得的佳作。這些散文情感真摯而不濫情，沒有「文學獎氣」自不待言，還有一種獨特的語感和若干隱蔽的技巧，把她和一般散文寫手區別開來，躍升為當代馬華散文最佳作者之列。

最早讀到黃琦旺的散文，是那篇收入林春美、陳湘琳編的《與島漂流：馬華當代散文選（二〇〇〇—二〇一二）》（有人，二〇一三）的〈記憶你為塵土〉，是懷念她大哥的。大哥和母親是這本小書的兩個核心[1]，這看似不脫散文的「傳統領域」，仔細看可以發現，經驗性細節是大量省略的。雖然她散文敘事的是以「大哥的病」啟動的（相較於魯迅的〈父親的病〉），但她關於這位哥哥的細節並不多，只集中在他的「石化」，顯然意不在紀事[2]。

據〈記憶你為塵土〉所言，她大哥兩年多了方確診是「進行性核上眼神經麻痹症，大哥將在七年的時間內神經功能退化殆盡。」（一五）也即是最近甫過世的物理學家霍金罹患的漸凍人症。作者的比喻即是：他即將變成石頭。於是他所有的回憶都將變成石頭，「那些日子在我們內裡局部局部變成石頭」（一六）。為什麼這位大哥如此重要，重要到得以啟動書寫這特異的活

1　四月五日補：也許該加上老師，文集最末篇〈懷百谷——向我生命裡不可忘卻的狂士致敬〉是懷念中興大學中文系的奇人王淮的。

2　收入《問學札記》而沒有收入《褪色》的〈難以置信〉（頁一三一—二〇），敘述她在上海復旦大學的求學經歷，比較傾向紀事，文學的感覺似稍遜。

動？

〈記憶你為塵土〉：

如果不是大哥，我就沒有茨廠街。他從南洋大學畢業，我剛好七歲，他用我不明白的理由要父親把我送到半山芭讀華小。（一八）

其他的敘述有提到大哥「不顧父親及其他家人的反對」。這位年長她二十多歲的大哥，在她的敘述裡像父親一般，是位南大畢業生，華社菁英，「頗為成功的建築發展商」。南大曾經是星馬唯一的民辦華文大學，從文中提供的細節判斷，這位大哥可能是家裡十四個兄弟姊妹中，除她之外唯一一個受華文教育的。他南大畢業時是一九七三年，倒推回去，他赴星讀大學，大概是在一九六九年[3]，大馬當代史的分水嶺。其實南大自一九五六年成立以來，即一直遭受政治衝擊。一九六五年新加坡建國後，情勢更加嚴峻，李光耀政府把它英語化的進程即將展開[4]。那些年，大馬華文教育也風雨飄搖。不管怎樣，那是這本小書真正的開端。它是對大哥的禮物的一個遲到的回禮。

於是尊孔中學所在的蘇丹街、茨廠街一帶她中學時漫遊、穿越之地，也是大哥善意的延伸。在現代化與種族政治雙重壓力下，老吉隆坡舊觀漸漸消失——即將成為她大哥回憶裡的石堆，現實歷史裡的塵土。彷彿只有文字是最後的贖救，雖然文字也脆弱如塵沙。

東坡言「人生識字憂患始」，但在大馬，學華文比學其他語言憂患來得更深。更尤其，作者進一步選擇了中文系，那幾乎就是「不歸路」了，而且是不折不扣的坎坷石頭路。身為女人，困難往往加倍。集子裡最長最好的一篇〈換了人間〉，寫於長兄故後，自己年逾不惑，深刻的反思因學華語和受英文教育的兄姊間的語言分裂（那是大馬華人語言分裂的一個縮影），參與新紀元學院（可視為昔年南洋大學的一個嘲謔模仿）中文系的創建見證的烏煙瘴氣，「帶著左右意識剩餘的硝煙和華教鬥爭的傷痕，期待的不是一個中國『文學』系。」（八九）「不過是一個格局小小的系」校址又離政治中心太近，「熱帶氣候，風聲雨聲很大，讀書聲相對小小。」（九一）在這篇痛徹心扉的回顧裡，我們看到敘事主人公幾度差點變成石頭，於是逃離，到他鄉升造兼喘

3 向作者求證得知，她大哥生於一九四三年，一九六三年入學南大，一九六七年畢業，因故遲至一九七三年方返馬。一九六三年新加坡成為馬來西亞的一部分，一九六五年被迫獨立建國，意味著「馬來西亞人的馬來西亞」夢碎。一九六七年新加坡政府推行「雙語政策」，華文開始被邊緣化。一九六九年五一三事件，其後藉由修憲等手段，馬來西亞已被建構成「馬來人的馬來西亞」。一九七三年，南大停止在大馬招考學生，被關閉在新加坡共和國的牆內。文中「他用我不明白的理由要父親把我送進華小」（一八），長大後當然就懂了，這也是一種省筆，因省略而意味深長。

4 曾任教南大的古鴻廷教授解釋，那是因為新加坡人民行動黨政府，領導階層多出身英文源流，「對華文教育既歧視且敵視，為求確實掌握下一代，培養出他們心目中的『新加坡人』，對南大不得不逐步控制。一九六九年，以承認南大學位為條件，答應給予財政上津貼，使南大成為半官方的教育機構。」（〈星馬華人政治與文化認同的困境：南洋大學的創立與關閉〉，氏著，《東南亞華僑的認同問題（馬來亞篇）》，聯經，一九九四：一七一—一七二）一九七一年，部分課程已改用英語教授。

息。但修得學位回來，卻什麼也沒改變，環境還是一灘死水。有一個細節準確的寫出這種絕望感：「我在家裡冰箱看到我若干年前離去時吃剩的一片蛋糕。」（九三）

但多年的轉換社會環境和語言環境，大馬→台灣→大馬→新加坡→上海→大馬，那樣的經歷[5]，讓她對語言和寫作的體驗變得深刻。代價是青春逝去，母親衰朽，如父的長兄變成石頭。曲折鬱悶的經歷蘊積的動能，化為文字，時見蹇澀之感，好像在和文字本身也搏鬥著，這方面似乎近於賀淑芳。

技術上，作者用上了她書寫技藝之一的省略，類似於中國古代抒情詩的「戰情省略」[6]，對新紀元學院大亂鬥的種種細節都省略了[7]，父親的亡故也是一筆帶過。

這種省略的長處在輯二「未及」也清楚可見。〈未及〉「巴士將在午後出發，去一個有人等在的地方。」（四三）誰在等待？為了何事？都省略掉了。旅途的百無聊賴，都被旅途中閱讀的《魔鬼詩篇》的細節替代了。於是整個「無事」的旅程便帶著若干的喜感，因而被陌生化而顯得「前所未有」。〈園〉寫生病住院，也省略了病名病因，甚至醫院的名字、位址等也都省略了，於是剩下純粹的、陌異化的感受。省略蕪雜的敘事細節，前景化精選的片段，刻畫之、張大之，如寫母親的〈竈腳〉、〈褪色〉；前者側重為一大家子操勞吃食的母親，竈腳是母親投注最多精神心力的地方，也成了她存在的象徵——溫，飽；女兒小時與老母親年歲的差距被精巧的表述為「我有時感覺到竈下的她卻看不到，看到她時又感覺不到」（七八）；〈褪色〉寫不種菜，種花、種水果的母親，因老去、身體壞毀而再也無法照顧她小小的花園——她的精神空間，品味之所在。在徐緩的敘事裡，我們可以看到時間瓦解如葉落。

時間流逝，一切有色的都將褪色。但長兄和母親在她的文字裡，將成為馬華散文裡的小小雕像。

作者在〈後記〉裡說，散文是一種時間的修補術，很多事「發生了的只能敘述」；藉由寫作，庶幾讓自己免於在仄逼的現實裡被石化。

這本小書的序也很有意思，那手跡，是識字不多的作者的母親在她留台期間，在兄姊的沉默裡浮現的一筆一畫認真刻寫。那百來字幼兒體家書，像照相那樣註記了某個惦念的此刻。那不是寫作，卻像是寫作本身的一種象徵。

現任職於馬來西亞南方大學學院中文系的黃琦旺，雖然她的碩士學位取自新加坡國立大學、博士學位得自上海復旦大學，大學時卻是個留台人，就讀中興大學中文系。她其實比我大一歲（一九六六年生），我們在台中見過幾次面，但不熟。她大學畢業返馬的種種經歷，我也是讀

5 這種經歷在大馬當代中壯年學人中頗常見，尤其是唸博士學位需要（公費）獎學金，往往就得等上數年，以致取得學位時常年近四十。等待期間在大馬各學院兼課，總會有一番「刻骨銘心」的體會。見許德發編，《問學札記：二十二位青年學術人的自述》（燧人氏，二〇一二）。

6 古代抒情詩寫及戰爭時常省略過程。

7 詳見柯嘉遜，《新紀元學院事件：董教總的變質》（東方企業出版，二〇〇九）。

她的散文才知悉的。幾年前協助《我們返馬那些年》邀稿，我邀約的女性同鄉們也只有琦旺欣然交稿，即為〈換了人間〉。兩年前曾嘗試把〈換了人間〉投向甲報副刊，主編以題材對台灣讀者陌生而婉拒；乙報答應了，等了一年多猶未見刊。突然，該報副刊主編宣布退休，也就不了了之了，令人遺憾。

二〇一八年四月一日初稿

# 文學的工作

在資源多的地方很難想像，沒有什麼資源的地方，文學出版是怎麼一回事。就像我寫下前面這句子時，不會想到印尼、泰國的狀況。就國家（政府）資源的挹注（包括各種名目的文學獎），香港和新加坡當然也遠遠優於大馬，更別說大陸和台灣。大馬的華文出版，處境其實和華文教育相似。作為國家文化的他者，大馬華文教育的生存也一直只能依賴華社的私人贊助。這種狀況，一直被認為是最根本的「馬華文學的困境」，相關聯的還有：書的製作過於「簡樸」（甚至可以說是「老土」，從封面到排版），讀者不感興趣、作品的品質在水準之上的偏少、幾乎沒有流通管道、沒有夠水平的文學批評等等。這些老問題延續了幾十年，幾乎涵蓋了整個「有國籍的馬華文學」的歷史，也幾乎成為一種絕望的水泥塊式的「超穩定結構」。在那樣的背景裡，有機會「出走」的寫作人普遍會尋求在台灣出版，即便是自費（如近年在秀威出版的那一批馬華文學作品），即便在台灣沒有讀者。

比大將出版社（一九九九）晚四年成立的有人出版社（二〇〇三），對書的要求比較接近當代華文讀者對優質書的想像。當然，那是以台灣的優質出版物為模範的。

有人出版社社長曾翎龍最新散文集《吃時間》書分五輯，輯一「一件東西」，藉小物件以興感；輯二「一段旅程」多為旅行記；輯四「一些想法」多為生活雜感。這占了大部分的篇幅仍是散文的「傳統領域」。但輯三「一本書」和輯五「一群人」有一些特別有意思的東西。事緣作者同時肩負兩份重要的工作：經營有人出版社與參與經營花蹤文學獎，因此和這兩者有關的文章也逐漸增加。作為工作報告，介紹有人出版的書、花蹤邀請的評委、評委們的著作等。簡言之，關涉書和人。就一個寫作者及編輯，「吃時間」最有價值的，應該還是寫作與編書。

《吃時間》談到的幾本頗值得一提。

一，〈如何製造一塊磚頭書〉（目次中的標題為〈縷雲起於綠草〉）談到自薦參與白垚巨著《縷雲起於綠草》（大夢書房，二〇〇七）「後製工序」的感想。這本「大且厚，不惜工本」的大書，是曾翎龍馬華優質書想像的具體化。九年後，白垚未竟的篇幅浩大的自傳體遺作《縷雲前書》（上下，二〇一六）在有人出版，是有人最具理想性的出版品之一。白垚（劉國堅，一九三四—二〇一五）作為「最後的南來文人」，《蕉風》靈魂人物，馬華現代詩的重要推手，也是重要詩人、劇作家，可說是建國後馬華文壇上的傳奇人物。他既是「有國籍的馬華文學」的第一代，本身卻不曾擁有大馬國籍（友聯出版社那群人皆如此）；他和同為末代南來文人、《雨天集》的作者楊際光（一九二五—二〇〇一）類似，人生分為超過二十年的三個階段。出生於廣東的白垚，從東莞、香港到台北留學四年的青年時代二十三年，一九五七—一九八一年居馬二十四年，一九八一年赴美迄二〇一五年過世，共三十四年。最後的三十四年，給馬華文學留下了《縷雲前書》，一部紀念碑式的著作。

二，〈威北華文藝創作集〉（內文標題〈年輕讀者老編輯〉）是另一個創舉。土生土長的威北華（李學敏，一九二三—一九六一）日據時期浪跡印尼，活躍於五〇年代星馬文壇，兼擅各體，「他的詩創作，總體而言是馬華新詩的經典，而以個別作品來審視也多是經典。」早逝，得年三十八歲。此後數十年間，只有極少數同代人記得他。晚生的世代，鮮有知之者。逝世五十餘年後著作得以重新出版，還有賴於機緣——兩位同代人（王潤華、張景雲）記得他，有人出版社諸子「感情用事」，決心不計工本促成它。其中，張景雲、曾翎龍費心費力最多，「搜集資料、文章、評論、照片等，還到新加坡尋訪威北華後人。嚴謹耗時，反覆約談討論、編排修改。」「全書厚達四百八十頁，分散文編、詩歌編及小說編」，收錄了所有威北華的主要作品。這部裝幀精美的書，成了另一座紀念碑。這種事（學術版著作），原該是由相對有資源的「機構」（文學館、學院）來做的。

三，〈可口的饑餓〉（內題〈森林的溫度〉）關涉的是馬共退伍軍人海凡的馬共題材小說《可口的饑餓》（有人，二〇一七）。海凡（洪添發，一九五三—）是極少數曾參與馬共作戰、有心，又有能力寫作者。三代馬共寫作者幾乎各差二十歲，金枝芒（陳樹英，一九一二—一九八八）是南來文人，應是馬共的元老世代，他為馬華文學史留下經典之作《饑餓》（一九五九年由火炬出版社油印出版；吉隆坡二十一世紀出版社，二〇〇八）；第二代的賀巾（林金泉，一九三五—二〇一九）晚年的短篇集《崢嶸歲月》（南島出版社，一九九九）其實和

《可口的饑餓》精神史的位置比較接近，在傷痕文學與反思文學之間。海凡比賀巾更年輕，寫作在革命結束之後，受集體的束縛應更少，有機會吸收新的文學資源來更新寫作技術。〈森林的溫度〉說得沒錯，海凡這一代的寫作，為的是為耗掉幾代人生命與心力的馬共革命，尋找正面的結餘，那無妨籠統的稱之為「溫度」。在一切都消失之後，希望有優質的文學作品可以留下來。

四，〈四具屍體和一本書〉（目次題做〈黃錦樹〉）是和我有關的。二〇一三年左右曾翎龍遊說我在有人出版《火，與危險事物——馬共小說選》（更早的建議是重印《夢與豬與黎明》，或一本小說選），最開始讀到〈三具屍體和一本書〉（第四具是我要求加上去的）時不免吃了一驚。我不知道我那些同鄉是那樣看我的。「三個馬華文壇的（重要）死亡事件，都與黃錦樹扯上了關係。」一老前輩方北方最後的歲月過得很不好，據說是因為我寫論文否定他作品的價值。陳強華抄襲事件爆發後，我寫了〈他在詩裡生了病〉給他的詩人生涯宣判死刑，不料，不久他竟壯年猝死。陳雪風故後，我寫了蓋棺論定文。後二者都被某君稱做「鞭屍」。

「有人問我關於馬華文壇的三具屍體和黃錦樹——道理明擺在那邊，但某些情景和時刻裡說道理，會否不厚道。」

原來在大馬華社，「做人」還是比文學和學術重要。房間裡的大象說不得，溫情是王道。然而在這前提下，翎龍卻說，「但以一位寫作同道、一位編輯及一位出版人看來，我倒覺得馬華文壇虧欠了他。」

《火，與危險事物》可說即是上述「虧欠」的產物（我知道這書其實賣得很差），二〇一五年的花蹤馬華文學大獎頒給我似乎也是此類「虧欠」的結果。這種來自年輕一代的虧欠感很有意思。這也是我未曾想到的。那當然是個善意。也等於默認，那些「尊敬的長者」或「瑰寶」，有的在捍衛馬華文壇「房間裡的大象」，或本身就是那大象，無助於優質馬華文學的生產。

二〇一八年八月五日

# 「我生來不是」

## ——讀馬尼尼為《沒有大路》

經常被問及，你們在台的馬華文學，是否有後繼者？我每每遲疑良久。遲疑的原因是多重的，有的新人寫幾篇就沉寂了，不知道是不是還會再冒出頭來。有的真的是忽略了，譬如馬尼尼為，這筆名感覺像印度人，沒注意是同鄉——雖然，我架上明明有一本《帶著你的雜質發亮》（小小書房／小寫出版，二〇一三），卻一直沒翻，一直以為是詩集。多半是出版社送的（或是不小心買的——不會是作者送的吧），要用時卻找不到，只好向學生借一本，等不及「緣分到了它自然出現」。收到《沒有大路》（這本或該題做《我生來不是當女兒的》），回頭去找了《我生來不是當母親的》（小小書房／小寫出版，二〇一七），與及前面提到的第一本（應可題做《我生來不是當外配的》）《帶著你的雜質發亮》，這三本，開個玩笑，也許可稱做馬尼尼為的「我生來不是」三部曲。這三本篇幅不大的小書應可看作是一個整體。前夫、前小叔、前婆婆、父親、母親，在作者筆下，統統是廢物。

寫作的人如此恨世，如此理直氣壯的筆伐同在屋簷下的「豕」（據漢字「家」之本義），可說是世間少有。氣洶洶橫衝直撞，殺氣騰騰，連標點符號都可聽到金鐵相碰之聲。單是這點，就可讓她在現代中文散文的歷史裡找到一個與眾不同的據點，不論是否要標示她屬馬華，是女性。其怨懟，即便是「怨毒著書」的朱天心，相較之下，也是小巫見大巫。

《我生來不是當母親的》這本以產子、育兒為主體的，在三本書裡算是比較「溫柔」的，尤其是寫孩子的部分。但一涉及前夫，就劍拔弩張，火力全開。《沒有大路》一定程度的回到《帶著你的雜質發亮》，只是這回攻擊的對象是原生家庭，父親母親。

正文一開始就已是第三三頁的《沒有大路》開宗明義寫道：

> 那個時候，我在陽台曬小孩的衣服。熱帶的午後斜陽刺眼。我從陽台望下家裡的庭院，那裡的一棵一棵樹。我感到怒意。怒從一棵樹跳到另一棵樹。那個時候，我開始想寫一本對父母的仇恨之書。那個時候，我小孩又在復發氣喘。我又開始六神無主。我又開始在文字裡感到殺人的動機。

那股憤怒來自瑣瑣碎碎的生活的摩擦。全力以赴的當慈濟義工的母親，「不再為家人煮飯」，「沒有抱過我小孩一次」，也不打掃；相互不滿，相互嫌惡，嫌敘事者「顧孩子差。沒有上班。白天關在屋子裡。不全職帶孩子」。而「把一切弄得好像家裡很窮」的父親，「沒有慶祝過生日。沒有收到禮物。紅包錢很少。」「不把女兒當女兒」，「兒子有肉包吃女兒什麼都沒有」。這些許多寫作者或多或少都可能遇到，但多半不會鄭而重之去敷寫的，卻是馬尼尼為書寫的核心。題材高度集中於生命經驗，文字潑辣充滿恨意，好用句號，斷句斬截，有時意象突如其來如詩句。

從這三本書提供的訊息，可以看到一個相當一致的敘事者，來自大馬的女子她學美術，畢業後嫁入台北某公寓，嫁與台大工科畢業的先生成了外配、新移民；夫家有一個不必上班、從不幫忙做家事的小叔。愛購物的婆婆讓家裡幾乎被雜物掩沒，她死時敘述者沒法傷心甚至還有幾分歡欣，先生卻「哀慟欲毀」；她和這環境格格不入，和先生勃谿不斷，「婚姻像條狗鍊，把我拴在這像蚊帳的房子裡。」《帶著你的雜質發亮》的主人公最後精神萎縮得與貓毛認同，成了「廢物」，退無可退，對這種退無可退的卡夫卡境遇的刻寫是此著優勝處。在《我生來不是當母親的》裡她復活了，還生了個孩子，然後是艱難的獨自哺育，把屎把尿，依然愛畫畫，讀書，寫作。在《沒有大路》，我們看到「用買書對抗窮」的女主人公離婚了，回到大馬娘家，卻與母親衝突不斷。這種連續性，與及低度的戲劇化，使得這些文字多半直接被歸類為散文，自傳式的散文。有趣的是，宣稱「書寫為了接近自己」的作者，在《沒有大路》裡不只一次談到她是在「寫小說」：

我正在成為一位背棄故鄉的人。正在成為不孝子。決定寫小說以後，一切更走向必死之路。（四四）

我開始寫小說後變得很愛洗衣曬衣。（八〇）

我要寫一本小說。小說裡都是貓毛。（八八）

開始寫小說後我常夢見老家，夢見小時候那間房子。（一一五）

這些文字究竟是指涉《沒有大路》呢，還是另外一部作品？從上下文看似乎應該指的就是《沒有大路》。雖然我們並不清楚作者對小說有怎樣的想像，但她似乎並不滿足於「寫散文」。這幾本書，即便和我們熟悉的小說的樣態有一段距離，但作為散文，它呈現的形態也不只是散文；至少還包含了詩和畫，可說是多媒體，句子裡裡外外努力展現自己的個性。因此文中的「小說」，或許可說是「寫作」的互換，無關虛構[1]。（「我來報廢掉你的女兒。因為她執意寫作，因為她不想讓那些淚水白白流走。」（一〇四））因為堅持做自己，所以與世界為敵。（「我為

1 《沒有大路》後記說她的寫作憑的是「情緒」，「寫作速度很快，盡量沒有太多意識地去寫，也不修改。」校對時拿掉「有些實在太意義不明的句子」（一四四），似乎接近於「自動寫作」。自動寫作其實不只會生產意義不明的句子，也害怕重複。

了從家庭的生活裡感到自己還是一個人的樣貌，我必需創作。」（四七））因此，迄今為止，她的寫作無非是在宣示「我是生來做自己的」。在滿滿的恨之文字建構出來的可惡的他人的同時，也建構出一個自我形象：一隻隨時炸毛的刺猬；一個難以相處的人，恨意成牆，抹殺了曾經有過的善惡和愛。即便是她筆下恨透了的、視她為廢物、有小三的先生，在作者強烈的單音獨白裡，還是可以依稀看到夫妻關係毀壞有一個漸進的過程（一如對母親的恨意，似乎也是離婚攜子回娘家後累增的摩擦），而敘述者不易妥協的個性絕對是主因之一。一直堅持做自己的她，越堅持越被推擠為自己世界的局外人，求仁得仁。為了對抗她的世界而寫作，而被對抗的世界幾乎即是她作品最主要的題材。那樣以刀斧之筆闢出來的空間，幾乎可說是她的洞穴了。「用寫驅除掉你的恨。你對先生的恨。對父母的恨。」（八〇）但願如此。然而，除恨之後還有寫作的動力嗎？或者，為了寫作而繼續恨？還是說，最終會把矛頭指向自己的芒刺？

讀到這篇書評，馬尼尼為或許會不屑的怪叫道：我不是生來當後繼者的！

二〇一八年五月

# 輯三，一個微小的心意

## 牆上貼著的中國字

一九二〇年代，中國作家梁紹文到南洋考察，在他的《南洋旅行漫記》裡的第六八則〈馬來化的中國人〉寫道，馬六甲的朋友沈鴻柏帶他到荷蘭街，給他介紹那說著流利英語的陳禎祿，再由陳禎祿給他介紹陳思福。其後到後者的家拜訪（就在隔壁），而陳思福其人——

遠祖來到馬六甲，至他本身已是第八代了，以年數來算，最少也有四百多年；他原籍是福建人，但是現在連福建話也說不出來，平日在家裡講的都是馬來話，在社交所用的是英語。禎祿和他都是一樣！最怕的是講中國話；還有那生意往來的中國字他不但不用它，連見面也怕見得。但是我見他的牆壁上，仍然糊著「招財進寶」、「精神爽利」的迎春帖子，神台上還有「陳門堂上歷代祖先」的靈牌。我心裡想，他怕見生意往來的中國字，為什麼竟不怕牆上貼著的中國字呢？[1]

這段記述很有意思。梁紹文在五四一代作家中並不算是很有名的，文字中提及的沈鴻柏、陳禎祿可是大有來頭。沈鴻柏（福建晉江，一八七三—一九五〇），大馬華教鬥士沈慕羽（一九一三—二〇〇九）的父親，弱冠南遷，發跡於馬六甲，是孫中山的忠實支持者[2]，他也曾是同盟會馬六甲支部的負責人，可說是有功於民國之肇建。十九世紀末（清末）始南遷，因此在南洋移民史上屬新客，新客一般而言都深受興起中的中國民族主義影響。中國在從帝國向民族國家的轉型中，循著民族國家的邏輯，一樣發明了國語國文，離境之後國轉為華（那應該是一九五〇年代後的事了），國族、國家退而為民族，且用它來界定自身（華語—華文—華人）。那其實是全新的建制。而它的延續，有賴於特定的再生產機制，尤其是華校和華文報章。因此毫不奇怪的，沈鴻柏同時是馬六甲培風學校的創辦人（一九一三，小學；一九二五，初中；一九五七，高中），華文學校的體制是準國民教育體制，是現代華人最主要的育成中心。梁紹文描繪的相遇可視為一歷史事件，兩種不同時間性的「華人」的相遇。

梁雖是旅人，但本身是受五四新式教育後的一代人，民族認同同於新客；陳思福不知何許人也，但和他同為峇峇（土生華人）且一樣「在荷蘭街有棟房子」（一如林玉玲的祖父）的陳禎祿（福建彰州，一八八三—一九六〇）在大馬華人史上可是個大人物。和沈鴻柏同為馬六甲殷商，

1 《南洋旅行漫記》，台北：新文豐出版社，一九八二：一四八。（初版於一九二四，上海中華書局）

2 〈沈慕羽父親沈鴻柏長年資助革命志士〉，《南洋商報》，二〇一一年十月五日，據其子口述，http://nanyang.com.my/node/387773。

但他家族移居馬六甲已超過二〇〇年（自高曾祖父始），他是馬華公會的創始人及第一任總會長。早期的馬華公會是以爭取馬來亞華人權益為宗旨的政治組織，創建於緊急狀態的第二年，也即是民國亡於大陸、人民共和國肇建之年（一九四九）。其時華裔青年左傾是相當普遍的，英殖民政府動輒將之「遣返中國」。受過英文高等教育但不諳華語華文的陳禎祿，是相當典型的英殖民時代馬來亞華人的菁英，是該社群的領袖之一（《南洋旅行漫記》裡有一番描述）。華教史上著名的華教鬥士林連玉（一九〇一－一九八五，福建永春人，因爭取華文教育遭褫奪公民權，死後被華人尊為族魂）與陳禎祿的一九五四年之會（商討未來的馬來亞華人教育政策）竟面臨沒有溝通語言的窘境（林連玉只會華語和閩南語，不諳陳禎祿通曉的殖民地馬來亞準官方語言，梁紹文還精通英語），還得靠第三者翻譯。

林連玉畢業的廈門集美師範也是個獨特的指標，那是南洋頭號愛國華僑、二十世紀初橡膠業鉅子「新客」陳嘉庚（一八七四－一九六一）回廈門故鄉創辦的，陳嘉庚的另一項偉業是創辦廈門大學。它和一九五五年陳六使等在新加坡創辦的（以華文為教學媒介語的）南洋大學，都有華人民族主義的強烈背景。南洋大學及星馬華校，都是在英殖民政府敵視的陰影下建立的，華人和中國的可能關聯一直被視為原罪。星馬民族國家建立後，這種敵意甚至被更其深化。

讓林玉玲覺得痛苦的南洋華人的民族主義，是很晚近的產物，它一開始主要來自中國存亡的召喚（先是清帝國的瓜分危機，再則是日本侵略，再則是國共之爭），那認同的結構其後殘存下來。在中國，在大國崛起後，也許就理直氣壯的去霸凌那些不認同這現代民族主義構造的另類華人了。

林玉玲這類型說英語與馬來語的華人，在南洋華人在地化的長期歷史裡，其實是主流，在當地是占盡優勢的階層。當然，那是殖民地社會的自然產物，也是南洋民族國家成立後，期許的未來形態——拋掉華文—華語包袱，諳英語，並融入當地語言裡（泰、馬、菲、印）；英語絕對優勢以利「國際化」（如新加坡，這和華人第二代以後在英、美、加、澳、紐並無不同）。相較於華語，方言更具親和力，一般而言，方言辭彙可以直接嵌入，殘存在土生華人日常溝通的馬來語裡。

而殖民地土生華人中的極致，就是所謂的高等華人（尤以吃皇家飯的為極品），出生於成功的商人家庭，受了完整的殖民地英語教育後，留學英國，再回返新馬，在殖民政府的官僚體系裡謀得一官半職，或繼承頗有根基的家業，往往就自認高人一等了，他們普遍上是瞧不起不諳英語英文的新客的（尤其是衣衫襤褸、家居破落的苦力）。林玉玲的家族，無疑也是高等華人階級（梁紹文遇到的二陳都是）。從房子、車子、穿著到整個生活方式都是洋派的，富裕的上層中產階級生活（《月白的臉》有細緻的刻畫），我們這些底層華人移民（的後裔），每每只能仰望。這些土生華人之看新客勞工，大概就如日據末期享受了日本殖民現代化成果的台灣人之初遇從大陸撤退來台的民國敗軍流民，彷彿就看到「落伍」這兩個字的具體化（大量二戰後的台灣人的回憶錄都寫到那印象）。高等華人的極致，就是李光耀和他創造的盎格魯·撒克遜式的新加坡國族。但設身處地想想，被馬來世界包圍的新加坡其實也沒有太多選擇，拋盡歷史包袱，但也因此讓它成功的「脫亞入歐」。如今，進步／落後的差異就體現在新馬柔佛海峽一水之隔。長期的種族主義與分贓政治，使得大馬在消耗盡自然資源之後，仍在「土著」的泥淖裡打轉。對華人而言，這似乎反證了英殖民比馬來民族國家更具正當性。

英國的日不落式的廣大而長期的殖民已創造了一種既成事實的歷史正當性，以消滅掉各種地域文明差異的資本主義生產方式、持續的工業革命為推進力，重商主義，英語而今還是和進步畫上等號。作為日不落國的二・〇版，美國以更富有彈性的方式實施它自身的帝國擴張（不是占有領土而是高科技監控），英語形同世界語。而今，其實全世界的華人（及中國人）都夢想當高級華人，想站在「進步」的一邊。

在中國積弱之時，土生華人也有傻傻受到感召而努力再中國化的，最有名的就是受完整歐洲教育的辜鴻銘（福建同安，一八五七－一九二八），但他歸返中國，畢生努力學習中文及國學，卻只有他的西學被同代人承認；他的「國學」和中文造詣，都只是他人的談資而已。而受陳嘉庚之邀到廈門主掌廈大十六年的海峽殖民地菁英林文慶（福建海澄，一八六九－一九五七），在中國如果還有人知道他，大概就因為他曾被魯迅尖刻的批評過。

這些受感召而回中國的土生華人面臨的其實是時差的尷尬，也許因為他們的外語更為精深，對西方文化的了解畢竟遠比中國留學生來得全面而深入；對西方典籍的長期浸淫，兼之和英國人的長期相處，得窺西方現代性的流弊，讓他們對中國古籍裡的說法更有好感。而這，讓他們和五四一代人產生了尖銳的不和諧。辜鴻銘在北大，林文慶在廈大，都因尊孔、重視國學而被譏落伍。而他們來自的殖民地的現代化程度，其實是遠遠超過彼時的中國的。但就算他們進入了帝國陰影下的民國的內部，還是被視為外部之人，時差的印跡幾乎是難以去除的。

在目前的星馬，因英文不好（或不夠好），華校生還是有次人一等的感覺（新加坡最年輕的華校生應該都超過五十歲了，形象猶悲傷的漂浮在英培安、謝裕民的小說裡）。而華人的華語，遇到中國人台灣人都會認為你怪腔怪調，不「標準」。差異是抹不掉的，在這一點上，會不會說華語只不過是程度上的差別。方言的形成源於地理上的長期區隔（空間與時間——不論是中國及印度內陸廣袤大地的地理區隔，還是印尼菲律賓的千島水域分隔），民族的差異源於語言的差異。而長輩有言：「三代成峇」，土生華人的境遇其實也即是方言形成的條件，自祖先離境之後，華人就位居某個龐大結構的外部。這外部業已是本體論式的，那牆，也許高厚於長城。

在梁紹文寫《南洋旅行漫記》的那個年代，即便中國還很弱，那樣的新文化人幾乎理所當然的無法接受華人不認同中國，而不禁在書裡做了種族主義式的冷嘲：

> 可是和陳禎祿談話卻記不可提及「中國」二字，倘若犯了，當面就要抬槓。因為他心目中，自己便是一個英國的市民（可惜他眼睛不藍頭髮不金），「中國」是軟弱無能骯髒卑陋的代表者，所以他怕自認是中國人。（一四七）

一九二〇年代，也恰是我那一個漢字也不認得的祖父母從福建南遷馬來半島的年代（梁紹文式的新知識分子必然是他仰望的對象〉。渡海南行的包袱裡，也許帶著請識字的人抄寫的〈黃門堂上歷代祖先〉及〈唐番土地神〉的木牌（後來我家裡看到的，是在地重新謄寫過的版本），前者擺在神檯一角，後者著地安放在金燦燦的神龕裡。年節時，倘有熟悉的商家贈送「年年有餘」、「歲歲平安」、「招財進寶」之類寫在紅紙上的吉祥話，也是歡歡喜喜的拿回去貼在門上、牆上的，即便那些字他們一個都不認得。

因為是那個年代，有民族主義的氛圍，有華校，他們自然的希望子孫能讀華文書、說華語。如果南遷早一百年，身為「天朝棄民」，必然會順應彼時的時勢，期盼孩子受完整的英文教育，來日最好能吃「皇家飯」；嫻熟掌握馬來語，以便如魚得水的在南洋謀生。「牆上的中國字」還是要貼的，即便不認得。那要不是些吉祥、向陽的符號，就像西班牙磁磚上美麗的伊斯蘭花紋；就是對血緣的致意——就像我們那以方言發音、羅馬字註記的姓，及始終清楚記載的祖籍地（墓碑上歷歷），祖先來處的標記。

那也就夠了。

二〇一五年八月十七日

# 老輩知識人的傷心之言

張景雲先生的〈立錐無地〉（《東方日報》專欄「江渚常談」）刊出後，次日張錦忠兄從加拿大把它用電郵轉過來，讀了自然感慨萬千。我也把它轉給了不同的朋友。其後接連兩日，莊華興和賀淑芳先後把同一篇文章轉過來，大概大家讀了都很感慨吧。友人擔心自己唸中文系的孩子在大馬的未來，我說，唸中文系的大馬華人要有「流亡」的心理準備。這當然不止是因為唸中文系是大馬華人最政治不正確的選擇之一。

〈立錐無地〉悲痛的是大馬社會無法安頓逐漸增多的人文高等學術華裔人才，這種情況四十年來沒多大改善。而相關人才的增多原該是喜事，是華社整體人文水平提升的指標之一。可是實際上，除了少部分占得到位子之外，大部分只怕難免於投閒置散，而成了社會的游離階層。

在如今以工商為主的社會，人文學者的處境一直是個問題，不獨大馬為然。如果是文史領域，又是擁有博碩士學位者，不用說，主要可能的棲身地無非是大專裡的相關科系，與及獨立的研究機構。而這些教育及研究機構的設置及維持，相當程度必須依賴掌握稅收及國土資源的國家。於是問題又兜回來了。人文的非實用性，在文化根基淺的移民社會，其境遇可想而知（在富裕的新加坡又好多少？）；更何況大馬有那麼根基深厚的種族政治。除了遍立的大學之外，中國大陸各省的社會科學院和那許多資金雄厚的出版社安頓了多少人文高等人才，但眾所周知，它們也都是國營的。

台灣這些年大學濫設，好處是人文高等人才好歹有地方待（壞處是大學生碩博士滿街跑。有人謔稱，幾年後台灣將擁有另一個第一：流浪漢的學歷之高世界第一），但私立的條件一般都很糟糕（元智或許例外）。有工作不表示就有時間做研究，或教自己的專業，很多人都被迫教通識課程及大一國文，一直磨到壯志煙消、滿口爛牙、一肚子火。（大馬的大學、學院的教師，我想處境好不到哪裡去。況且我們有偉大的種族政治。）以台灣之曾經富裕，人文研究機構也不過是從大陸遷過來的只此一家中央研究院的若干個人文所，而且門窄得很，沒幾個人擠得進去。文史兩科，其中的中文系，兩岸大學之普遍設有，原因再簡單不過：凡自稱中國者，必須藉由它來論證自身文化上的正當性。歷史系往往以中國史為獨大，他國聊備一格；存在的理由因此也接近於中文系。至於外文系（或英語系或美語系）之存在，眾所周知，百年來英語是半個地球的共通語，它是國際化的象徵。而哲學系呢，處境難免就有點尷尬了：曾經是西方人文學科的火車頭，而在這個實證主義的時代，論無用，它排第一。在大國，它的存在可以展示國家的精神高度、精神品格，而對於第三世界小國而言，哲學系所大概就接近於精神病院——不過是瘋子講瘋話、癡人說夢的地方。

以上列情況方之於大馬，華人的文史，宿命的具有非官方的異議色彩[1]（加入論證國家、國族或國家文化的正當性者，大概不愁無立錐之地[2]）；華文中小學的存在都那麼礙眼了，更遑論強調獨立思考與批判精神的講學與研究？就國家的立場來說，宜乎令其自身自滅。就華社來說，撐持獨中大概就已經很吃力，或者說，已經夠用。再往上，不免曲高和寡，鶴立雞群（而且那些傢伙自恃學養老愛批評領袖們，活該去pasar malam賣沙爹、炒粿條）。所學越專門越是如此[3]。科學領域又何嘗不如此[4]？

而中文文史，在中國、台灣以外（當然包括大馬），它必然只能是漢學研究，而在歐、美、日，它有帝國主義東方學的遠源，一直是審視、觀察東方老大帝國的特殊機制。但在新、馬，它的存在多了層民族主義的近源，而規模有限，研究始終難成氣候[5]，差別只在於要做西方漢學的附庸（以英文撰寫論文），還是兩岸國學的附庸（論文以中文撰寫）。沒有人會把你的研究當

1 在國史制度性遺忘的邊際，守護弱勢者的文化與記憶。
2 不過我並沒有說這邏輯反過來也成立：占到位子的不見得就是國策的擁護者。
3 不過我對景雲先生提到這些「立錐無地」的朋友們「研讀後現代文史哲，他們的指導教授們都是從美國受後現代學術洗禮回來的」卻有異議。除了「洋窗」外文系、西洋哲學之外，其他人文領域的知識結構的轉變沒那麼快，有「後現代」自我宣稱的反而可疑。
4 就研究對象而言，婆羅洲多少生物特有種，在地人吃了多少年，科學上還是要等老外來「發現」。落後的何止文化？就國家立場而言，砍樹換美鈔比什麼都重要。華人的廟、碑誌和無立錐之地的人文學者，處境豈不相似？
5 我讀到的漢學學報上的論文，除非是地域研究，舉凡經史子集之類的古典研究，大馬學院學者的論文很少被引用。除非是那在漢學界早已成名、短暫客座到南洋的學者。

一回事，除非你研究的是在地特有的問題，應地利之便（譬如新加坡的東南亞研究、大馬的峇峇研究）。這大概是新馬人文研究唯一占便宜、會被多看一眼的研究領域。我想華社對中文系的想像，早該有所調整。台式的古典取向的中文系，最大的用途大概還是為華文中學栽培師資，傳承文化教養。但如果是這樣，學生招收的數量就必須審慎估算。

十年來我在埔里誤人子弟賺新台幣，你知道我那些學生的出路嗎？除了極少數（字面義：屈指可數）繼續深造，大部分大學生碩士生若不是在中學教書（教這裡的國文），就是在補習班（後者應該會更多一些）；少數在報界出版界（據說如此，但我還沒遇過半個——也許他們特別恨我？）。即使三流大學很多，位子也有飽和的時候。因此我們都會勸學生，做決定時還是要算一算投資報酬率啊。一個人文學者的養成，大學加上碩博士，最快也要花上十年（生命最美好的十年！）或更久，而且畢業了未必找得到工作，即使找到工作，研究上未必搞得出名堂（單是大陸就有不只一個大拿督公蜂窩數量實力堅強的競爭者），人生苦短啊。因此寄語要唸文史的大馬華裔青年，不止要有流亡的心理準備[6]，還要有必死的決心。置之死地而後生：要殺出一條血路來，如果僥倖沒被踩死的話。他人的腳板讓我們的表皮進化——武俠小說中的鐵布衫、金鐘罩不就是這樣煉成的嗎？

多年以前當我「矇查查」轉進中文系，聽到一個笑話。

有一位中文系畢業生好不容易在動物園找到一份「待遇一如管理員，享勞保、退休金」的工作。第一天上班，園長拎了張猩猩皮要他脫光衣服換上，說老猩猩最近駕鶴西歸，動物園經費不足，遇缺不補，只好就地取材，要他扮演老祖宗。然後他被要求認真的看錄影帶模仿猩猩的動作，簽下保密協定，且被告知一旦穿幫會有「很悲慘的後果」（這裡頭的肉食動物很久沒吃飽了）。他無奈的被關到猩猩籠裡，一邊吃著香蕉一邊不甘心的小聲嘀嘀咕咕，說「他娘的，堂堂台大中文系的高材生，竟然落到這種下場。」突然看到隔壁籠原本臥睡的狗熊突然站了起來，口吐人言，語重心長：「老弟，別自怨自艾了，我也是台大畢業的，哲學系，在這裡十年了，不止扮過老虎獅子，還扮過斑馬長頸鹿鱷魚。幹這一行的好處是你不必多說廢話，壞處是伙食很不好，而且變化太大，不容易適應。但你現在最該擔心的是樹上那隻發情的公猩猩，他一直在看你的屁股，如果被牠××掉，保險可不理賠哦。」

二〇〇六年十二月二十日

6 那不盡是壞事，流亡可以讓人成長，甚至深刻。

# 附錄 張景雲，〈立錐無地〉

《東方日報》，二〇〇六年十二月十七日

我們不時見到什麼大人物談論一些奇異的問題和數據，譬如什麼時候有多少名土著大學畢業生失業，或者是待業過久，由於沒有調查時間框架，教人讀了不知頭不知尾，心裡發毛，但這畢竟還是數據，只是無從比較分析而已。我如果想要了解一下華人大學畢業生的就業情況，找資料數據可能就要頭痛了。找董教總教育中心？馬大中文系畢業生協會？留台聯總？馬華自立合作社？馬華教育局？華社研究中心？華總？我如果對上列這些機構有信心，就不會一個接一個的臚列出來了。

其實我關心的不是「華人大學畢業生」這麼大的範圍，我猜想從政府大學畢業出來的華裔學生之中，有些是在小學時就沒機會唸華文的，我也猜想唸理工科和商科的人謀職機會比較多，那麼我所關心的應該是那些唸社會科學和唸中文系的人吧？（這裡說中文系其實應該是說人文學科如哲學、歷史學，我到今天仍未見過華校出身而在馬大歷史系畢業的，馬大有哲學系嗎？）社會科學如社會學和政治科學也比較有實用，在有些私立學院可能還可以沾個邊，但是如果你滿懷理想或誤打誤撞的進了中文系，你往後的生涯如何規畫？

我沒資格談大學學制或學術問題，我這裡要談的是一個華社的社會問題，中文人文學科出身的大學生的出路問題。前幾天我在茨廠街菜市邊一間老咖啡店吃魚生粥，巧遇大將書行的傳興漢和他兩位助手，兩位小姐有幸能投入這個風險極大的高檔書店創業活動，或者有些中文系畢業生會被獨中吸納，但後面源源而來的後浪呢？我不敢說十年下去，會不會出現中文系畢業生只能當店員或書記的情勢，或者中文系畢業生在pasar malam賣冒牌手表的情景。

很多年前啓良在美國唸博士時，有一次返隆，朋友們喝茶，他提出拿了博士回來不回來的問題，我說不要回來，十幾二十年來我發現我沒答錯，這裡根本是個天天都在進半步退兩步的社會，只適合像我這樣念舊又多情的人留下來逐漸老死下去。玉梅和日明兩次從英國回來，兩次都問同樣的問題。胡興榮在北京和汕頭那幾年，每次回來找我喝茶，也都是同樣的話，北京政府即使千錯萬錯，但中國天天都在進步，每天都有驚喜，而我們呢！

今天去台灣和中國大陸留學的華校生，已經不僅是唸第一個學位，很多是唸碩士和博士，其中又多數是研讀文史哲——後現代文史哲，他們的指導教授們都是從美國受後現代學術洗禮回來的。我們哪來那麼多南方學院、新紀元學院、拉曼大學中文系的教席容納他們。報館專題組新來了兩位台灣碩士，一個唸語言哲學，一個唸哲學，其他問題不說，唸了碩士當然希望領到獎學金唸博士。那麼唸了博士呢？德發最近通過新加坡國大中文系博士答辯，回到華研（他深造時留職停薪）原地踏步，好像完全沒發生過任何事，不過只是有這麼一個立足之地而已。

十幾二十年來，不知不覺認識了一些年輕朋友，有些是大家一起合作辦某件事，有些是還在大學裡或剛從大學出來，我請他們幫忙做某些事，有些只是朋友的朋友。我越來越不敢問他們在做什麼，見面不敢直接問，不見面也不敢從共同朋友口中探聽近況，因為問了常常引出傷心的答話。好像曾經幫我校對刊物和書稿，或聯絡作者的惠恬和宇琛，他們在做些什麼事情，我不敢打聽，因為我擔心他們在做著一些很委屈他們的工作。

最近不小心問起一個人，她在英國「跳飛機」已有兩三年了吧，我是早有聽聞，消息再聽一次也再傷心一次。

一個在中國考到了漢語方言學碩士的朋友，用全部積蓄來唸那三、四年的學位，回到吉隆坡奔走了幾個月，只能屈就在學院和獨中當兼課講師／老師，賺鐘點費，每月所得恐怕不敷開銷。幾個月前在輕快鐵車上遇到陳耀宗和劉藝婉，一個寫得一手好詩，一個文學小品悟性奇高，他們在做什麼營生呢，那是一種以件計酬的文字工作。

如果這裡真是個有文化的地方，就會有一些小學院，不是只訓練理工科和商科人才的那種，而是文化學院，讓我的這些青年朋友，去講語言哲學和杭士基，去講後現代詩學，去講馬新華人方言。若是這樣，祝家華就可以在家鄉波德申辦成他的天人書院，圓他的書院夢。如果真有文化，就會有一些小出版社，出版一些小雜誌和叢書，請我的這些青年朋友去做編審書稿或編譯的工作，出一套馬來文學、印尼文學等譯叢，出一套本土研究叢書及集刊，出幾套當代作家文叢，出一輯《思想工具箱》和一部《馬來西亞華人詞典》。如果真有文化，華研就不會這樣不生不死，或者會有兩三所別的研究機構，除了禮聘一些不必講學歷的民間學者如張少寬，和一些黃金歲月的老學者，更讓我的這些青年朋友有機會學以致用，學歷史的搞歷史，學政治學的研究政治，學語言文學的研究語言文學，讓他們身有所養，心有所安，可以安身立命以學術為一生志業，可以規畫生涯，沒有旁騖，不必折腰。

我青年時代日子過得好辛苦，不過我算是什麼，一個在檳榔嶼喬治市穿街過巷，在新加坡舊跑馬埔和石叻門吊兒郎當的「三星仔」，人海茫茫，舉目無親，與我相濡以沫的不是小地痞就是「馬路英雄」。

今天比我年少三、四十年的這些青年朋友，個個都像新鑄的金幣那樣閃亮，如果他們還得像我那樣日子過得好辛苦，我們這社會這四十年豈非虛擲。

有時我躺在黑暗裡，眉心有一點光，視域裡一片寥廓的空間依稀見到萬頭攢動，暖暖的淚緩緩從我眼角淌下，我不知道那些都是些什麼人，我也不知道我何以流淚。我彷彿憶起一些話語，像是少年時讀過的高爾基，他的散文詩《海燕》裡有一句，「不要往下望，下面是奴隸的淵藪。」我又想起自己說過的意思，百年後百人中有一人是奴隸總管，一人是思想逃亡者，其餘都是奴隸。我彷彿看到這些青年朋友，他們都把心佩戴在袖口，他們都在艱辛的掙扎，努力不做奴隸，而那個地方彷彿就是某一位先行者所說的鐵屋。（病中作）

# 我們的演化

針對景雲先生的〈立錐無地〉，繼我的回應後，有張錦忠、溫任平、梁靖芬、安煥然等的回應各一篇，楊邦尼兩篇，表面上看起來熱鬧，其實冷清。因為真正「立錐無地」的人（景雲先生點名了許多人）都緘默無言。看來真正卡在那處境裡的，或這些年來吃盡苦頭的，倒真的無言了。或者習慣了審慎，以免不小心又得罪了某些足以影響其立錐之地的小氣鬼？應該多一些人出來談一談的，否則倒顯得我們多事，自己「立錐有地」還講一些有的沒有的。失敗的經驗也是經驗，如果是非戰之罪，好歹可以告訴下一代，那條路雖然看起來很直（因為沒有樹和山丘阻攔視線），可以直達羅馬。其實前面有多個九〇度直角大轉彎，很多人發現時煞車不及都摔到沼澤裡去做了肥料，或幸運的進化成別的物種了。

楊邦尼的第一篇回應寫來晴空萬里，非常天真樂觀，「立錐無地，是方乾淨」（家底厚的話，唸大學純唸了好玩那當然好，但好多人是貸了款借了錢出去買未來的），不知道那些立錐無地的人看了有沒有吐血（從他的第二篇回應來看，應是有人當面吐血給他看）；溫任平的靜中聽雷回應了楊的「乾淨」論，以自己和一干狼族的不錯發展。狼族的堅韌精神，論證了唸文史也不致立錐無地，只要懂得適應。但隱約可以瞥見他省略了這些朋友們在艱難環境中的生存競爭（其中我認識的人不多，但李宗舜、何啟良二位都走過一段荊棘之路）；但這只是第一個層面的問題，問題被轉變成：唸文史真的無法生存嗎？

純論生存，答案當然是否定的，因為還可以做別的事啊。生存沒問題。但不一定跟文史有關就是了。

很顯然，這正是〈立錐無地〉感慨的現象：唸文史的人在大馬要發揮所長，擇善固執、要安身立命，是加倍的困難。往往不得不向現實妥協（安煥然的立錐之地不是有著熱鍋似的異樣的燙嗎？），詩人變而為商人或政客（如果覺得教書太吃力），賣保險或擺地攤，也餓不死。而有幸當了老闆，說他喜歡詩、畫、哲學、宗教或別的什麼，那又是另一回事了。到了那境地，喜歡說喜歡什麼或不喜歡什麼，都無所謂了。

大學時代我們很尊敬的一位臉上總是帶著微笑的歷史系學長，畢業後返馬負責規畫設置全馬唯一的一間華人資料中心，辛苦十年，稍有規模後，結果據說還是常被出錢的老闆羞辱，終於被掃地出門。令我們非常感慨，雖然聽說他有了更好的去處，卻有許多年不好意思再去找他請客吃咖哩魚頭。作為少數族裔，如果沒能守護好集體記憶，整體的存在就好似虛構一般。他和其他昔日創立大馬青年社的朋友，經歷一番磨難之後，今日已是華社的資深知識菁英了，應該都還不負初心吧？是否該共同設法來改善我們集體的困境呢？

錦忠的回應嘗試把問題拉回〈立錐無地〉的高度：何以大馬華人建國五十年來建立不了一個比較理想的文化社會？是因為沒能力，還是不做（從來沒想到有必要做）？反正無所謂，因為精神的貧乏又不會致人於死。

即使只是一個鄉鎮小圖書館（景雲文章中的哀求——只需要會館的一個小房間，兩個書櫃，二〇〇〇本好書）？做不到那不可能，覺得沒必要、從來沒想過的可能性大概大一些。靠官方，等太陽從另一邊出來吧。靠會館裡的衮衮諸公，可能要等他們聽膩了麻將聲了。

依社會狀況而論，華社的能力供養幾間私立大學大概都沒問題了，更別說小小的社區圖書室。不能再用二十世紀初期，華人晚期移民南來遍地豬仔（大多是文盲，我的祖父輩）的狀況來解釋了，如今應該是中產階級偏多，在經濟和思想上應都已相對脫貧。但有多少人對文史著作感興趣、想了解族群集體的過去、且意識到自己知識的貧乏呢？

多年前（那時台灣的大陸書遠不如今日便宜）我常在回鄉時特意繞道新加坡的書城（那是南大孤臣孽子的集中地）以補充新書，常納悶於怎麼都沒有較專門的學術書？老闆總是悶悶的說，那種書，誰會看？

你也許會說，那是新加坡，扯過界了吧？

對南馬人來說，星柔長堤可是我們的臍帶啊。

一個世代、兩個世代，我們對人文學術的心態改變了多少，大環境又改變了多少呢？百年來，沒有哲學家，沒有宗教大師，沒有文學家，沒有像樣的史家，只有苦行者——教育家，文化創造者總好像身處過渡時代，而一代代沒完沒了的過渡。

生物學家告訴我們，靠基因突變來適應環境太沒效率了，必須靠天擇消滅大多數無意義的差異，「保留區域性調適較佳的種類。經過幾個世代的累積，造成了演化的變異。」重點在後頭：「區域性的調適，必須付出無數的屠殺和死亡為代價：要到達較好的地位，靠的是清除調適不良的種類，而不是靠主動設計的較佳生命劇本。」（古爾德〔Stephen Jay Gould〕，《生命的壯闊》，時報，一九九九：二四八）反之，文化變異則有效率得多。就南洋華人社會而言，那種透過天擇的演化的成功物種，叫做峇峇，土生華人。但它的存在究竟是生物的意義多，還是文化的？我想還是後者——畢竟從生物學的角度來看，人種間的基因差異不如文化差異。古爾德的洞見告訴我們，一代從生存（與環境互動）上獲得的文化知識，可以透過教育傳給下一代，它強化了文化的累積，也強化了適應。在正常的情況下，它讓人類文明得以進步。

但多民族的社會情況可能複雜得多。華人從老中國輻射適應（adaptive radiation）[1]到全球，但並沒有如加拉巴哥群島上的達爾文雀或非洲維多利亞湖的麗魚那樣演化出多樣的種類。也許展現的正是文化的另一面，不是因累積而進步，而是它的保守性：塑造了族群可藉以作為集體自我認同的文化指標，一種圈地、牆的功能。它反過來合理化了困鎖他們的環境：既然池塘只有數公尺寬，我們（的文化）最好不要超過五吋長，沒有蝦米的時候乖乖吃泥巴，或者咬同類一口。如

1　「指共同祖先的物種，拓展到不同生態區位的過程。」（威爾森，《繽紛的生命》，天下文化，二〇〇五：一三四）。

果做不成鱧魚，當滑哥（泥鰍）也不錯，要不，黃鱔也不壞，夠滑溜。人家隔壁大水瀰的馬來鬥魚，已進化成百斤重的象魚和魚虎、水獺了。

二〇〇七年二月七日

# 我們需要一個怎樣的中文系？

這幾年來，國內增設了幾個中文系，高等教育禁令中的某個環節似乎有鬆動的趨勢；而新設的私立學院（與中文系）也備受華社的期待。社會的期待是可以理解的，比較可惜的是，在中文系的具體籌備過程中，針對這樣的重要建制，知識界並沒有展開充分的討論，並沒有把抽象的期待落實為具體的意見。設立中文系的必要性這沒有人可以否認，也是公眾普遍可以接受的前提。問題在於，當前的大馬華社，需要一個怎樣的中文系？（假定「中文系」即「中國文學系」的簡稱。）

這篇文章大概寫得有點晚了，因為一個新系一旦方向擬定，人也聘好，課程也安排好，基本上就很難動了。但如果能引起充分的討論，應該還有一些調整的空間。

「我們需要一個怎樣的中文系？」

這樣的問題首先假定了，中文系之於華社，並不是「有就好」，而是冀望在「有」的基礎上力求做得最好。以下試就現狀及「可能出現怎樣的中文系」，做一些演繹排比和討論。

## （A）國學系

台灣幾個歷史悠久的中文系（台大、師大、政大）都是箇中典型。特點是師資陣容龐大，對學術的認知基本上沒有脫離清代乾嘉格局，以語言文字之學（小學）為基本訓練，以為掌握了聲韻文字訓詁就可以掌握古代的典籍，可以「通讀原典」。對學術的區分大體採經、史、子、集四部。所依據的「文學」觀念其實是漢代的觀念（「文章博學」）。力求全面掌握中國的古代經典，因此系上的科目往往遍涉文史哲，暗含的其實是一個廣泛的「文化」概念。

設立這樣的中文系，基本條件是（一）師資陣容龐大（如台大至少就有四十多位專任師資），方能顧及那麼多專業領域；（二）有大量的藏書，尤其是各朝各代各種版本的古籍；（三）每年天文數字的經費。

就這三點而言，華社都沒有條件。

這樣的中文系，長處是——如果學生用功的話——四年下來可以相當程度的掌握一定數量的原典；短處是他們的學術訓練，基本上是前近代的，從方法論的角度來看，其實都是屬於史學研究中的文獻研究，其實反而忽略了文學或哲學本身的專門訓練，所謂的「掌握原典」往往不過是最基礎的訓詁層次的掌握，以為那就掌握了一切，而根本忽略了那樣的學術進路其實是非常狹隘的。如果前述的三大條件不足，加上它本身的這種知識格局上的局限，就產生很可悲的後果：在中國古代文獻研究領域中，無法在學術上爭得一席之地；對當代斯土斯地的文化建設，又使不上力。

## （B）漢學系

選擇中國古代文化某些領域，做重點式的開發發展。在研究方法上，採中西比較，借用西方強大的哲學傳統，及各個人文領域已取得的成果做參照。特點是放棄全景式的「中國文化」想像。（這一取向）往往是因為沒有那麼龐大的人力物力資源，也避免和中國文化區的中文系做重複的研究，而就能掌握的資源做盡可能的開發。從國學系的角度來看，這樣的學術研究可能會「不踏實」，過於狹窄成西化——因為它沒有強化「小學訓練」，不夠「全面」，「依賴西方理論」……。

以大馬華社情況，這倒是一個可以考慮的方向，理由詳後。

## （C）中國語言學系

純粹從語言學的角度，訓練學生中文語法、句法、語音……這其實和「中國文學」一點關係也沒有，它其實是「語言學系」的「中文」組。整個訓練和文學無關，都是語言學，充其量讓學生學到一套拆解中文的技術，讓他們了解到中文（漢語）的語言規律，可是它的後果其實比「國學系」還要糟——對於了解中國文化沒什麼幫助，更別說支援當代的馬華文化生產。這是一條名副其實的死路。以大馬而言，實在沒必要做這種犧牲，因為它徹頭徹尾與文學無關。

就大馬而言，我建議中文系至少必須——回歸文學。不是漢代的文學觀念，而是近代的。原因很簡單，華社的資源有限，與其野心太大，天大地大無所不包（「涵括四部」），不如集中資源，全力發展某個領域[1]；而這領域至少必須具備下列功能：支援馬華本土的文學生產，與及文學／文化的研究。在這前提之下，再來談中國文化的傳承——而不是反過來，這是非常重要的一環[2]。如果學生對「傳統學術」的興趣非常高，直接的做法是鼓勵他出國，至少台灣各大學的中文系都是人文學科中的大冷門，名額多得很，所以不必擔心其他重要領域「後繼無人」。

鎖定了文學（生產與研究），就可以這樣的目的擬定課程計畫及師資，以便恰如期待的生產出所要的產品。

接下來我們用消去法。先把小學和語言學的課程大部分刪去，只留一科「中國語言文字學通論」；經學中與文學無關的全部消去，只保留「詩經」及一門通論「傳統文獻概論」；史部只保留「史記漢書選讀」（從文學的角度切入）；接下來又分三部分：古典文學、現代文學、文學理論。假定是三年的課程，每學期開出二十四學分的課（含必修、選修），試列出一課程計畫草案如表（謹供參考）：

| 第一學年 | |
|---|---|
| 中國語文通論二／二<br>傳統文獻概論三／三<br>中國文學史三／三<br>哲學概論二／二<br>文學理論初步二／二<br>現代散文選讀二／二<br>英文二／二<br>高級馬來文二／二<br>電腦二／二 | |
| ＊二／二為上下學期各二學分<br>＊三為一學期三學分的課，可開於上學期或下學期 | 選修課。每學期至少一門<br>最後一年以選修課為主 |
| 詩經三<br>楚辭三<br>莊子三<br>史漢選讀二／二<br>文化人類學三<br>論孟二／二<br>李杜詩二／二<br>文心雕龍三<br>族群關係三<br>社會學理論二／二<br>區域研究三<br>史學方法二／二<br>大馬華人史二／二 | |

1 倒也不必擔心其他領域本身的發展。那由中國、台灣、香港中文系及海外漢學系去承擔。大馬的中文系要有所建樹，和馬華文學、馬華文化一樣，必須發展出自己的特色。而不是盲目的複製他人的規模，做不來的話，只會變成「小人國」。

2 不能、也不必以「傳承中華文化的香火」為前提，以大馬的條件，根本做不到（也不必那樣），不如踏實的做一些有益的，放棄這一套要命的意識形態前提。

| 第二學年 | 第三學年 |
| --- | --- |
| 文學理論進階二／二<br>比較文學導論三<br>中國現代文學史三／三<br>馬華文學史三<br>馬華文學選讀三<br>西洋哲學史二／二<br>西洋文學史二／二<br>古代散文選讀二／二<br>習作討論（現代詩）二／二<br>詞曲選三<br>古典白話小說三 | 文學批評及實習二／二（論文）<br>近代馬來文學史二／二<br>馬來文學選讀二／二<br>中國詩學（古代文論選讀）二／二<br>現代小說選讀二／二<br>中國思想史二／二<br>習作討論（小說）二／二 |

以下略做說明：

一、每一年都有現代文學的選讀及習作。選讀的部分以五四以來白話文學的經典作品為主，輔以一流的翻譯文學，主要的目的是培養學生的文學鑑賞力及學習別人的長處。習作討論則讓學生從實習中掌握文學的基本技術。

二、偏重哲學及理論主要是為了強化學生的思考訓練以提升思辨的水平。第一年的「文學理論初步」重點在於介紹有關文學的一般理論（如文學之定義、起源、與其他學科的關係、文學研究的基本步驟、文類……）；第二年的「進階」則偏重近代以來各家各派文學理論的重點介紹，以讓學生了解當代文學理論的整體發展；第三年的「批評及實習」則著重在實際批評，在前兩年的學習基礎（含文學作品的閱讀、文學史的熟稔）上，選取對象（可以本地作品為主）嘗試批評。中、西哲學的著重，為的是讓理論的閱讀有哲學的底子，可免於虛浮。

三、傳統中文系的課，文學的部分盡量保留；其餘的，極度簡化。

四、「相關課程」之設置，基本上以比較文學為背景。以第二年的課為例，「馬華文學史」與「中國現代文學史」並列，主要目的也在於對兩者進行比較，在比較的視野下進行研讀；「西洋文學史」之設置亦然，近代白話文學基本上是橫的移植（如所有的主義），也是馬華文學的遠源，如此可以有一個較為全面的掌握。

同理「近代馬來文學史」及「馬來文學選讀」的設置，也是站在比較文學的立場，以對照馬華文學史。可能的話，也鼓勵學生用中文寫馬來文學的批評。

五、中國古代文學、文論、專書、文學史部分，為的是給學生增強古典文學的涵養，及文化底子，有傳統可以依傍；「文化人類學」、「族群關係」等課，則是給學生開啟另外的學術面向，接觸不同的研究方法和學術成果，以便讓文學的視域往社會／文化延伸。

六、基本特色是：習作／理論並重；古／今、中／外／中國並重，也不致和馬來世界隔離，不會太偏向哪一方，可能會比較實際一點。

七、建議定名為「中文文學系」而非「中國文學系」。

如果可能的話，課程恐怕還是以四年為宜。

課程、方向、需求設定之後，任何技術應都可以盡力解決。不能因為行政考量而讓一些重要的課程開不出來（或勉強以非該專業領域的人充當），既然要辦就要努力做到最好。在大馬搞出一個和世界上任何地方的中文系一樣的「中國文學系」[3]，不如搞一個頗具本土特色及廣闊視野的「中文文學系」[4]。也只有以支援當地的文化生產為目的（而非複製「國學」或「漢學」，或糊裡糊塗的語言學取向），才可能在實踐的趨向上開展出一些什麼。在這樣的訴求之下，不論是古代近代的中國文化（文學）產品、馬來世界或外國的文化資源，都僅僅是資源而已，是在「本土文化生產」的目的下被援引、使用[5]。在這樣的訴求下，邀請對本地情況不了解的中國教授來主持大計，反倒是沒必要了。

附帶一提的是，如果可以辦出一個與眾不同的中文系，將來可以在那樣的基礎上，籌辦一個跨領域的「人文研究所」，以訓練本地人文研究的人才為目的（建議採必須修習學分的美國制，而非放牛吃草的英國制），大馬華人之高等教育，至少要到達這一步體制上才基本完善。

3 「中文系」在台灣，或者是「中國文學系」的關係（個中的文學是漢代的用法）；或者是「中國語文學系」（如我現在服務的學校），或者是「中國語言文學系」（如九六年以前的清華），這種情況其實是五四以來從歷史比較語言學的進路處理中國文學學術傳統的餘毒，上接乾嘉漢學，假定語言文學之學就是進入中國古代世界的門檻，也是全部。台灣中文系之所以自棄於現代文學的創作與評論，正在於這種錯誤假設造成的沉重包袱。把學生都帶入語言考古的死胡同。大馬這裡，至少不必有這樣的包袱。

4 如果只是把中文系界定為「栽培國中華文師資」，未免可惜，雖然那樣的實際考量是可以理解的。建議試著往學術／文學的方向去考量。否則只怕於文化生產無補。華社對獨大的期望，在中文系方面，不妨野心大一點。

5 若有人欲專精研究，某個本地缺乏的專業，建議他申請出國，或到相關機構去深造。

# 文學課

我不曾在大馬華文教學現場奉獻過心力，對「文學如何教育」實在沒資格談什麼，尤其不敢有任何指導意見，雖然我曾在〈華文課〉裡寫道，「華文課原是場長期、深入的文學角力對話，在古今、南北之間，以學生的存在場域為地平線。」「存在場域」即是所謂的在地、本地。那還只是就課文來談。語文教育不能只就語言來談，一般而言，文學作品能強化它的語感與深度。但星馬的位置，除了比較可能引發共同情感的在地華文文學中的佳作之外，還必得兼顧它的上游，也即是中國詩詞古文、古典白話小說，及中及港台的現當代文學中的精品。依文學經典的體積和成就分配，比率上，本地佳作必然是相對少數。從小學到初、高中，從獨中到國中，比率分配也會有所不同，由淺入深，由易而難。也似乎一向如此。

然而這還只是課文的層面，文學課的成敗，尤繫於教師的作品解讀能力和敬業的程度。教師的文學訓練、口才、品味，幾乎是可遇而不可求的。如果較具文學素養，除了課文之外，還可能做一些延伸補充。但如果本身文學作品解讀的能力不佳，再好的選文也是徒然。文學的背後是文化、歷史，要深入背景其實並不是那麼容易，沒那麼多時間，也不見得能吸引學生。諸如《中四華文》（*The Malaya Press Sdn.Bhd.*，二〇〇二）中的古詩十九首之〈行行重行行〉、〈飲馬長城窟行〉、〈桃花源記〉等，要講得深刻並不容易，時代、文體、情感結構，都頗費心力；而密度相對較小的語體詩文，甚至得投注更多的激情。

中學時代的文學課，我記得的並不多。上課不專心，而且浮躁。那時也絕沒想到此生會走上文學的荊棘之路。時隔三十多年，甚至記錯也不無可能。譬如我記得讀過魯迅意境蒼涼的〈故鄉〉，但也許混淆了，那些課本都沒能留下。但我確實記得施炳文老師深情朗讀陳之藩〈失根的蘭花〉，那低沉悲涼也許就投射了他自身的流離，雖然我對施老師的身世並不了解。但那代人，八〇年代初已年近（逾）古稀，生於上世紀初，經歷了從華僑到華人的艱難過程——五〇年代的公民權爭取、國籍選擇、被迫切斷中國認同，那對祖國情懷強烈的華僑而言，確實是「一個大問題」。更何況，留下當馬來（西）亞國民的，都將面對華語文在這民族國家裡被快速邊緣化，甚至在國民中學裡退守為一門時數有限的華文課。

另一方面，語文教育也不見得就得依賴文學作品。歷史、思想文獻的經典選文也很重要，但那也不是那麼好教的。

翻閱友人影印寄贈的《中四華文》，我也有意外的收穫。

那篇鄭子瑜教授[1]以典雅文言文寫就的〈卓還來殉難記〉的文字是這些中學華文選本中算是比較難的，它記述了二戰時中華民國駐山大根大使卓還來[2]被日軍誅殺於亞庇的故事。文章末段：「寇益銜之，乃解於亞庇總部，尋殺之。勝利以還，卒於根地咬掘得其忠骨，以一九四七年六月初旬禮葬之，並為之入於忠烈云。」出版晚於《中四華文》數年的龍應台的《大江大海一九四九》（天下文化，二〇〇九）還鄭重其事的尋覓過卓還來最後的遭遇（〈那不知下落的卓領事〉，頁三〇〇—三〇二），經由倖存返鄉的台灣南洋監視員，昔日的台籍日本兵，二戰時擔任戰俘營監視員的證員，大致拼湊出彼時現場的狀況。沒錯，時為日本殖民地的台灣也被捲進日本在南洋的侵略。

《大江大海》沒有提到曾經寓居婆羅洲山打根的學者鄭子瑜這篇文章，書中卻有一段文學意味濃厚的現場描述：「一片還沒腐爛的布塊，是當地僑胞送給他的衣服，證明了這一堆是卓還來；乾髮一束、門牙三枝、膝蓋骨、指骨、肋骨各一。白骨凌亂，顯然林中野狗曾經扒食。」（應是根據L. W. St. John-Jones於二〇〇四年沙巴協會的志刊Vol.21記載R. F. Evans的證言改寫）這描述比〈卓還來殉難記〉能令讀者留下深刻的印象。

〈那不知下落的卓領事〉還有這麼一段：

卓還來安葬之後沒多久，南京的總統府大門插上五星旗。此後，卓還來從集體的歷史記憶中，被刪除。在隨後幾十年的時光裡，他的子女不敢提及這個為中華民國犧牲了的父親，他的妻子不敢去上墳。烈士還是叛徒，榮耀還是恥辱，往往看城裡頭最高的那棟建築頂上插的是什麼旗子。

「南京的總統府大門插上五星旗」好似對應〈卓還來殉難記〉第一段末尾「寇登陸後……而館閣上所懸國旗，猶飄揚於空際。」那是中華民國國旗。龍應台文最後一句，牽涉的是一九四九年以後，中國大陸政權易主。中華民國不只失去正當性，連帶的，昔日中華民國的軍警官不論生死，都成了「共和國的敵人」。這部分大概就更不可能深談了。歷史的殘酷，也不是三言兩語說得清的。但近代中國的歷史不只並非與大馬華人無關，相反的，從華僑過渡到華人，都深受中國的政局牽動。

自戊戌政變後康有為流亡南洋以來，從康的支持者推動的保皇維新，孫中山領導的國民革命，三〇年代後的國共內鬥；從黃花崗烈士中的南洋華人青年死難者，日軍侵華時的「歸僑」，二戰末期的南僑機工，馬來亞建國前後嚮往革命，或被殖民政府逮捕遣送中國的「返鄉青年」，甚至延伸到當代的留台／留中，「標準華語」該接受哪一個「國語」系統的規範、中學華文課本的參照台灣／中國的中學課文——語文與文學教育不可能不受「上游」的干擾。

1　「南來文人」鄭子瑜教授（一九一六－二〇〇八）其人，也是個學界傳奇，一九三九年避禍南下婆羅洲。早年以研究郁達夫詩詞和黃遵憲詩為世所知，晚年的《中國修辭學史》更備受兩岸三地學界肯定。我手邊沒有鄭子瑜寫作此文的相關資料。

2　百度的資料頗詳細：「卓還來（一九一二－一九四五），福建閩侯人，早年就讀於燕京大學，畢業後赴法國巴黎政治學院留學，獲博士學位，後又赴英國倫敦大學深造。一九三六年，學成回國，擔任國民政府外交部一等科員，一九三七年出任國民政府駐越南西貢副領事。一九四〇年七月，調升北婆羅洲山打根領事館領事，兼管砂勝越華人事務。一九四二年一月十九日，山打根陷入日軍手中，……一九四五年七月六日，卓還來被日寇殘忍殺害，年僅三十三歲。」

卓領士被「出土」的根地咬，二〇一四年我到沙巴探訪在那裡奮鬥十餘年的么弟，他驅車載我從亞庇到山打根時曾經路過。我曾好奇的問起中文譯名怪怪的地名的由來，他說他並不知道，只提到那是我大嫂娘家的發跡地。當然，他也不知道卓領事其人其事。關於根地咬，中文維基百科上的記述也非常簡略，「Keningau，根地咬在一九〇〇年成為英國人最重要的行政中心。二戰時期，一九四二年至一九四五年，日本人侵占了沙巴州，日軍將根地咬列為日軍重要的行政中心。」英文Wikipedia倒是清楚指出該地名的由來。Keningau源於Javanese cinnamon，當地人稱之為Keningau，馬來人暱稱之為kayu manis，也就是被稱做香料之王的爪哇肉桂。

二〇一七年十二月二十四日，埔里

附記：

本文草就後，我以電郵詢問國中畢業、現就讀於政大中文所碩士班的鄧觀傑，他的老師是怎麼教〈卓還來殉難記〉的，他的回答令我頗為吃驚。

這篇確實十分有意思，但我們之前沒學過。國民中學的華文課時間寶貴，老師幾乎沒碰過課本，上課只教「應用文寫作」和「名句精華」，偶爾穿插一些語法常識。

我幾乎不記得上過課本的課文，白話文老師覺得太簡單不用教（好像有教過一篇朱自清？）；文言文太難教、考試比分又少，所以乾脆也不教了。一切都是考試導向的，教應用文和語法常識是因為最好拿分。名句精華算是最後的堡壘，雖然在考試占分不多，但老師要在那麼短的時間內讓學生接觸古典資源，就只有教「精華」了。

其實我們中學的華文老師也很為難。一個禮拜才三節課，華文老師們經常還會被瑣事和外務壓縮上課時間。這樣要在課堂上有系統地教文學根本不可能，遑論古典文學。如果華文成績拉不上去，又擔心之後報考華文的人會越來越少。搞到最後，就只剩下現在這個空殼了。

這是我母校的狀況，但我想其他國中應該也差不多，結構都一樣的。

二〇一七年十二月二十八日電郵

# 中國性，或存在的歷史具體性？
## ——回應〈窗外的他者〉

替《南洋》寫的三、四月詩歌點評〈兩窗之間〉（《南洋文藝》，一九九五年六月九日）獲當事人之一的林幸謙亢激的回應（〈窗外的他者〉，《南洋文藝》，一九九五年七月二十五日），偽裝的私密話語（公開發表的「私函」）收信人不是我，卻衝著我來，強迫我竊聽他們窗內的言談，陷我於窗外的他者。看來我的發言位置或許也正在兩窗之間，只不過那並不是兩扇窗共同構成的室內，而是室外。這也是撰文批評當事人可能付出的小小代價罷。

林文對於我的批評，主要集中在全文前半，尤其集中於他對「文化鄉愁的過度氾濫」的自我辯解。而這個問題，恰又是我對於馬華文學思考的起點。從「天狼星詩社」以降，馬華現代主義就和中國性（Chineseness，中國特質，中國本質）的尋求建立了美學及意識形態上的血緣關係，並且影響了整整一代人。天狼星詩社並非孤立的個案（相對於李永平），這暗示了文學上的上述取向或許有著更為深層的基礎，諸如：民族性、歷史處境、漢文字的特性……等等，而驅使文學創作較容易選擇上述取向。如此，綠洲—天狼—神州那樣的文學事件便可以看成是不下於重大政治事件（如南大事件、五一三事件、獨立大學事件）的思想史事件，暴露出大馬華人一種集體的內在取向。討論林幸謙和辛吟松，基本上我是把他們置入上述的思想史框架中。在精神上，他們是天狼星遺族，所有的天狼星遺族都自謬是三閭大夫流放的後裔。那是個人的選擇，無可厚非（一如宗教信仰的選擇），卻並不意味反省自身的邊緣處境時就必須選擇那無望的回歸之路，把華人具體的存在情境渲染為棄子的哀憐，或棄婦的悲情。

身為華人，無可否認的我們都必須不斷的反省華裔集體的文化屬性及存在情境；華文書寫者甚至每一度進行書寫都是一次有意識或無意識的征戰——與「中國」的戰爭。「中國」在廣大的華人心中潛伏為無形的民族主義，同時卻也藉由符號而膨脹為無邊、想像的大漢帝國。寫作者作為符號的運用者，更容易墮入那「看不見的城市」的陷阱裡。哀憐，自傷，悲情作為一種負面的形式，在認識論上仍然局限於一個以中國為主體的想像的中心觀，和本土中國人的傲慢自大不過是一枚銅幣的兩面。這是神州、天狼諸子認識論上的局限，循此路以進，我覺得很可能是深淵或死巷；以林、辛二人的才情，如果仍和他們的前輩一樣陷溺其中，不免可惜。我的用心不管他信或不信（林懷疑我惡意的「拉」他），素無深交，言盡於此。是非得失，各憑造化。

其實當前在這條路上鑽得最深的不是別人，是李永平。將現代主義與中國性的尋求二者融接在一塊，《吉陵春秋》是一個高度，《海東青》是另外一個高度[1]。這條路子的最大危險在於以一些現成的漢文化符碼的抽象性掩蓋了華人存在的具體性，我所謂的「與中國的征戰」重點就在這裡：寫作不能淪為古典中國知性或感性的注釋。（海外）華人的經驗是全新的歷史經驗，新的實在（reality），寫作必須以它為主體而不是以中國性為主體。這需要一種較為節制、冷靜的情感態度，及對具體細節的耐心。對散文小說而言尤其是如此，在這裡，我等於也為自己「一再重寫類似的主題」做了辯解。換言之，在中國性與華人的歷史實在之間，我主張尋求一個「在之間」（in-between，或譯為「中間人」）的辯證空間，撕開一個距離，闢出一個空間，也唯有這樣，才能避免「馬華文學是不是中國文學的支流」之類的愚蠢爭論。

至於我對辛吟松〈詩七首〉的「噴吐」（林幸謙用語）是否公允，有興趣的讀者不妨看看與林文一道刊出的張光達的〈一個孤獨的王國——讀辛金順〈詩七首〉兼談田園模式〉（《南洋文藝》，一九九五年七月二十五日）的最後一大段，這位「了解辛吟松的人的感想」是這樣的：

〈詩七首〉中，懷舊的意味很重，柔情語調也相當劃一，大致上繼承了金順赴台之前的詩語言與技巧，看得出他在這方面並沒有作出重大的改變。其中不乏陳腔，看似華麗的詩句，大量的概念詞語，如思念、寂寞、欲望、歲月等，卻也有一些佳句……

「佳句」與「陳腔」和我的評語恰恰一樣。辛吟松的警覺性如果夠，應該意識到這裡頭涉及的是怎樣的問題。那也是每一位寫作者在每一個不同的階段都會遇到的問題——由他的見識、世界觀、信仰、美學觀等等共同構成的他的「哲學」，是否在不斷的寫作中，達致質的飛躍，而並不只是無意義的重複？（當然，這也是我自己的問題。）

最後簡單的談談林幸謙的碩士論文。具體東西不用去談了（以免浪費篇幅），留給將來林幸謙的研究者去考察。簡單的說，人文科學的論文的寫作並非如科學論文那般「客觀」的，主題、研究對象及方法、表達方式的選擇等等，在在都涉及主體意識與欲望的投注與投射、研究對象與研究者之間的愛戀憎惡、精神上的交流等等。林的碩論強烈的抒情性，和他的散文比較起來，二者彷彿只是對象的不同而非文類的不同。因而他的白先勇論述，有多少是「論述所需」，又有多少是情感轉移，倒也十分耐人尋味了。

人的一生都在不斷選擇愛戀或憎惡的對象，那是存在者的宿命。中國？馬來西亞？香港？台灣？不管怎樣，對於唐君毅先生之類的文化遺民而言，「花果飄零」的感慨是自然的，因為他們以中國文化的存亡為己任。他們的確也有此資格，在那樣的歷史環境下，確也有此必要，然而對於身為「化外之民」的我們來說，卻未免有點太勉強了。

一九九五年八月二十六日

1 李永平的問題十分複雜，因為他把戰場闢得極大。另文論之。

# 互文性，寫作，與文學教養

文學的寫就伴隨著它對自己現今和以往的回憶。它摸索並表達這些記憶，通過一系列的複述、追憶和重寫將它們記憶在文本中，這種工作造就了互文。文學還可以匯總典籍，表現它對自己的想像。（《互文性研究》，天津人民，二〇〇三：五）

在一本法國大學生文學理論小冊子裡，蒂費納・薩莫瓦約整理了自巴赫金、朱里亞克里斯蒂娃、熱內特等以來的見解，闡釋當代文學理論最重要的批評概念之一的互文性（intertextualité，intertextuality或譯文本間性、文本互涉）。這概念對寫作者而言其實不算新鮮，文學寫作必然是與既有的文學記憶（人類文明的巨大檔案庫，那無限文本）永無休止的對話。寫作者從那裡獲得滋養，啟發，拆卸若干閃亮的碎片，以重組自己的世界——猶如拆下舊衣的線，重紡一塊布；或如百衲拼布，每個局部都有來歷。重重疊疊的往昔生者的所思所感，那逝者之精神，藉由文字的調動和當下的寫作者發生親密的聯繫。於是難免的，偉大的著作總是充斥著偉大的亡靈，就如同是降靈會的舞台，萬神殿。諸神共時的顯現。於是字詞成為索引（引得，indices），用現代的科幻比喻，如同按鈕——只需輕輕一按。因此這樣的著作之極致，便是所謂的百科全書體；或者辭典。不難理解，這兩者都是作家想像書的終極形態的最常見形式。

同樣的，從作品必然得以窺見一個作家的文學教養——一個作為優秀讀者的作家。譬如張愛玲，如她在《紅樓夢魘》的〈自序〉裡說的，「這兩部書在我是一切的泉源，尤其是紅樓夢。」另一部書是《金瓶梅》。但舊詩詞曲張愛玲也必是極熟的，構成了她典雅華麗的文字文體；她的散文隨筆也處處提到她的涉獵，譬如對鴛鴦蝴蝶派的喜好。五四以來的大家莫不如此，魯迅、周作人自不待言，即使自謙只有小學學歷的沈從文，也是以其時北京極為繁盛流通的翻譯書籍為基礎。作家不免是知識上的雜食動物。有幫助的未必是經典或大經典，經典的好處是可以培養高品味和眼界，但壞處是可能投下過重的陰影，而壓垮它的膜拜者。

老中國的古典主義——「無一字無來歷」——及「積學以養才」、「讀書破萬卷，下筆如有神」等等，不就是類似的意思？何以必須如此？寫作者置身之社會與歷史的具體性，會不會因此而被覆蓋，或寫作淪為純粹的風格擬仿與拼貼？當然會，但一般限於庸才，被書堆壓死的庸才——他們在文學史裡不會占重要位子——以抄為著。或在固定的格套裡仿襲複製。

所以古中國文論一直有對立主張出現——直抒胸臆，獨抒性靈。然而不經語言文字，經驗與感受如何向他人顯現？但一經語言文字這複雜的編碼系統，也就必然的與這符號系統過去的使用者產生可能的，或潛在的對話。然而有一種說法，認為文學有兩種——文學史的文學（如波赫士，來自於其他文學的文學）；無涉於文學史的文學（見證的文學，如納粹大屠殺倖存者的文學）。前者直接源於博聞強記，著眼於高雅的人文趣味，絕對的為藝術而藝術，甚至與書寫者的經驗毫不關涉；後者則是存心記錄，以向後世交代，絕對的為人生而藝術。為見證甚至可以違犯任何文學的審美要求——如果它妨礙了見證的明晰性——極致的追求經驗（不免是極端恐怖的經驗）的自我顯現，並且有極高的道德預設[1]。弔詭的是，任何的表述（即使如前述的高道德性書寫）都可能被模仿，或嘲謔模仿，而被推入它的反面。

這兩面性其實即是互文性的兩個不同的面向，也是無限文本的兩個面向：文獻與生活世界——社會生活，經驗——文本化後即成為無限文本的一部分，不斷經由經驗主體（陳述者，寫作者）編織入既有的表述系統。

這涉及文學的普遍性質，它的兩重性——流動或凝固。凝固則呈現為文類（體裁）或次文類；流動則呈現為前述的互文性。

俄國形式主義者已經發現，所謂的文類不過是特定的文學程序（手法）圍繞著主導成分的聚合，而這些程序常不免為不同的文類所共享（如詩、散文、小說均有敘事成分），而且終將在文化危機中瓦解——瓦解、重組（托馬舍夫斯基，〈主題〉）。因此托多洛夫之對「體裁（文類）從何而來」的提問，答覆便順理成章的直截了當——「來自其他體裁」——「一個新體裁總是一個或幾個舊體裁的變形，即倒置、移位、組合。」（〈體裁的由來〉）這一層面指向文獻系統，但另一方面則指向社會生活、經驗世界。托多洛夫接受巴赫金的講法，體裁源於社會生活中不同的陳述類型、話語類型，「所謂體裁，無論是文學的還是非文學的，不過是話語屬性的制度化。」而且它與特定社會「占支配地位的意識形態相關聯。」最易理解的譬如訃文悼辭兒歌俚謠祈禱文序跋箋記書函，固定的話語類型仍具社會功能，但也被制度化為文學種類。但另一方面，它們又和儀式性的社會生活有著活生生的聯繫，以取得滋養。加拿大理論家弗萊甚至把它延伸向神話原型的結構，認為人的經驗結構，早在人類遠古以來的表述裡格式化為若干的原型母題。有限的體驗結構，對應於有限的表述結構。因而像小說這種較大的體制，便不免是集合了諸多小陳述類型、小體裁。尤其長篇小說，更考驗寫作者的文化教養。

不同世代的文化教養大體相異。可以想見，社會寫實主義信仰者的文學教養的核心，必是舊俄小說；而現代主義者，不免是西方現代主義經典。不同的典律引導的是不同的觀看世界、解釋世界，甚至經驗世界的方式。因此它聯繫了流動與凝固，在不同的經驗主體身上。

就當代中文小說而言，朱天文的《荒人手記》大體呈現了那一世代高度的文學教養，一如日本小說家大江健三郎《被掉包的孩子》。但韓少功《暗示》卻呈現了知青世代教養的殘缺。

二〇〇五年二月十八日

1 馬華文學即長期處於後一處境中。但因為未經充分的理論檢驗，致問題重重。

## 大背景，小產業，歷史墳場

米蘭・昆德拉（Milan Kundera, 1929-）老矣。最近出版的文論《簾幕》（皇冠，二〇〇五）部分論題重複了他之前的兩部文論，但有些奇怪的傾向卻加強了，值得一談。譬如談到大背景（「超越國族的歷史」）與小背景（「國族的歷史」），前者即所謂的世界文學的宏觀背景：

在地理區域上拉出距離以後，能讓觀察者跳脫局限的小背景，使得他得以掌握「世界文學」的「大背景」，也唯有放在後者的背景來考量，小說的美學價值方能凸顯出來。（四六）

反過來，則是「小國的鄉巴佬氣」、「小背景的恐怖主義」：「它將一件作品的意義窄化到它在自己的國家裡能扮演什麼角色的定位。」（四九）他引的是卡夫卡日記裡的話：「在大國族的文學裡，那種只在底層玩玩，並非國族這棟巍峨建築一定得有的東西，拿到小國族裡便是了不起了；大國族裡那種引起人群暫時聚集的事情，拿到這裡可就攸關生死了。」（四八）大馬華社的朋友讀到這段文字一定很有感觸。在文化層面上，我們的舞獅龍舟粽子古墓古廟毛筆字和孱弱的華文文學，幾乎都「攸關生死」，都幾乎竭盡全力的在保衛，而那對中國而言根本不算什麼。然而這就是「小國的鄉巴佬氣」、「小背景的恐怖主義」嗎？也不盡然如此（雖然在「保衛」過程中有的行動者總不免流露鄉巴佬氣，或黨同伐異的恐怖主義調調），它是相對合理的，因為作為少數族裔的華人擁有的文化資產非常有限，和大國巨富不能相提並論，而且確實「攸關生死」，因為處於那樣敵意的客觀環境。也就在這一點上，多少暴露了昆德拉「世界文學」視域的盲點：一種純粹美學的視角，甚至更糟的是：以大國為立足點。

到底那是一個怎樣的角度，小國有沒有機會？立足歐洲，放眼天下，昆德拉殘酷的認定：「文學史……不是一部事件的歷史，而是價值的歷史。沒有滑鐵盧的慘敗，法國的歷史便不可理解，可是小作家的滑鐵盧，甚至大作家的滑鐵盧只會遭人遺忘。」（二三—二四）「在群體的意識中，整部小說的歷史，從拉伯雷開始延續到我們這個時代，就一直處於不斷蛻變的狀態。參與它的包括有能力的、能力不足的、聰明的、愚蠢的，但是統攝一切的，卻是那片版圖越來越大的遺忘墳場。」（二四）依照這樣的論述，亞洲、非洲（拉美除外）的現代小說（自然包括了從魯迅到莫言的所有嘗試）都不免要被置於遺忘的墳場；小說的價值（可類推至其他文類）只有擺在小說的進化史的標尺裡。這種論調在百年來的比較文學史裡屢見不鮮，總認為後發達國家的文學是落後的、遲到、跟不上的，它不同的現代形態總是對應於經濟發展的程度、總是複製於西方的某個階段、某種形式等等。在美的自律發展中，小說在特定的時空中走完了它的歷程——只有拉丁美洲是例外。這樣的描述其實更適合用於某一獨特的文化中特有的、高度觀念化（形式化）的藝術，譬如中國的書法。它絕對的自律發展（「世界」絕對被消化或轉化），絕對的形式化（只有怎麼寫被關注，寫什麼根本不是問題），絕對的特化（漢字、毛筆、東方人的指腕——一如食蟻獸特化來吃白蟻）。但小說不是那樣的，昆德拉過於以西方現代的哲理化小說為標竿反推，至少忽略了兩點：（一）說故事是普世的現象，而小說的形式也非西方所獨有。即使形態不同，基本的要素類似；（二）小說並非以「純粹」是尚的藝術。它的特性是雜。不論是昆德拉愛舉的西方小說的拉伯雷塞萬提斯源頭，還是中國的三言二拍、《金瓶梅》、《西遊記》、《紅樓夢》。進入現代世界之後，小說（文學）的生存更緊密的與政治社會聯繫，甚至攸關共同體的生死存亡。這，也是老生常談了。

關於最近鄰國李資政令人心有戚戚焉的「建國以來大馬華人被系統邊緣化」敏感問題，當然不是什麼新鮮話題，對大馬的「非土著」而言卻是長期的切膚之痛，幾乎就直接銘刻在身分證上（當然，極少數經由政政勾結或官商勾結分到好處的「準土著」也許不在此列）。文學自然不太可能超越大環境的限制，多年來我們談馬華文學小產業（張錦忠說的「擺地攤」，pasar malam——相對於馬來國家文學的國營現代大企業），當然是前述「邊緣化」的絕佳例子。馬華文學的文學環境，五十年來，改變有限。最直接的後果是，作家的文學生命非常短暫（如同生處亂世）。最近《星洲日報》策畫的老作家特輯，諸如溫祥英、宋子衡，動輒停筆十多年、二十多年，這也不是什麼稀奇的事，很可能是常態。更甚的，最近因為編選集而從「同時代人的記憶」

中挖出來的柯彬（〈玻璃山〉）、葉誰（〈一個透明的夜晚〉），留下（不見於坊間《大系》的）佳作，但離開文壇都已經二、三十年（李蒼、張瑞星亦復如此），會不會再「出土」，還是從此告別「寂寞新文苑」，天曉得。

是否可以這麼說，相對於創造力疲乏的老人的政治或道德教條，馬華文學的活力長久以來依賴於不同世代的文學青年年輕時候的生命衝動——伴隨著彼時的生命激情、對生存憧情境的多感——其時對文字、文學形式和生命本身都異常敏感。那時，也許有豪氣衝撞鐵板似的現實、修補遺跡般的文學史。但一過了二十五歲（或再撐五年，三十歲），尖銳的「現實」問題必須面對：升學、成家或就業，父母衰老兒女幼小，房子和車子要供。在這些「更重要的事」之前，文學只好暫時擺一邊（如果得到的肯定有限，「興趣」更易趨淡）。往往一擺，十年、二十年、三十年過去了。即使再復出，也已是晚年，退休前後。

晚年書寫，是另一番風景。面向終點，文學的豪情淡去，也許只為了守護一個世代的共同記憶和情感。這麼說來，缺失的往往是對「巨著」還有想像的中壯年這一段。如此看來，它注定位處於老昆德拉所說的世界文學史遺忘的墳場，對以純美為標準的世界文學史而言毫無意義。反過來說，以純美為標準的世界文學史對我們而言大概也毫無意義。我們有自己更為迫切的歷史墳場，族群政治造就的萬人塚；而文學，是否不過見證了一個又一個世代文學青年的苦悶？

二〇〇六年十月八日

# 一個微小的心意
## ——《雨》跋

二〇一四年五月毛遂自薦在寶瓶出版一本小說，大約抓個字數八至十二萬字，以感謝朱亞君多年來對馬華文學的支持。這些年，寶瓶出版的馬華文學集子已居台灣之冠。在這出版界不景氣的年代，是十分難能可貴的；尤其是對尚未站穩腳根的新人的支持和鼓勵，直可說是一種義氣了。

雖然我的書其實也賣不了多少本，但總是個心意。我想寶瓶出版馬華文學也不是因為它能賣；馬華文學的附加價值並不高，也不能增加多少象徵資本。

原題《歸來》，但這標題最近被用得太頻繁了，就改成雨。篇章順序也移來挪去，有的放進來又抽走，抽掉了又放回來。不過是一本小書，太單一不好，太蕪雜也不好。

關於這本書的某些小小實驗，原本在〈跋〉裡寫了長長的解釋。後來我自問，寫那麼多幹什麼？因此刪剩兩個句子。沒興趣的讀者怎麼樣都還是沒興趣的，有興趣的讀者，自己會去找解釋的路徑（雖然，我也常對那些算是友善的讀者不太滿意）；心懷惡意的讀者，你怎麼寫他們還是找得到否定的理由，甚至胡批亂罵——那也只好由得他們去。我自己也是個論述者，二十多年前在剛摸索寫作時，一位「前好友」在一場座談中，就曾勸我們要培養鑑賞力，「至少可以自己評估自己的作品寫到什麼程度」，而不會太受他人的目光左右，就可以比較自信的走下去。

最近在對談的場合回應一位青年朋友關於我的小說在台灣「封聖」（canonize，這不是很好的翻譯，早期台灣英美文學界多譯為典律化）的提問，我的答覆很簡單，那止於一九九五年——迄今已二十年——也即是〈魚骸〉得中國時報文學獎之年。五年後，即便是更有野心的《刻背》（二〇〇一），也得不到像樣的關注，在大馬更不可能。即使在多年以後，好些我的文青同鄉，也都以〈魚骸〉為我的小說之路的盡頭、天花板，認為那之後的——也就是近幾年密集寫的，都不必看，也無足觀矣。寫作反正就是這麼一回事，你也不能怎樣。

得失寸心知。

關於馬華文學，我的感慨當然很深，尤其當你發現再怎麼努力都改變不了整個結構時。「寂寞新文苑」。依然只能是「個人的戰役」，但總好過什麼都不做。

最近給某位學界長輩寫信時，不禁寫下這樣的句子：

馬華文學不會有什麼大希望。多年來，即便是李永平、張貴興，論文寫最多的也是我。這和認同沒有直接關係。

大馬華人的心態，我也不是很了解。大馬華人人才外流至少有五六十年的歷史了，可能最好的人才都走光了，英美澳加新台港。但也不會有人注意，因為國家根本不在乎。華社看來也不是真的在乎，也根本無力解決。

離境而持續用中文寫作的人，就像是自己畫好靶心的靶子。

這支小文學，也許最終還是會消失在歷史裡，因為它在世界文學裡微不足道，消失了也不會有人惋惜。

就像台灣這個小國，在世界歷史裡也就是個小點。

最近我常向我兒女輩的學生澆冷水：別高興得太早，小國被滅在歷史上是常態。幾十年後，就沒有人記得了。歷史是殘酷的。

歷史的基礎是遺忘。晚明遺老拚死抵禦的，民初清遺民為之殉死的，不是同一個東西嗎？

節錄前輩的回函：

的確，馬華文學大概也就是這幾十年光景。時代改變，傳媒改變，你所想像但從沒有發生的馬華文學盛況大概也就如此了。

台灣文學也的確可能是類似命運。漢魏六朝亂了四百年，小朝廷一個接一個，我們都記不得了。

所謂的馬華文學盛世，大概也就是這二三十年了。

當大馬華文教育進一步萎縮——馬來民族國家不斷強化國語文教育（現在進行式）、持續的不學英語的無以和國際接軌的壓力——為生存，華人普遍會做更「務實」的選擇（或可稱之為新加坡化，或菲律賓化）；當文學發表媒介（副刊版面，文學雜誌）變得更小，出版變得困難，品質也難要求，只求有（因為好過沒有）；當這一切都收縮至極限——甚至民國—台灣也自顧不暇，也不再能提供文學場域園地租借；當有能力離開故土並闖出一片天的寫作人再也不願被歸屬於馬華文學（覺得那是個沒必要的框限，或爛品牌），而「識時務」的加入更有資源的文學體系（譬如：中國文學）時；當陰影線收縮至極限，它就不得不顯現為沒有面積的消失點。

除非至愚，否則大概難以否認，馬來亞建國後這些年的馬華文學，民國—台灣確是幫了很大的忙。甚至可以說，馬華文學是中國分裂的實質受惠者，讓它有充分的資源可對抗殭屍化的馬華革命文學。六〇年代以降，冷戰裡流亡的民國（隨著它自身的經濟起飛），意外的開啟了一個有一定包容性的文學公共領域，讓馬華文學得以嫁接再生，開花結果。文學獎、副刊和出版社是最重要的環結，但這三者近年都急速萎縮，那時代也漸漸過去了。

在修改補充這篇跋時，正值十年來最強的寒流襲台，連日凍雨，多處山上飄雪，有生之年，恰好經歷這異象的人，都會記得今年的怪現狀罷。

收錄的作品幾乎都發表過，只有兩篇需稍稍做點說明。〈另一邊（雨作品七號）〉應該是發表了，大陸某刊物（刊物名我忘了）的一位青年朋友向我邀的，說他是某君（我的朋友）的朋友，刊出後還有電郵問我稿費如何處理之類的。但那刊物一直沒寄給我，我也就無法判定是否真的刊了。〈樹頂（雨作品二號）〉是二〇一四年《字花》隨刊附售鍾玲玲《生而為人》時，因台港轉匯手續費太高（應高過那本小書的售價），我就問《字花》編輯能否用一篇小說來交換，編輯答應了，《生而為人》隨即收到，但之後我一直不知道〈樹頂（雨作品二號）〉到底是否有在《字花》刊出，在鄉下也不易查證，想說反正以物易物交換掉了，就當作已刊吧。

〈雨〉系列原本只有四篇，是《魚》的一部分，原擬穿插在《魚》諸篇之間——魚應比人更悅雨吧。

計畫改變之後，又是另一回事了。

感謝天文姊的序。

這序邀得早，在「那件事」發生之前。自一九九五年寫了〈神姬之舞〉後，二十年來我和朱家姊妹有持續、然而並不頻密的通著信，彼此互贈書及資料之類的，有時也交換些閱讀意見，關於最近讀到的比較有意思的書或文章，或報上刊出的彼此的新作。我原意不過是，把她信中相關的直觀意見略略整理，以作為紀念就好。「那件事」之後，應答也許也變得沉重了。

二〇一五年六月初稿，二〇一六年一月下旬、三月上旬補

# 南方以南
## ——《雨》大陸版序

我的小說在大陸出版簡體版並不是頭一回。由王德威、黃萬華兩位教授主編，二〇〇七年山東文藝出版社出版，列入「新生代作家文庫」的《死在南方》，共收長短不一二十一篇小說。但另有六篇是「存目」，只有標題沒有正文，那是審批時被要求抽換掉（因事涉馬共或回教），而我堅持至少在目次裡保留的標題，至少留個痕跡。換言之，那二十一篇中，有六篇其實是後來補上的，用以替換那六篇被抽掉的。至於那二十一篇的內文是否和繁體版一樣，我就不知道了，因我沒功夫去逐一核對。爾後偶爾見到有人引用，心裡都有幾分悵然。

那是北方。中國文學與文化的大本營。

當年我們的父祖輩離開的地方，卻是北方的南方。

在中國當代的學術分類裡，馬來西亞華文文學往往被歸屬於「台港暨海外華文文學」的「海外華文文學」，這位置，當然也是個價值位序。一般而言，除了極少數的專業讀者（華文文學的研究者，作為研究對象），很難想像大陸讀者會對馬華文學感興趣，尤其是純粹文學上的興趣。再者，除了極少數例外，「海外」的華文文學作品不太可能喚起大陸讀者的審美感受。這不純然是詹明信八〇年代企圖藉國族寓言（National Allegory）來為「第三世界文學」（包括魯迅）辯護時談到的「似曾相識」（在西方早已展現過的形式、形態、手法、寫過的題材，不友善的讀者會認為那是一種無謂的模仿）——也即是學界常論及的現代性時間上的遲到問題——馬華文學和中國現代文學之間的問題，位階甚至還要更低一些，前者經常是連文學的基本功都成問題。有些論者認為那是資源不足的問題（「南方的貧困」），但實情可能更微妙些。

身處中文文學「世界體系」的邊緣，自二〇年代誕生之始，馬華文學即深受中國現代文學影響；三〇年代左翼文學（及論述）的支配，甚至一直延續到七〇年代。「反映現實」的教條局限了文學想像、文學視野，以致作品普遍欠缺文學的感覺，文字也嫌過於粗糙。持那些信仰者普遍認為，低技術要求的寫作便足以「反映現實」，淺率的文字更宜民便俗。藝術的要求似乎被認為毫無必要，其實也做不到。那樣的作品當然吸引不了任何大馬境外的讀者，對國內有鑑賞力的文學愛好者也毫無吸引力。然而，五、六〇年代後崛起的新的世代，多深受港台文學影響（極少數有能力直接經由英、法文汲取資源），甚至經由留學台灣，逐漸形成了一支寄生於台灣文學內部的馬華文學，自李永平、潘雨桐、商晚筠（潘、商後來返馬）、張貴興、鍾怡雯、陳大為……。我自己也是這系統的一分子。

然而對某些人而言，這長期在外部的離鄉寫作，未免不夠「本土」，有「台灣腔」。甚至因其中某些成員已入籍台灣，而主張應將他們驅逐於馬華文學之外。這暗示了在中國的學術分類裡，馬華文學的位置何以居於台港之外（以「暨」做隔離），主要原因之一或許就在於國籍——那是華人的全新體驗，爾後也將是界定華人身分的元素之一。十九世紀末、二十世紀初，中華民國之肇建，讓華人—華文—華語前所未有的結為一體，且以後二者來界定前者，那也是華文文學成立的契機之一。華語，華文，華人，華文文學，都是「現代發明」。為解決印尼華人的國籍問題，降低新興民族國家的疑慮，一九五五年萬隆會議上，中華人民共和國宣布不再承認雙重國籍，鼓勵華人入籍印尼（印尼、馬來西亞均採出生地主義），或回中國。民國以來，以血緣來界定孩子國籍身分的做法，兼之承認雙重國籍，對那些民族國家是一大困擾。於是，打算成為那些民族國家公民的華人，就必須面對文化認同與國家認同的對立和分化。對「新客」（十九世紀後的晚期移民）的後裔而言，另一方面，即便好像處於台灣文學內部，其實也是在邊緣域上——幾乎是外部——總是有意無意的被忽略了，無關緊要的存在。

（海外）華文文學是近代華人移民的衍生物，對應的背景是諸民族國家的形成——中國自身從帝國轉向現代國家，南洋群島在二戰後紛紛自歐洲帝國的殖民地獨立建國。直接的效果是，國籍這全新的事物被發明，華人的中國僑民身分也隨之改變，被迫在中國和居留地之間做選擇。政治認同和文化認同被迫切分是一種全新的處境和體驗，但民族國家的語言文化策略總是帶著同化的暴力，相當部分的華文文學因此負載著生存掙扎的痛苦。這種痛苦，不足為外人道，但也不是所有同鄉能理解。教育背景或價值立場的差異，讓華人分化為好幾類，政治上和文化上都不易取得共識。

留台或登陸（以大陸為作品最主要的出版地）的大馬作家，如果預設的讀者主要是「中國讀者」，有的就會自覺的減少和自身背景有關的掌故、地方特色的語詞等，不敢以自身的歷史處境為反思對象，以免讓讀者感到不協調，甚至格格不入（我曾把那異鄉人的標誌稱為「背景負擔」）。但那削除了地域特色的「普遍性」，究竟要付出什麼代價呢？然而，即便是第一線的中國／台灣學者和作家，南下馬來半島參與重要的文學獎評審時，也多未能發掘出真正具地方特色的作品（雖然那樣的作品並不多，但也不是沒有），他們偏好熟悉的樣態、語言，和文學的感覺。

從一個更廣泛的世界文學背景來看，相較之下，英語文學已經走得很遠了。資本主義、現代化、工業革命和民族國家的發源地，拜大英帝國殖民擴張、殖民教育之賜，橫跨三大洲的殖民地，那多樣的地域差異還是深入英語文學，不必抹平異質而能被中心接受。拉丁美洲的西班牙語文學亦然，也都誕生了世界級的偉大作家與作品。華文文學在這方面，還像個初生兒。

在近代中國危機與屈辱的歷史裡孕生的白話文運動，讓二十世紀初的晚期移民終於能用接近口語的華文來表述他們的經歷、感受和思緒。迥異於三四百年來被視為「天朝棄民」的那些沉默的祖先，其中的「成功人士」了不起也只留下宗祠、房子、名字、墳墓，後裔和大量的空白。文言文和舊詩太難，太簡潔，太程式化，門檻太高；而白話文，來得太晚。對應的是，中華帝國愚味的海禁數百年，坐視南洋遍布歐洲帝國的槍炮、話語和帆影。

在那季風吹拂的南洋，比海南島上「天涯海角」更其遠的南方，數百年來，沒有文學作品，日子也一樣過；可見對那些先輩而言，文學並不影響生存。換言之，在我們的南方，沒有文學並不奇怪；有，才奇怪。它是「沒有」的孩子那樣荒涼的背景，怎不讓我們的寫作成了歷史的孤兒？

繁體字版出版於二〇一六年的《雨》是本小書，原是為獻給寶瓶出版社（及其社長朱亞君），感謝她多年來出版了大量的馬華文學，且已是台灣出版社之冠。

# 廣州馬華文學研討會後

剛過去的五月二十三、四日，我們和廣州暨大合作在那裡辦了個「跨域：馬華文學國際研討會」。「台灣隊」除了我和錦忠，就是四個台灣青年：詹閔旭、劉淑貞、朱宥勳、陳珮君，都是一九八〇年後出生的「七年級生」。陳大為、鍾怡雯、高嘉謙都太忙太多研討會，撥不出時間參與。另一個困難是，向台灣科技部這裡申請補助，竟只批了個零頭，大有「如果想去，自己去想辦法」的意思。埔里暨大雖號稱「合辦」，但在我寫這篇文章的當下，我向學校申請的補助（主要是差旅差額，和論文集出版費），都還沒開會討論；雖然我們的會都已經開完，回台快兩個禮拜了。

去年十一月，趁休假之便，動念往廣州暨大一行（我喜歡開玩笑說那是「敝分校」），去做了場演講，原想順便查查資料。原以為，這建於民國初年的大學（一九一七，它的前身暨南學堂成立得更早，一九〇六），應該會有許多馬華文學的資料。但不料文革期間它竟是被關掉的（一如那些「熱愛祖國」的可憐「歸僑」，五七反右和文革時都沒好日子過），圖書館資料流散。現有的資料是改革開放的八〇年代之後，王列耀教授帶著學生一點一滴辛苦建立起來的。學生告訴我，一開始對他們影響最大的是陳大為他們編的《赤道形聲》與《赤道回聲》，讓他們得以按圖索驥的去追蹤裡頭的作者。我也記得九〇年代末，到埔里的第三年吧，有一天接到一通廣州來的電話，是王列耀教授，向我索書，說在大陸很難買到台灣的書。我即把包括《馬華文學與中國性》、《烏暗暝》在內的幾本書寄過去給他。那時我還只出了三四本書。

去年底在廣州時，學生告知張貴興、潘雨桐的早期小說圖書館都沒有，我也被負責圖書採購的易淑瓊（也是王列耀教授的學生）說服，與其贈書給個人，不如送圖書館，造福更多人。返台後，我給他們寄去張貴興的《伏虎》、《賽蓮之歌》、《柯珊的兒女》（那是向作者募的）、潘雨桐的《因風飛過薔薇》、《昨夜星辰》、《河岸傳說》（拜託學生在舊書攤買的）、李永平的《拉子婦》（我自己收藏的複本）；幾本《大馬青年》、《重寫馬華文學史論文集》、楊建成的《馬來西亞華人的困境》等，我想那裡有更認真、有理解的誠意的讀者，當然也有成人之美的意思。

初訪廣州時，廣州暨大即表達了強烈的合辦研討會的意願。返台後，我即擬了個計畫書，問系上時，方知悉不久前「敝分校」高層拜訪過埔里暨大，積極詢問合辦研討會的可能，和敝系主管及某資深教授吃過飯，被當面回絕了。原因並不是政治的，而是敝系從事華文文學研究的只有我一人，該研究領域並非本系重點——台灣的中文系往往如此，每個領域一兩個人，基本上沒有什麼重點，一樣平均而平庸。我說服系上的理由是，系上根本不必出什麼資源（而可累積「業績」，有利於評鑑）。錢方面，我設法向國科會申請一些差旅費（主要是機票）；人呢，我自己到外頭找幾個關心馬華文學的年輕人過去。系上不是做這領域的同仁也不必勉強寫篇胡說八道的論文去應酬，爛論文我也不要。吃、住、辦會的一干瑣事都由對方搞定。二〇〇五年七月埔里暨大（名義上）和留台聯總在吉隆坡合辦「馬華文學與現代性」國際研討會（因經費困難，論文集遲至二〇一二年方出版。馬來西亞留台校友會編，《馬華文學與現代性》，台北：秀威），二〇一三年敝系與新紀元學院中文系「合辦」的「理論與馬華文學」國際研習營，也都循那樣的模式，只是我一人代表校與系跑，學校一毛錢都沒出，之後也好像什麼事都沒發生。（按：本文刊出前，學校的補助核定了，台幣一萬八，差不多就是一個人的差旅費。論文集呢，當然是沒有了。）

這次的會議即便以台灣的標準言也是相當成功的，除少數幾篇亂寫的（錦忠說的「八股文」）之外，論文都相當整齊，年輕人尤其認真。為什麼我願意促成這個會，與及特意要張錦忠去看看（他原本興趣缺缺，多年來，我們被大陸南下的幾顆老鼠屎搞得非常反胃），廣州暨大的青年學者低調得多，謹慎的從資料出發（譬如逐期的追蹤某些年《星洲日報．文藝春秋》上陳大為的明星化過程、某個論述的形成），不亂套理論（如張光達的詩論），更不會狂妄的搶占本土位置，以最卑劣的語辭謾罵（奇怪的是，大馬本土大學頗有些傻瓜常邀那些人去胡言亂語）。關鍵原因當然是有國家政策做後盾，華文文學在廣州暨大設有博士點碩士點，每年錄取若干，師兄姊帶師弟妹，一代又一代，資料和經驗都可以傳承。資料雖有不足，但那會漸漸的被克服。分工合作，以團隊的方式，由點及面，假以時日，會是可觀的規模。

我去年底造訪後就很感慨。多年來，在馬研究馬華文學的，也就那幾個名字；留台的，也屈指可數。以人數論，兩地加起來可能都還沒廣州暨大多——他們每年還在增加生力軍，我們數年都不見一個新人。這次研討會大陸的論文就占了半數，可見體制化還是有它的好處的。

這次大馬隊最年輕的是李樹枝，一九六九年生，四十五歲了；台灣隊最年輕的是朱宥勳，一九八八年生，主掌網路書評雜誌《祕密讀者》，相當有觀察力，論文也寫得不錯。在網路上是非常好鬥的小公雞，私底下卻是個可愛的小胖子。但他和其他台灣隊的年輕人類似，主要是研究台灣文學，兼及旅台人——受我們的作品或論述吸引，對馬華文學本身其實並不見得感興趣（還有個陳允元經費不夠不敢邀）。以文學評論而言，大馬年輕世代（不管留台還是留中）似乎都沒看到像樣的接班人，這是很令人憂心的。

我組「台灣隊」的目的也是促使台灣有潛力的年輕人多寫個一兩篇，增加馬華文學論述的文庫。劉淑貞對賀淑芳的討論是相當精準銳利的，陳珮君對「讀中文系的人」的討論還只剛開始（兩位的題目都是我建議的），「中文系」的存在是個值得思考的問題，「讀中文系的人」也是個文化問題，但這二者都還沒有被問題化，冷戰年代台港馬新的中文系值得寫篇博士論文的。詹閔旭長期關注留台人在台灣文學裡的場域處境，在會場上的口頭表現非常出色，我臨時決定請他做個總結，也做得很好。

大馬隊的表現參差不齊，莊華興的「民國遺址」說匪夷所思；「我的朋友」許文榮關於友聯與神州的比較也難以服人；沒出席的張光達呈交的是篇九成舊的文章（我負責點評），論文和被討論的詩均不佳。李樹枝的論文有新發現，但怯於論斷；倒是林春美的表現可圈可點，既有文本分析細膩的基本功，也有大論題的關照，論斷時非常謹慎。（研討會後看到她的〈非左翼的本邦：《蕉風》及其「馬來亞化」主張〉〔第六屆「文學傳播與接受」研討會論文，東華，二〇一四／五／一七〕，論文處理的問題及材料範圍和莊華興的〈戰後馬華（民國）文學遺址〉是一樣的，但更有說服力，也許因為沒預設特定政治立場。）欣見春美學術上的成熟。張永修的工作報告恰如其分，清楚陳述了他二十年來經營萎縮中的《南洋文藝》的努力。

這次論文還有一篇特別值得一提的，山東大學的老前輩黃萬華教授和他女兒黃一合撰的〈文學傳統與本土現實〉，從中國抗戰文學延伸而來的觀照，發現早在二戰前、抗戰背景裡，在以文學動員群眾上，馬華文學就有本土化論爭了——因地制宜的在地化改編，南來文人吳天（葉尼）居功厥偉。黃教授是舊識，一九九七年我批評方北方的那場研討會黃教授與我同座，他當時就在我耳畔對我說，研究這回事，不必說抱歉。去年年底在廣州一場大拜拜研討會上見面時，他還提起這事。

馬華文學的「跨域」、流動是張錦忠和我談了十多年的論題。馬華文學肇始於二戰前後中國的「南來文人」，大批擁有高度象徵資本的文人南下（舉其大者，郁達夫、胡愈之、巴人、李汝琳……韓素英、方天、李星可、方修、白垚等），構成馬華文學的最強世代（一個對比的世代是一九四〇年前後出生的本土世代，包含馬漢、冰谷、菊凡、溫祥英、憂草、魯莽、溫任平等，整體表現其實不如南來世代——全面的比較可寫一部博論）。一九六〇年前後的留台（初代旅台人有若干是前述本土世代，如王潤華、淡瑩、劉放），文學史分枝開杈，是另一度大規模的流動；前者南來，後者北往，後者的人數少得多，只能行精兵政策，但前者的歷史已結束了。旅台的總體文學及學術成就將來是否能與南來世代匹敵，還有待將來評估，但我們確也強化了馬華文學裡最貧乏的文學論述。

如果要以作者的國籍論馬華文學，南來文人中除少數幾位（方北方，韋暈等）之外，大部分（包括落籍新加坡的方修，最終離境的楊際光、白垚等）都該劃掉；旅台的，除了返馬的那幾位，劃剩之後，成氣候的大概也只剩下陳大為、鍾怡雯。但離境日久（「不在場」），他們的「馬華文學」對大馬本土派而言，也勢必「不純粹」了。

二〇一五年六月五日，台灣

# 甲午歲末小雜感

這幾天校對兩本書，一是擬於三月在台北出版的馬華文學論文集（或曰專書）《華文小文學的馬來西亞個案》（麥田，二〇一五）；一是擬在吉隆坡出版的馬華文學短論集《注釋南方》（有人，二〇一五），兩本書所收文章的時間跨度都很長，都有十多年。重讀舊文，時光痕跡歷歷。十多年來，人事變遷；年近知命，不免感慨。兩本書都由張錦忠寫序，朋友、友誼、告別都是序中關鍵詞，我想他和我一樣感慨。張錦忠的短論《時光如此遙遠》也差不多同時整理出來了（有人，二〇一五，排版中），他的專書還在蝸步整理。

如果從一九九〇年的〈馬華文學全稱芻議〉算起，我投身馬華文學的解釋—再解釋迄今也有二十五年了。二十五年裡只結集了兩三本書，當然不算多——相較於大陸相關領域學者，有的兩三年就可以搞出一本厚厚的書出來，我們當然是自嘆不如，但那些書對我沒什麼參考價值。錦忠比我多十一年的資歷，三本書當然更不算多。但不論短論還是專書，對我們而言，原該是三個寫作者而不是兩個。某個我們迄今不明瞭的理由，讓某君忽爾選擇退席，選擇沉默，選擇沒有，甚至選擇攻擊。箇中緣由，百思不解。對馬華文學而言，當然是一大損失，真正有論述天賦的人並不多見。這真是「一個都不能少」的，但我們也莫奈他何。也許他太聰明，早就看穿我們努力的一切在數十年後都將是浮漚泡沫。

八〇年代末當我以論述介入馬華文學時，正值《蕉風》主編王祖安慨嘆「文學評論之匱乏」。那時並不知道這慨嘆五〇年代就有了。也許那種殺草劑似的雜文，不止給文學帶來傷害，也給文學批評帶來毀滅性的打擊（那些代表人物的浮泡般的名字我都不想再提起）。但文學評論的孱弱，目前好像也沒改善多少。雖然馬華文學多年來已被建制化進大馬在地的中文系裡，中文系也從馬大獨家一變為四、五家，但很多基本的史料整理都未見開展。

而多年來，一向認為被商業功利擠壓得喘不過氣來的香港文學，其學術建制已遠遠走在前面了。最近赴港開會，買了幾本梁秉鈞、黃淑嫻主編的「一九五〇年代香港文學與文化叢書」，諸如《五〇年代香港詩選》、《力匡短篇小說選》，這類工作，大馬早就該有人做了，但一直沒有；即便有了文學館，也沒有看到相應的整理計畫。而香港文學資料的分段選集（如鄭樹森、黃繼持、盧瑋鑾編《國共內戰時期香港本地與南來文人作品選》（天地圖書，一九九九）之類的），也早就整理出來了。個人的文學評論集，也新銳踵繼，未曾中斷。更別說體制宏大、兼容並蓄的《香港文學大系》正陸續出版中。馬華文學不是沒有大系，但那種編纂方式沒有學術依據，對我而言，也只有不得已時才勉強參考一下。

也斯在某篇論文中曾言：「有見識的評論家比小說家更難找。」（那是用來稱讚小說家劉以鬯的，「有見識的評論家」的「評論」，指的是文學評論，而不是別的什麼評論，見其〈現代小說家劉以鬯先生〉。收入也斯，《香港文化空間與文學》，青文書屋，一九九六：一四〇；或也斯，《城與人》，浙江大學出版社，二〇一三：五六。這句話更嚴密的表述應做「有見識的評論家比好的小說家還難找」，因為平庸的小說家並不難找。）在馬華文壇，兩者一樣難找；但如果要比較何者更難一些，還是評論家。在六〇年代，趙戎算是個有心人，《論馬華作家與作品》（新加坡：青年書局，一九六七）、《趙戎文藝批評集》（新加坡：教育出版社，一九七五）二書所收論文也算用心之作，但卻很難說是「有見識的評論」，那些論文的見解相當一般，文學思辨的訓練太差。方北方《馬華文學及其他》（三聯書店香港分店／新加坡文學書屋，一九八七）第三輯的文章談了二十多位同代人的著作，但和趙戎一樣，都只能複述現實主義的教條；常說某些作品「很反映現實」，但看不到什麼更具體的論點；現代主義世代較具文學的反思性，比較有文本細讀的能力，如溫任平的《文學觀察》（天狼星詩社，一九八〇；及溫任平主編的他的弟子們的論文集，《憤怒的回顧》，同年，同出版社；及剛剛出版的《馬華文學板塊觀察》，台北：釀出版，二〇一五）；溫祥英《半閑文藝》（蕉風，一九九〇）既點評同代人如陳政欣、黃戈二、丁雲、菊凡、雨川等的作品，也自我批評，算是比較有鑑賞力的，對文學的技術也比較內行。但二氏都沒能嘗試從一個更廣泛的視野來看馬華文學，只怕也無意於此。

那麼多年的旅台人，有心又有能力致力於馬華文學論述的並不多，因為它看來沒什麼學術價值。馬華文學也不是那麼有趣，泰半讀來甚至會覺得痛苦（寫這篇短文的間隙裡，我試圖重讀韋暈的《都門抄》——那純粹出於偶然，與本文要談的問題無關。那書的初版本裝幀挺可愛的，書架上剛好又瞥見），覺得閱讀神經被刮傷，當然也學不到東西（譬如：靈感和技藝——而從大師之作往往可以學到不止一點什麼）。

某君一開始是有心的，也有能力——有鑑賞力，也有論述能力。雖然時而好做理論的誇張演繹，但那並不是什麼大問題。但他對某些問題的把握，有時甚至比我們還敏銳；早年商榷疑義時，他對問題刨根究柢的熱情，甚至還在錦忠之上。這當然很可惜，但卻是不可原諒的，有天賦而未盡責，猶如遇溺而袖手。很多該做的事都沒做，當然如果都不做，把問題留給下一代，日子也是一樣過，一樣會走到生命的盡頭，一樣會走進墳墓。一如我們上一代聰明世故的同鄉學人，連持續的馬華文學小評論都不肯寫。忙於升等什麼的都是藉口，吃飯應酬的時間不是多得很嗎？

這當然是個嚴肅的倫理問題。

因此我希望以後可以不必再提起這名字。

二〇一五年二月十八日大年除夕初稿

# 我的馬華文學

趁四、五日返馬參加研討會之便，七月九日，順道南下，到已升格為大學的南方學院走一趟，想去馬華文學館翻翻馬華文學資料。為方便住宿，讓主辦單位安排了場演講，題為〈火，與危險事物——我的馬華文學〉。原考慮談一個專題，和許通元聯繫時，他建議我談自己的寫作而不是特定的專題。我會想過去看看的另一個原因是，一月初，素無往來的許通元突然用臉書聯繫說打算做一個「黃錦樹與馬共書寫」的專輯，我也算是回應他的善意。當然，嚴格說來，我的文章在台港也不愁沒地方刊，南院接手後的《蕉風》，倒是似乎有點地方化了，錦忠和我對它有諸多不滿意。但我們對《蕉風》本身也還是有點感情的，它有點像是位後來因故不太往來的老朋友。

行程排定前，錦忠提醒我，那裡是我和林君翻臉的事故現場。我當然記得，二〇〇七年《蕉風》四九七期刊出的那篇林建國荒腔走板的訪談，很難說沒有南院那些好事者的推波助瀾（包括那位對我有莫名敵意的許某，也許我寫〈注釋〈注釋的南方〉〉調侃他，讓他耿耿於懷？），長期在那裡管事的祝家華，還是我和林某多年的共同朋友，當然林、祝是一塊長大的總角之交。當年（一九九八年前後）南院的安導師也是謾罵我最不餘遺力的馬華本土派，我最近才決定將彼時我那兩篇字裡行間火氣蒸騰的回應文字收入下一本馬華文學隨筆集。

上回訪南院是二〇〇五年七月初，在那裡做了場簡單的演講，與安煥然見了面，一起吃飯，勞他開車接送，也是嘻嘻哈哈就像一般故人，無一語涉及昔年文字上對我的攻訐指控，甚至中傷。也許因為我帶著妻子兒女。

很多大馬同鄉的城府都很深，多年來頗有深刻的體會。有時也會看到借刀殺人的蛛絲馬跡（討厭我而不敢親自開罵就找「陸客」代工，那位出言不嫌鄙陋的某君，之所以能以打手的形象經常出現在馬華文壇，且以本土論者的口吻發言，是個頗值得注意的症狀——馬華攻訐文化的新形態，老一輩的做法是用各式各樣的筆名），或訪談時刻意引誘對某些特敏感的人、事提出批評——我會聞到老鼠夾的陷阱氣味。但只要不是很清楚表現出來，沒撕破臉，我就仍當他們是朋友——最近一位頗有切膚之痛的大馬朋友提醒我「要小心，很多表面上是朋友的人其實不是朋友」時，我是這麼回答他的。一切從嚴，就真的沒有朋友了。

關鍵問題在於，講題為什麼是「我的馬華文學」而不是「我與馬華文學」呢？

「火，與危險事物」是我在有人出版的小說自選集的標題，很恰如其分的隱喻我自身在這二十年來的馬華文學裡的位置。去年七月為推介新書在吉隆坡做了〈火笑了〉的簡短演講（事後也把講辭發表了），今年五月應高嘉謙之邀，到他在台大的馬華文學課上去講了一次，因不太有興趣細談自己的小說，不到一小時就草草結束了。這回吸取教訓，把去年七月在中華大會堂做的我自身的馬華文學研究的回顧〈在民國—台灣製作馬華文學〉整合進來，把研究上的探索和小說寫作放在一塊思考，這是之前關於我的研究論文未曾做過的（另一個幾乎同時發生的是我對台灣文學，甚至中文文學本身的思考）。前一年（二〇一三）九月應淡江大學之邀時，首次動念整理一下我自己自一九八九年以來思考馬華文學問題的整個路徑（墳墓邊的小徑），那時是題做〈「馬華文學：一個研究對象的重新建構與開展」〉，這兩個比較學術化的標題很清楚的道出我在說什麼，想說什麼——我以自己的方式重新問題化了馬華文學。從馬華文學的困境出發，途經中國性問題，經典缺席問題，文學性問題，文化表演，重寫馬華文學史、非民族國家文學、馬華文學的國籍問題、旅台與馬共……和我的小說一樣，都屬於「我的馬華文學」。

多年來，剛開始是因離境（留台）而受批評（「離開歷史現場」），接著是因為沒回去而被批評[1]；再接著因落籍為新移民而受批評（沒有看到直接的論述，常聽到轉述）……從這些批評裡看到某種本質主義的資格論——保有大馬國籍，回到馬來西亞，你才有資格代表馬華文學。最近偶然翻到一九九六年新的馬華文學新文學大系編纂前，大馬報章上關於《大系》的討論文章，溫任平和陳政欣都認真的在談馬華文學的國籍問題（我把它作為一個腳註補進我的〈別一個盜火者〉，《星洲日報．文藝春秋》，二〇一五年七月五日）——一種主流意見是，沒大馬國籍者

1　最初最猛烈的批評來自同為留台人的安煥然，因留學台灣南部而理所當然的變成本土派。我的回應見〈流亡、邊緣與本土性——再解讀〈異鄉的內在流離者〉〉（一九九六）及〈告別教條主義——跋一位「青年導師」的偽懺悔錄〉（一九九八）。

《大系》是不該收的，這表面上是個技術問題，但實質上是民族—國家文學的意識形態投射——馬華文學其實無意識的自我想像為一種國家文學。《蕉風》上七〇年代梁園、葉嘯等就認真的以國家主義立場談過這問題了，二〇〇〇年後，「馬華文學的良心」陳雪風也曾撰文公然呼籲把我們這些已然移民他鄉的逐出馬華文學（討論見魏月萍，〈公共性追尋：馬華文學公民（性）的實踐〉）。

在這樣的意識形態陰影裡，與其談「我與」馬華文學，不如談「我的」馬華文學——意味，那不過是一家之言。如果有人比較喜歡方修版的馬華文學、或陳雪風版、或溫任平版，我都沒意見。

有一件小事頗值得深思，去年五月在台灣和黎紫書對談，她顯然覺得「馬華文學」這標籤在她離馬後，行走文學江湖時是個負面的標籤。而那些本質主義的資格論，在那裡以國籍樹立量尺時，好像「馬華文學」這牌子是多了不起的榮譽，可笑復可悲。

十年前，二〇〇五年七月，路過南方學院，我的講題就是「告別馬華文學」。

關於馬華文學，那麼小那麼貧弱的文學傳統，增加產能和產值都來不及了，哪來這許多封土分疆的愚蠢想法？

二〇一五年七月一日初稿（出國前）

# 旅行與時差

七月返馬，往返共十二天，可能是近年離家最久的一次。

始於金寶拉曼大學的馬華文學研討會（七月四日，我的論文〈馬華文學現代主義的時延與時差〉）。那原是以天狼星詩社為主題的研討會，但天狼星的文學遺產是貧薄的，主其事者心眼格局也小，連余光中都克服不了，沒什麼好討論的。終於七月十日在新加坡南洋理工大學中文系的演講，從現代中文文學開端的大背景來談〈中文現代主義的幾個時刻〉——幾個危機時刻，或悲劇時刻。關涉的還是中文現代文學的時延與時差的問題，當然也涉及研究中國或台灣現代文學的學者多半不會去關心的馬華文學。這題目我原本三月在淡江施淑教授祝壽的研討會上講了一次（主辦單位臨時把時間砍掉一半，而聽眾對我思考的問題及馬華文學不感興趣，未免掃興），講稿最後一部分關於民國時差的也一直沒完成，因此也算是還在進行中的思考。這兩場應是此趟返馬最主要的工作。南大的聽眾反應算是不錯的，發問也積極，也許出席的多是研究生和老師。雖然提的問題不一定是針對我的講題，有的是針對我的小說寫作。

十一日還在草根做了簡單的分享，放一些老照片；見到看來心情不錯的老麥（老麥還擔心我入不了星國境呢），在被林韋地刻意延長的應答時間中，我也瞥見會場後方兩位定居新加坡多年的老同學的身影。他們來不及打招呼就匆匆離去了。我也沒時間仔細看看草根賣的是什麼書。林韋地和幾個合夥人是有心人，在已然全面英語化、面臨整個世代讀者流失的新加坡，賣中文書總有幾分孤臣孽子的悲劇感。在那老舊深富歷史感的街區，中文書店本身就像是個逝去的夢。我也順手買了謝裕民和英培安的新舊書（各一），聊表支持。

金寶會議結束後，去了趟檳城George Town看看殖民時代的老房子（七月六日），見見親友，走過棺材街，看到「張氏清河堂」，方想起那地方一九八九年暑假返馬時曾經到過。彼時的書店還有賣書，當年的我為訪書而去，我的精裝版《馬華新文學大系》應是從那裡扛回來的。

七月七日曾翎龍和張永新為我在吉隆坡安排了場座談，也沒談出什麼，老調重談的居多。我原擬的講題是「小說與不在場的歷史」。去國日久，被置疑「不在場」也是家常便飯了。

七月九日在南方大學談〈我的馬華文學〉，會場竟然停電，換了會場後，剪報投影出來的效果有嚴重色差，也沒遇著比較有意思的問題。

因坐的是夜班火車，到新山時太早，只好約了前輩詩人黃遠雄，勞煩他接送。我和遠雄初識於二〇一二年拉曼大學在金寶的研討會，他是李有成、張錦忠數十年的老友，但我是晚輩，這樣麻煩他真的很不好意思。他還特地請了一天假，請我吃了幾餐飯。還遇著暑假特地返鄉吃榴槤，看來心情很好的賴瑞和，高談某經濟學家提出的「欠債不用還」論。

知道遠雄一直在散書，看到他家書櫥裡有張瑞星有封皮的《白鳥之幻》、《陳瑞獻詩集》、梅淑貞《人間集》，就直接問他是否還要留著，不留我就拿走了。也看到書脊已褪色發白（應係久經日曬）的初版本《馬華文學與中國性》，我好奇的問他怎麼會有這書，他笑說當年燒芭正熱鬧，所以順手買了一本。元尊收攤後，出版社告知已無庫存，我以為多半早已送去壓成紙漿了，但也許未必——一九九八年它出版時，馬華文學還在燒芭的熱焰濃煙裡，說不定突然讓它有了讀者（不久前偶然翻到李歐梵教授校對得錯誤百出的小書《未完成的現代性》〔北京三聯，二〇〇五〕竟也提到它，還誇張的稱它「巨著」。不過那本可能未經校對的小書連我的姓都打錯，打成了「董」。），也許還真的賣得不錯，真的在十多年內把初版給賣完，好賣過同系列的《止舞草》。

遠雄原本說還有本初版本《牧羚奴小說集》可以送我（那可是「夢幻逸品」），事後卻抱歉的告知，幾年前已連同其他珍貴初版本馬華文集送給了新紀元，自己也忘了。牧羚奴是那代文青心目中的巨人。原來錦忠說他是「文藝復興式的人物」典出梅淑貞寫於一九八〇年的隨筆〈瑞獻〉：「如果這個時代還有什麼文藝復興式的人物的話，瑞獻必是其中之一。」（《人間集》）

在南院見著當了校長的老友祝家華，兩鬢華髮，也結了婚。自然的聊到林建國，我也祝福林已成經典的馬華文學論文能早日結集出版，在南院出版也許比在台灣更有意義。

我到南院主要是為了去馬華文學館查閱絕版的單行本馬華文學，補讀了劉以鬯馬來亞時期的兩個中篇《蕉風椰雨》、《新嘉坡故事》（返台後為一篇論文補了半個註），讀到李蒼裝幀精美的經典詩集《鳥及其他》，老麥的少作《鳥的戀情》，麥秀的散文集等。《學生週報》過於瑣碎，要找出有價值的部分需耗費更多時間。馬華文學的整體產值有限，真正有價值的作品看來並不多，很多根本連開頭的幾頁都沒辦法忍受。文學館的收藏看來已略具規模，馬華文學的單行本總量並不算多，也許不久的將來就會收齊。而目前，在多方捐贈下，某些單行本甚至已產生多個複本。新紀元和華研一定也有類似的狀況，就不知道這幾個單位之間有沒有交換複本的協議？某些珍貴的複本是循怎樣的機制再流通的？是進入拍買市場（馬華文學的舊書拍賣市場似尚未形成）還是落入少數管理者手上？

許通元送了我一本擺在寄售書區的《烏暗暝》，很新，大概是書店流出來的，近年在台灣舊書市場也不多見了。

在新加坡的兩晚借宿潘婉明、陳丁輝處，很高興看到他們終於能安定下來，有了自己的房子。可惜小敦很畏生，一直離我離得遠遠的。

草根的座談我定的題目是「在台灣寫作馬華文學」，果然現場就有人問了「敏感問題」——留台近三十年，不認同台灣文學而認同馬華文學，會不會有「忠誠」問題？我現場只回答，馬華文學對我來說是個戰略位置，無關忠誠。當晚上網即看到《聯合報》文學大獎的評審紀錄，即囑婉明幫我把資料轉給那位發問的星洲老左。我的解釋是，身在更其台灣化的台灣，來自大馬的我們，被給定的結構位置只可能在那同心圓的最外側，比「外省人」還要外。愈近核心當然愈「本土」。文學獎的社會功能之一，即是把近乎政治無意識的隱含結構以品味、好惡的方式直接暴露。有的評審甚至非常直率而粗暴的表露他／她們對某類寫作的嫌惡，甚至沒有一看的興趣。沒有提供任何學理上的解釋，只是直接的展現身為評審的權力，愛與不愛的權力。文學之愛有其差序格局（一如鄉土中國宗法社會的血緣和地緣倫理），「認同台灣文學」（或認同中國文學，大馬國家文學）也者，借一個比較粗俗的講法，都只能是熱臉貼冷屁股而已。與其卑憐的乞求當他人的附庸，不如好好做自己。

二〇一五年八月三日

# 輯四，時差的贈禮

# 如何／為何發動一場文學論戰？

## ——與朱宥勳對談一

今年年初，你發表了一篇文章〈認真打筆仗〉（《聯副》，二〇一五年一月十三日），你認為還有什麼議題值得以「筆仗」的方式論爭的？你知道筆仗是怎麼「發生」的嗎？

我就先談談我經歷過的幾場文學論爭。

一九九二年在馬來西亞因短文「馬華文學經典缺席」而引發的論爭，並不在我的預料之中，也表示那時還很年輕的我，對馬華文壇實在了解得太少，不知道文壇也是某種意義上的「江湖」。那次的碰傷當然是一個教訓，但也是個寶貴的經驗，讓我能更深刻的親身經歷、體會馬華文壇本身某些非常根本的問題。會寫〈馬華文學經典缺席？〉那樣點燃引信的文章，當然也是因為太年輕，不夠世故。那樣的論爭在台灣是不可能發生的，即便是幾年前陳映真和陳芳明關於台灣文學史的教條氣味濃郁的筆仗，水平也不會那麼低。二陳的基本學術底子還是比我那些同鄉前輩好太多。我們好像是石器時代的人，只會互相投擲石塊。

後來我慢慢了解，那樣的「論戰」之所以會發生，根本原因在於，馬華文壇是個非常脆弱、敏感、自閉的文學社會，成員普遍欠缺最基礎的鑑賞力、自我評估能力。在那樣的環境，文學評論／文學批評是幾乎是不可能的。在種族政治的不斷擠壓下，很容易形成罐頭式的小圈圈互相取暖，黨同伐異。沉默、姑息、鄉愿，好像反而成了美德。論戰的主要發動者還一度倡議把像我這樣放棄馬來西亞國籍的人逐出馬華文學（討論見魏月萍，〈公共性追尋：馬華文學公民（性）的實踐〉）。這種事情在台灣也不會發生，誰敢說要把有美國籍的郭松棻、劉大任等「逐出台灣文學」？

我經歷的另一場論爭發生在二〇〇四年，與莊華興教授關於國家文學的「筆仗」，可能更有學術意義。先是我發表了篇〈出走，還是回歸？——關於國家文學問題的一個駁論〉，針對的是莊華興的馬華文學本土論。他一直主張：一、華文文學要跨出華人群體，去寫包含馬來人印度人在內的全民，以創造一種國民文學；二、大馬華人一定要同時用馬來文寫作。我的主張是跳脫這一切，甚至擱置國家文學爭議或幻想，最後甚至提出非民族—國家文學——無國籍華文文學的主張（相關文章收入莊華興《國家文學——宰制與回應》，吉隆坡：大將，二〇〇六）。不要以為這問題和台灣文學無關。本土派不是一直渴望台灣文學有國籍嗎？我在討論中發現，發生在東亞華文文學裡的文學的國籍雖然一直是本土論者的欲望，卻往往是個悲劇——新加坡一獨立，它的華文文學就有了國籍，但它也差不多朝向終結。失去華文教育的支撐，在李光耀意志的曝照下，它成了幽靈。馬華文學的情況好不了多少，它是不被國家承認的存在，國籍對它而言只是個冷酷的嘲諷。

台灣文學裡的認同分歧是根本的，國籍問題往往會遮蔽掉更本質的事物，類似於本土政治裡的名言「有比誠實更高的道德標準」。得到後，你才發現失去的更多。

因移民的先後造成的國家認同分歧，在大馬華人史也發生過。別以為時間只是線性的。歷史比我們想像的弔詭得多。即便是我方的歷史，也經常曾經發生在別處。

二〇一三年發生的抒情散文論爭，如果不是唐捐意外跳進來為「破體」辯護，也不會有什麼「筆仗」。那根本上是文學獎衍生出來的市場效應和倫理問題。大概因此而讓某些「散文家」不快吧。散文問題我也思考過多年，也一直嘗試把它問題化（如〈論嘗試文〉，二〇〇三），雖然也還未能充分勾出問題的幅度。但也意識到，它可能比詩和小說更接近現代文學系統的問題的核心。

我最近才注意到你在網路上被封為「戰神」（當然，這是個莫名其妙的封神的年代），你說的那些論戰駱以軍叫做巷戰，我們都老了，玩不起了。但也奉勸還年輕的你不要花太多時間在上頭，畢竟還有更有意義的事要做——譬如讀書。讀書也是非常花時間的，好書細讀常一本就得耗上許多天。

論戰多年，我學到一件事，太爛的人太爛的挑戰不必回應，沒必要抬舉他們。就好比爛書不必讀，更別說去批評。它會自然死。

我們必須承認，在台灣，文學沒有二十年前那麼重要了。寫作者和閱讀者漸漸變為同一群人，而這群人還會自然的集結為「自己們」，甚至有意無意的排它，那也是無可奈何的事。

# 在我們的年代，還有鄉土文學嗎？

## ——與朱宥勳對談二

### 當我們討論鄉土文學時，我們究竟在討論什麼？

近年，有一些學者討論解嚴世代的寫作者（童偉格、甘耀明、伊格言等）時，竟然嘗試用「新鄉土」來歸類，令人觸目驚心。即便當事人頗不以為然，學者們依然「擇善而固執」。反正這鐵鑄的籠子是用定了，管你是風是馬還是蠻牛。

為什麼需要鄉土文學？為什麼需要鄉土這標籤？

就一九五〇年以後的民國—台灣文壇而言，一九七七—七八年的鄉土文學論戰當然是個分水嶺。讀過文學史的人都知道，這事件在三、四〇年代發生過了。甚至在英殖民地馬來半島，也發生過了，確立了某種寫實的綱領（「此時此地的現實」）。我過去也曾寫論文檢視這鄉土徵狀，也發現在鄉土文學裡，鄉土並不是修飾語，它是一種強勢的規範、限定，它的比重是鄉土遠大於文學的。它是個認同的標籤，當然是高度政治化的。它用以劃出「我們」的界域。

鄉土文學論戰時，彼時的主導文化還是自居民國正統的中國文化／美援文化，文學上的現代主義、民國流亡文人自身的「鄉土文學」（裝在「反共」的鋼鍋裡），後者因為從故鄉（彼鄉）漂流到他鄉（此鄉），被認為失落了部分正當性，而常被稱做懷鄉文學。這種文學，殖民地馬來半島上的文人稱之為僑民文學。僑者，寓也。寓居他鄉者，僑民也。

我最近才領悟，鄉土文學原來也是種禁令的形式（我自己認為這是個重要的發現）。

馬來半島的南來文人，以三〇年代中國的現實主義論為依據，提出「此時此地的現實」的綱領以對抗僑民文學。兩個此字都是重要的限定，既限制了時間（此時），也限制了空間（此地），強制寫作者必須凝視「此時此地的現實」，而不得他顧。但那些南來文人避難南下時，其實都已是中年人，如果說二十五歲時是體驗生命、蓄積感性以為後半生之用的講法是某種意義上的通則（姑稱之格林法則），那「此時此地的現實」禁令不啻是道嚴酷的禁令。南來文人們為了展現在地認同的決心，不惜凍結自己的過去；故鄉、流亡，最深的情感記憶，那個遍體鱗傷的「舊我」，而匍匐於星馬熱帶的土地上，為在地苦熬的人民而文學（這方面的代表作是方天〔張海威〕的《爛泥河的嗚咽》，蕉風，一九五七）。時過境遷，那些土生土長的世代就很難體會那代人自我禁錮的苦心了。

在台灣，當鄉土文學處於弱勢，作為一種對抗論述時，是很動人的。它召喚的是一種非常原始的共同體情感，當它與方言緊密的連結時，當他們呼喚土地同時呼喚母親時，地緣的，血緣的，愛的差序格局。你可以發現它其實和費孝通那本《鄉土中國》描繪的世界並沒有距離很遠。這是漢人社會非常根深柢固的情感結構，其實不是那麼的「台式」。

我在一篇文章裡曾寫道，鄉土文學者，我鄉之文學也；它預先排除了他鄉（〈我們的民國，我們的台灣〉）。對我們這些外來者而言，他鄉即故鄉——包括我住了近三十年的這個他鄉。但我們寫的永遠不會被歸類為鄉土文學——先天的被視為在外——實質是被歸為非鄉土文學。

除了特定、可辨識的地名、地景、植被（林投、茄冬之類的）、建設（如：鐵道、隧道），共同記憶裡的社會記憶（某年某場棒球賽，某場電影，某個政客的某句名言，某出歌仔戲等），其實還預設了土生。因此儘管童偉格的小說早已超出鄉土文學的地方主義很遠，只要他調動那些可辨識的元素——那個不難被辨識出來的山村，加上他的土生性（出生地），就難免被掐著脖子，塞進鄉土的雞籠子裡。

在我們的年代，還有鄉土文學嗎？當然有，不過要加上新或後，將來也許還有新後，後新，後新新，後新後，新後後，後後新……之類的鄉土文學品系呢。

二〇一五年三月三十一日

# 論述者為什麼要創作／創作者為什麼要論述？

## ——與朱宥勳對談三

去年三月七日為《學校不（敢）教的小說》的序，我給你回過一封信，有一段提到：「你們這一代大概也意識到台灣文學的既有產值不太夠了，做研究的人也必須寫作。二十多年前我開始研究馬華文學時，就已有這痛苦的認識。」我不知道你同不同意我「台灣文學的既有產值不太夠」這判斷？在我看來，那是過多的台灣文學研究所造成的。台灣文學的既有累積本來就不算多，日據五十年，也就那幾部重要作品。一九五〇年後多些，也不過上千種。而做研究的人大量增加，加上興趣的焦點相對集中（譬如對五〇年代文學的興趣淡得多），直接的後果是，題目和研究對象高度重疊（你知道至今為止有多少篇碩士論文研究駱以軍嗎？），再下來，也許平庸之作也不能放過，或者不得已把興趣轉向馬華文學或香港文學。

我不知道你會去寫小說是因為意識到「台灣文學的既有產值不太夠」，還是純粹喜歡寫作（很抱歉我還沒讀過你的小說）；不知道你會去寫評論是不是對既有的台灣文學論述不滿意，寫評論時有沒有留意到「台灣文學的既有產值」的問題？

還是覺得根本不是問題？從你的答覆來看，你太早知道這江湖的祕密了。

在正常狀況下，論述者不必投身寫作（重要文學論述者的文學作品一般而言都較弱，有業餘感；雖然論述者面對真正好的作家常會有二流感〔老共的用語〕），寫作者不必參與論述（除了書評、訪談或隨筆式的創作者文論），即便論述，也不會太精采（不太講求邏輯，或自我太大）。但小文學的情況並不一樣，關心文學的就那小撮人，常得身兼二職，而且多半是創作者兼而做點論述。也許因為他們畢竟對文學內行，至少可以做些文學賞析，或文學史的整理編纂。在香港，從也斯到王良和，這傳統一直延續著。

就我置身的馬華文學來說，「文學的既有產值不夠」是確鑿無疑的。同時，文學論述也異常欠缺、貧乏。我在八〇年代開始介入馬華文學時，必須同時面對、甚至企圖解決這雙重的欠缺。因此論述同時寫作——寫作同時論述於我，是不得不然的，沒得選擇。但這二者其實可以互相支援。寫作，對技藝的了解，讓你討論作品時可以進到它的最深致幽微處，那裡也許是那跳動的文心的居所；但也可能是某種堅硬的教條硬核，或者偽裝成某種理念的意識形態罣固力。理論與論述，或相關的思考訓練，有時也可以支援作品的構思，或讓某些論述上難以解決的問題，在文學裡解決。對我而言，在寫作之路上，還得必須超越馬華文學，深入的與其他區域的中文文學，甚至世界文學對話。就如同我認為台灣文學必須超越它的鄉土格局，這種格局的差異只消拿黃春明和郭松棻略一比較就可以清楚的看出來了。

這些年，因為文學獎（主要是花蹤，其次是海鷗）的鼓勵（花蹤文學獎被馬華文青關注的程度，是當前台灣很難想像的，那相仿於七、八〇年代台灣文學獎最具權威的年代），作品的質和量都有明顯的提升，可是論述並沒有明顯的進步。也許因為圈子太小，稍有不慎就會碰傷，寫評的人只能非常謹慎的滑過去，書評多像書介，沒什麼論點，看不到什麼觀察力。學院裡的專家們呢，或因某種政治立場太強烈，強烈到讓他只能從特定的狹隘的孔徑看事情；或者頭腦特別不清楚，只會做一些疊床架屋的奇怪分類；或者太忙或太懶，不怎麼愛寫，這種種狀況對學術的累積都沒什麼幫助。

為什麼需要論述？論述往往是辯護，從學術上為它的存在和意義做辯護。「經典缺席」論爭中持刀守護的一方曾主張說，「馬華文學是客觀存在的事實」，他不知道經典是角力場，力強者勝，意義有時就像甘蔗汁，要榨它才會出來。雖然，前提是，那被榨的也得是甘蔗才行。

二〇一五年四月二日

# 給自己們——時差的贈禮

## ——與朱宥勳對談四

你在《學校不（敢）教的小說》的序寫道，你這本書是寫給高中時的自己，「如果當時有一個人，或有一本書，能夠跟（十六、十七歲的）我多說一些關於小說的事情，那該有多好。」一九八八年生的你，十六、十七歲時，大概是二〇〇四、二〇〇五年，建中所在的台北，台灣文壇的首都；單是書店裡擺的書，那些論述，從顏元叔、蔡源煌、王德威、張大春到我這一代的論述者，應該都可以告訴你「一些關於小說的事情」吧。當然，每個人都會有一張自己的精選書單，也會有自己的一套為喜歡的作品辯護的方式。給過去的自己——「給自己（們）」，終歸是個心意。但時間不可逆，過去不能重返，只能給未來。所有的寫作都是給未來的新人，即便那未來離現在很近；這之間必然產生時差，就像你我之間的世代差異。給過去的自己的瓶中信，抵達未來的新人手上時，時差讓它產生某種程度的質變，讓他們總覺得「不夠」——這大概就是你高中時的感覺。不知道我說得對不對？

在某種意義上，我們寫的大部分東西也是「給自己們」。相較於台灣的持續學術累積（其實《學校不（敢）教的小說》這本書本身也可以看到我所謂的累積——那些小說文本都不難取得，也泰半有評論），我們的文壇真的是沙漠，雖然有的仙人掌很大棵，刺也很硬很銳利，很不吝於傷人。對我們而言，民國台灣的文學和學術已是繁花盛開，稻穗金澄澄，水果大又甜。所以七〇年代末，金寶的一狼才會時不時朝東北的復興基地嗥叫；次狼才會搭飛機「龍哭千里」而來他心目中的中國朝聖。各方面（包括製作黑心商品的技術），兩地的時差至少二十年。

我高中時（一九八三—一九八五年，你都還沒出生）幾乎沒機會接觸到夠水平的馬華文學作品——那樣的作品不是沒有，而是很少。需要有人把它從故紙堆中找出來，編纂、解說、出版，用論述來賦予學術意義。但華人普遍沒觀念，沒心，沒鑑賞力；愛錢，好名，好鬥，短視，不重視文化。因此很多當代人就該做的事，沒人願做，記憶沒傳承下來，後來人要做就很難了，連基本的資料都很難找齊。最顯著的例子就是美援下的《學生周報》，從一九五七年到一九八四年逾千期，它和《蕉風》都曾是馬華文壇最重要的非左翼的文學園地，可是迄今連個最基本的（依文類分）文學選本都沒有。到這個年代，馬華文學的記憶很多仍像祕密那樣，得靠口傳，更別說開展論述。東南亞華人常面臨失憶的窘境，歷史如此，文學更其如此。因此馬華文學一向缺乏對它自身存在的回憶。很多年輕世代寫作時都會誤以為自己是亞當或夏娃，在開天闢地，偷吃無花果，孜孜在為那還沒有名字的沙漠動植物命名。因為沙上的足跡不會留下，還不如死去的動物的骨骸、硬皮或甲殼。

我最近和朋友合編一本跨文類的文選，收集、清理馬華文學史上關於橡膠樹、膠林生活的文學作品（暫名《膠林深處》）。在十九世紀末迄二十世紀八〇年代，很多華人家庭依賴割膠維生，我自己就是在膠園裡長大的。近年返馬，發現記憶裡那一大片一大片的膠林要麼翻成了油棕園，要麼伐盡了焚燒冒著煙等待改植成油棕樹。橡膠樹在五、六〇年代常被視為馬來亞（當然包含星洲）華人的隱喻（英殖民政府在馬來半島幾千幾萬公頃的砍伐雨林種植橡膠，需要大量廉價外勞，就從衰圮的中華帝國引渡華工——我們的祖先），我的文盲祖父母從閩南南下馬來半島為他人的膠園燒芭鋤草時，馬華文學也差不多在那時肇始。而橡膠業的沒落，也就在我唸高中那幾年。那時常聽到父母感嘆，怎麼膠價又跌了，錢不夠用。彼時的我當然不知道，我們正處在橡膠業的酉時（午後三點），日將暮，一個時代即將結束。

《膠林深處》是〈給自己們〉的嗎？只怕未來的讀者（即便是大馬華人），也無從想像，更別說感受那種已然不存在的膠林生活；那風聲、雨聲、橡實聲。而那個找不到什麼書看只好讀武俠小說的昔日的我，或許早已死在南方，埋葬在膠林深處。

## 重建星—馬華文文學的一體性

幾年前，新華文學館之建立，曾引起我輩馬華文學研究者微微的恐慌。為保存文學資料，文學館的成立當然有其必要，但如果一九六五年之前的文學積累都劃歸「新華文學」，那方修版的，始於一九二〇的馬華新文學史，就憑空少掉四十五年了。那是關鍵的四十五年，由大批學養良好、閱歷豐富的南來文人辛苦建立的小文學傳統。那四十五年，其中有八年屬於「馬來亞」。一九五七年之前在新加坡生產的馬華文學如果被切除，對馬華文學史而言，難免是尷尬的（沒了「頭」）；以一九五七年為起算點的馬華文學史，也年輕得蒼白（雖然已有多部選集這麼做），五〇年後的馬華文學即難以避免的被迫掙扎於單一語言民族國家造就的盆栽困境。

因為民族國家的建立，促成新加坡文學誕生，但看來新加坡的狀況還慘過馬來西亞。眾所周知，新加坡自建國後，以英語為尊的教育政策，很快的就讓華文教育陷入全面的危機，而直接動搖了華文寫作的根基。最近《聯合早報》策畫的針對文學菁英的訪談〈本地學者、作家展望新華文學下一個五〇年〉（二〇一六年一月二十六日），提到的新人名字也沒多少個；被訪的對象中，即有多位屬「外籍兵團」，來自馬來西亞（王潤華、游俊豪），或中國（張松建）。

和馬來西亞對華人移民的高門檻不同，新加坡的尺度寬得多，也因此很可能，掌握語文優勢的中國新移民會是新華文學最強勢的新血，他／她們的中文表達能力也一定普遍優於在地的、殘缺的華文環境栽培起來的一代。前述訪談中，「新移民文學」被多位受訪者提及，可見專家們對這問題頗有共識。學術研究借用外籍兵團幾乎已是新加坡的長期政策，看來也沒有太大的問題，只要是受過完整、專業的學術訓練。但「異軍突起的移民文學」其實是更為複雜的問題。

我在研究南來文人與馬華文學建構的過程中，偶然領悟，為了建構一種有明顯的南洋在地色彩的華文文學，四〇年代後，先賢們（從周容到方天）給自己頒布了一個奇怪的禁令：封禁自己的過去，而以「此時此地的現實」為書寫對象。原因再簡單不過，避免陷於「僑民文學」或「懷鄉文學」，因為那樣的文學很可能會被歸類為「中國文學的海外支流」，而不利於「在地文學主體」的形成。換言之，（包含了新加坡文學的）馬華文學在形成之初，先賢就賦予它一種根本的限定，預先排除了某些選項，期待南洋客體能讓它更快的鑄造出殊異於中國文學的特性。也就是說，（包含了新加坡的）馬華文學並不是那麼自由的，它一開始就限定了可寫與不可寫的領地，那是一種素樸的本土論，方言土語當然包含在那設想之內。在一定程度上，也是考量資源有限，應該集中發展能彰顯自身特色的工作；同時，那給予（包含了新加坡的）馬華文學一個存在的理由——回應集體的當代。

放在當下新加坡的情境，姑不論新移民情不情願接受這種先輩的限定——以常理揆之，可能性不大，那樣的寫作太苦了；況且，「反映現實」還可能觸犯政治禁忌——伍木說，現今的趨勢是，「（與在地歷史情境有關的）大主題不存在……把創作焦點置放在私密性的追求上的散文」（在〈本地學者、作家展望〉中的發言），這易走的路，直接提出的問題其實是無比尖銳的——此時此地的新加坡，為什麼還需要自己的華文文學——當華文閱讀人口已大量流失，當英語成為這多民族城市國家的共通語，當華語已然像第二外語那樣掙扎求生，甚至難以獲得方言在語感上的救濟。如果寫作只剩下個人的意義，如果文學的功能純粹只是閱讀樂趣的意義，中台港的文學，英語文學，翻譯文學——作為商品的世界文學——不可能難以滿足需求；在那世界文學的商

時差的贈禮 292

品櫥窗裡，什麼都有。分析到最後，也許那「文學的理由」還是情感上的，從上一代（經歷華僑中學—南大以華文為教學媒介語的黃金時代者）繼承下來的，殘存的華人—華語—華文這一中國國民革命中建構起來的民族情感。即便繼起的寫作者沒有這一份記憶、沒有意識到它，但在新加坡用華文寫作這一社會行為，就難以避免的帶有這一層象徵意義。在這一點上，在消極意義上，新華文學存在的理由和馬華文學並無不同。

二十多年前，新加坡歸僑的女兒、著名中國小說家王安憶南遊後，寫下她對星馬華語處境深刻的觀察報告〈漂泊的語言〉。她看到，對大多數新加坡華人而言，「漢語和他們的現實生存已沒有什麼關係，它至多只為人們的情感發生聯繫，……人們說什麼樣的語言於他們的生存位置都沒有影響。」（氏著，《漂泊的語言》，作家出版社，一九九六：二二〇）但這也是新加坡消弭民族情感差異以建構新加坡國族、快速脫亞入歐的重要條件。如果是那樣，那這二十多年來，只怕是更糟而不是更好。時至今日，作為殖民遺產的英語，幾乎像世界語那樣，代表了現代世界的某種「普遍性」，很難回頭了。漢語的母國的那些共和國子民，多少也是看著這一優勢而移民新加坡的吧。

然而，區域文學的建構，其實應該要有更積極的理由。先輩的議程是政治優先的，緊接著是文化，似乎也只能那樣。如果政治現實讓原始議程不再有意義，那這支華文文學新的議程是什麼呢？只剩下情感的意義，就只是滿足「新加坡也有華文文學」這樣的感覺，儘管它的內容不再對歷史（或處境）做有力的回應？

在高度都市化之後，文學走向私人、走向內心，或更趨近純粹的趣味。其他華文地區也走過了那樣的階段，但它們的文學體積大得多，大得可以分工，不同的寫作人各行其是，有的人走容易走的路，卻還是有人會繼續深化「讓這支文學有存在的理由」的議程，不知道新加坡還有沒有。當然，你也可說這是個本土議程。小文學最困難的是，寫作需要文學自身的理由，也需要文學之外的理由。

一定程度的本土論是必要的，那是為了建立讓自身能存在的差異。可悲的是，「有了國籍」好像提供區域文學一個自然的保障（作為某種「民族國家文學」本身作為一種差異），但其實它的內在是被蛀空了的，那是個騙局。建國後，新加坡、馬來西亞的國家機器各自用不同的民族國家政策來凌遲它、在國境之內放逐它，讓它失去活力，變成盆栽，甚至奄奄待斃。「國籍」成了分割的牆，也成了有國籍的華文文學的囚籠。有沒有可能重建一九七〇年以前星—馬華文文學那種建立在共同歷史、地域的連帶感？迄今，研究六〇年代星馬華文文學現代主義時，我們都不會把星馬切開來分別對待。

具體上，就是建立共同發表的平台（副刊，雜誌），為相對欠缺資源的馬華作家提供資源（譬如南洋理大的駐校作家「本地作家」可兼用馬華作家），共同編纂選集、建立論述。最大的困難還是，在這兩個新興民族國家成立後，出生、長大的這幾代人，肯不肯拆除那道國籍之牆，攜手合作，還是認為國籍比什麼都重要。猶如新加坡長期借用來自馬來西亞的各領域人才，各取所需。在文學生產領域，合作應該更容易些，《新加坡華文文學五〇年》就已是那樣的合作成果（去年八月造訪馬華文學館時，看到許通元在細心編纂相關資料）。我們既然有共同的歷史、共享同一個區域文學傳統（雖然那文學傳統非常弱小），也應設法共創未來。當然，大馬的花蹤文學獎，也應向新加坡寫作人開放，良性的競爭方可能有進步。

二〇一六年三月二日

# 關於「真正的馬華文學」

## ——回應葉金輝的商榷（修訂稿）

（附記一：這篇回應文原是應《中外文學》總編輯之邀而寫的，故本文副標原題「應《中外文學》之請回應葉金輝的商榷」，不是我主動要寫的。來函中有謂：「雖然在一些議題上跟你的觀點相左，但應該都在學術論述的範疇之內陳述異議，兩位外審意見也都相當推薦，我們不僅是沒有理由不刊登，也認為這或許也能讓大家有討論相關議題（儘管它可能有爭議性）的機會。基於這理由，我們也希望邀請你回應該文部分內容，為自己的不同看法作辯護，或釐清相關論點。」（七月二十日）其時我人在古晉，等不及紙本送達埔里，就要了ＰＤＦ檔，一看大為吃驚，直問，《中外》不是素稱嚴謹嗎，怎麼這種水平的文章也登？寫就一千五百字初稿傳過去後，不料一返抵台灣就收到該總編這樣的知會：「既然你認為不必理會它，我想你就無需再多耗時間在這回應文上。如我前信所說，編輯部會進行內部討論再決定是否繼續著墨於此議題。現在我們認為，這方面的論辯若無法在學術論述的基礎上進行，我們也不願再另闢版面在這議題上了。」（七月二十四日）也就是說，我的回應竟成了飽撐之舉。不必回應的也都回應了，只好搬回大馬。

附記二：此文《中外文學》總編說「無需再多耗時間在這回應文上」後，即寄給《東方日報》黃君（七月二十四日），兩天後還寄了修訂稿（補了個註）。多日無消息，連留用與否都沒交代一聲。七月二十八日黃君告知他五月即已離職，稿件已轉交同事，但沒給我聯絡人名字及電郵。我隨即發函要求黃君代為撤稿，但一直沒獲回應。今日（七月三十日）竟看到稿子刊出，但〈附記〉和〈註〉都不見了。該報一直沒聯絡我，也沒知會要刪頭去註；對我而言，文章的這兩個部件都是重要的。如果不是《中外文學》邀約，我根本不會去看《中外文學》（它升級為一級刊物後我就很少看了），更別說寫回應；邀而不用，姿態還不低，我的〈附記〉也為了提醒學界中人以後少理會這種虛假的請求或邀約，那樣的學術遊戲，讓他們自己去玩就好。註的部分是個很深的感慨，原來那樣雞肚腸的蠢事已經發生了。

關於葉金輝先生的論文〈文學的國籍、有國籍馬華文學、與「入台」（前）馬華作家：兼與黃錦樹和張錦忠商榷〉，《中外文學》編輯要求我回應，讀完之後，發現其實沒什麼好回應的，該談的問題我過去的許多文章都仔細談過了。葉文（後文簡稱〈商榷〉）爭辯的其實並不是個學術問題，而是意識形態立場問題；是政治問題，或者更直白的說，爭的是場域的代表權。那和學術沒有直接的關係，它的正當性源於自我設置的政治立場（本土），一種權力的想像。

那樣的立場也並非憑空而來，〈商榷〉近承莊華興、陳雪風等以來的馬華本土論，遠承馬來亞建國前後的愛國主義論述；再加上新近史書美的華語語系歪論外殼，讓它以為可以理直氣壯得更為絕對——更為直露的企圖以人的國籍作為絕對判準，切割出誰才有資格代表馬華文學，誰才是真正的馬華文學——那些離開大馬而又入籍他國的，葉某認為全部應該切割出去。

從嚴格學術角度來看，那樣的論爭涉及若干基本的邏輯問題，很多〈商榷〉指出的作者以為是問題的問題，其實不是我們的問題，而是該論文自身的構造方式造成的自己的問題（自己挖的洞）。以下嘗試做幾點回應——那口井太小，難以容身。能做的，不過是重申立場。

一、人的國籍和文學的國籍是否可以直接劃上等號？這是第一個邏輯謬誤。

我在過去不同的文章都談過，如果可以那樣畫等號，那大多數為馬華文學奠基的南來文人（蕭村，方天，方修，楊際光，姚拓，白垚等……）都該畫出去，郁達夫、胡愈之等自然更不能算；而那些新加坡建國後留在星而成為該國公民的，也都該除籍。葉金輝最好自己去清點一下，那樣的「真正的馬華文學」到底剩下什麼？如此狹小的眼界，是為何而來？

二、對我而言，「有國籍的馬華文學」其實是個反諷修辭（見我的〈有國籍的馬華文學之起源？〉，收於《注釋南方》，有人，二〇一五）。那基於一個簡單的歷史事實——馬來西亞的國籍遠遠晚於馬華文學的形成，它是國族主義的產物。連這一點看不懂，只能說是可悲了。

三、〈商榷〉第二節「文學國籍的要義」其實並沒能有說服力的論證國籍之於文學解釋的必要性。不論是中國傳統史傳批評的知人論世、馬克思主義及後殖民論述的文本詮釋的「歷史化」主張，都不必然預設國籍。「身世烙印與時空意識」，「宗教信仰、民族精神、政治意識、社會體制、道德倫理、行為模式、價值與審美」、地方感等等和國籍之間都沒有必然的邏輯關係。〈商榷〉以為攸關國籍的，其實是認同。國籍是非常晚近的產物，作為現代事物，當然遠不如認同古老。馬華文學必然是個認同的戰場，這我早就談過了（《華文小文學的馬來西亞個案》，麥田，二〇一五），〈商榷〉的出現更確實了這一點。它依然是國族主義的幽靈重現，井蛙之見，學術上並沒有什麼新東西。

四、倘要認真論證，〈商榷〉這節應該舉一些具體的作品，告訴讀者不考量國籍會有什麼學術上的損失。但本節其實只是個人信念及意識形態立場的反覆陳述，在學理上並不足以服人。它的要義是國籍→愛國（對國家忠誠）→回家→努力加入國家文學（經由翻譯）→馬華文學與國家文學合為一體，爭取國家承認，以體現在地愛鄉愛國的真正大馬愛國者崇高的愛國精神。

五、〈商榷〉一文意圖非常簡單，企圖劃出真正的馬華文學，要把我們這些入籍中華民國的都「包括在外」，認為我們過去編馬華文學選集沒有以國籍為判準進行嚴選，「形如劫持馬華文學與藐視台灣文學，以假像遮蓋真相」。其實我並不反對接下來的馬華文學選集由這些真正的愛國者來做（錦忠早就勸我交棒了，在台灣到處拜託出版社欠人情真的很累——故鄉的愛國者可能以為那是多有利可圖的事——切記，別光說不練，我最恨只會出一張嘴的傢伙，那些名字我可都記得的）。

儘管把李永平、張貴興和我都剔除，我也很好奇那之後真正的、純度百分百的馬華文學長什麼樣子。

六、如果本土大馬對我們編的選集有意見，認為只有仍保有大馬國籍的方能冠以「馬華文學」之名，甚至認為國籍比作品的文學品質還重要，那他們大可依自己的理念另編選集以競爭。馬華小說選在台灣幾乎沒有讀者，也賣不動。大馬作協出印刷費委託秀威出版那套「馬華文學獎大系」，那些作者，算是有國籍的本土馬華的菁英了吧。但那些書，除了某些圖書館或許會購置、我們少數學者因寫論文偶會用到而買一兩種之外，很難想像哪些台灣人會感興趣。箇中大部分代表作，和中文世界高端的作品，還有段不小的距離。當然，〈商榷〉的作者可能有另一套「本土標準」，看法可能大不同。

我們多年來編的選集，最具代表性的大概就是《回到馬來亞——華馬小說七十年》（大將，二〇〇八）及二〇一一年以「台灣熱帶文學」之名偷渡譯成日文的四冊馬華文學，其中除李永平《吉陵春秋》、張貴興《群象》、我的一冊選集之外，第四冊《白蟻の夢魔》（人文書院），除潘雨桐、商晚筠、黎紫書等和台灣略有淵源的之外，也收了梁放、小黑、溫祥英、李天葆等和台灣一點關係也沒有的「有國籍的馬華文學」。依〈商榷〉的（假）道學立場，那當然「形如劫持馬華文學與藐視台灣文學，以假像遮蓋真相」。但不如此做，馬華文學根本走不出去。葉某真心愛著的國家、大馬政府可能出錢讓馬華文學譯成外文嗎？

七、多年前我也曾試圖為馬華文學「正名」，用「華人文學」來撐開「馬華文學」的固有內涵，目的是把餅做大，因為以華文寫就的馬華文學產質是可悲的——總量少，精品亦不多。《回到馬來亞——華馬小說七十年》是箇中成果之一。如果〈商榷〉的「正名」的結果是把餅做得更小，那就很難說不是個愚蠢之舉了。[1]

八、對我個人而言，「馬華文學」這身分其實並不能為我增加什麼，它一直是個烙印般的負擔，拋棄它其實比背著它容易（詳我的〈第四人語〉，收於《火笑了》，台北：麥田，二○一五：三九—四九），我現在想，對我而言，我的寫作或可易名歸屬為熱帶華文文學。不知道為什麼，老是有故鄉的人以為「馬華文學」是什麼大不了的名器，好像我輩因什麼大不了的利益而盜竊之。坐井觀天，想當然耳，豈忘莊周腐鼠之喻？

二○一六年七月二十日二初稿於古晉旅次，返台後補

---

1 我後知後覺，文章寫完後，曾翎龍傳來他的文章〈馬華文學長篇小說：時空迷亂〉（《文訊》，二○一六年七月號），原來事情發生過了。關於「小說引力二○○一—二○一五華文長篇小說」票選各地域的代表性華文長篇小說時，竟有庸人考量國籍，以致李永平、張貴興真的被排擠。以台灣近年的「本土」趨向，不太可能優先讓那些「外來者」代表台灣的，即便他們擁有中華民國國籍。國籍的一有一無之間，恰可看出認同政治的荒謬。這回台灣也是發現大馬竟然不選，只好臨時補入。

# 東馬觀點，西馬觀點

## ——關於「馬華文學」

最近因為張貴興《野豬渡河》的凶猛復出，難得見到他頻頻發聲（訪談，或座談之類的），包括為李永平之曾經宣告他「不是馬華作家」、自己的作品「不是馬華文學」提出一種解釋。張貴興的解釋可以概括的稱之為「東馬觀點」（或婆羅洲觀點，但沙巴、砂朥越其實也僅是婆羅洲的局部，用「東馬」應較合宜），他的論點大意是，出生於一九四七年的李永平，在一九六三年被強迫和馬來半島歷史連帶不深、馬來半島諸土邦王權未及之地的沙砂結合成馬來西亞之前的十六年，一直是英殖民地砂朥越的子民。在他被迫成為馬來西亞人四年後，就離開故鄉航向中華民國台灣，那個意外的國度。對他，及張貴興（一九五七年生的他，學齡前都還不是馬來西亞人），對馬來西亞沒什麼感情，尤其是以馬來至上的種族主義思維作為立國根基的、動輒恐嚇要不要再來一次五一三的「馬來人的馬來西亞」，更沒有任何好感。對他們而言，馬來西亞一直是以馬來半島的馬來政權為中心的，是資源的掠奪者，和殖民者沒有多大的差別，甚至更加惡劣。婆羅洲的馬來人口並不居多數，遠不如該地的原住民和華人移民；成為馬來西亞的一部分之後，靠著竊占土著位置得利的馬來人，當然不會善待真正的原住民，只會無止盡的蠶食鯨吞，以國家的現代化、發展、進步之名，不斷的摧毀原住民的棲地。那樣的死命吞食，還是現在進行式。

很難確定這裡頭有多少是李永平自己的看法。我傾向於認為，只怕更多是張貴興的「代言」，他自己的看法。李永平對大馬的惡感大概是真的，但從他的小說及一輩子的發言來看，他似乎沒有想得那麼多，他對婆羅洲的愛遠不如他內心深處的神州。張貴興的「東馬觀點」最有意思的是，提醒我們這些來自西馬的傢伙，別再總是想當然耳的自認為隨時可以把東馬也「代表」進去，沒有注意到我們的「馬華文學」論（尤其是格外強調「主體意識」的馬華文學本土論）究其實也許只不過是一種「西馬觀點」。那觀點其實不知不覺的內化了馬來至上的國族主義，或「華人以公民權換取承認馬來人特權」這種荒唐的契約論。甚至在我們討論馬共時，也會直接犯下把砂共混為一談的錯誤（潘婉明的馬共研究一開始就曾指出這一點）。

我不知道沙砂在地的華文文學作者對「馬」的歸屬，會不會那麼強烈的惡感。這事肯定有世代、離境／在地差異，但多半遠不如張李那麼強烈，因為他們兩位已經是馬來西亞這一國家的籍外之人。當然，我也是。

近年又有人以為「馬華文學」是什麼大不了的金字招牌，必須持大馬卡和大馬護照才可以被包括在內，如果是那樣，我也寧願被包括在外。把它擦亮了，自己留著用吧。如果我和李永平、張貴興都被包括在外，那所謂的「在台馬華文學」，也就差不多瓦解了。就像那可笑的「華語語系」，當我們都向它告別之後，它就只剩下自己了。

二〇一八年十二月二十九日

# 「評論文字之匱乏」

一九八八年九月號的《蕉風》四一八期，彼時的執行編輯王祖安寫了篇題為〈評論文字之匱乏〉的「編輯筆記」，開宗名義，「在大馬華文文壇，評論文字之匱乏，已非一朝一夕之事。」接著拈出三個可能的原因：「一、科班出身的學者、學生不多；二、一般讀、作者對評論的看法有所偏差；三、文學讀者群有所局限。」第一點很直白，毋庸贅述，但這近三十年來這問題基本上解決了，隨著大馬本土人文學院的創建（新紀元，南方學院，拉曼大學，加上柔佛對岸的國大及南洋理工大學中外文系），再加上留台、留中的文科生，「科班出身的學者、學生」已不可謂「不多」。但（文學）評論文字有比較不匱乏嗎？這第一個原因顯然被高估了。

至於二、對評論看法的「偏差」，王祖安說，在大馬，對作者和讀者而言，那些寫評論的一般只會亂放馬後炮，「有的」「無的」都照放矢，高高在上的下指導棋，令人反感。王行文謹慎，沒提到大馬文壇長期有著以不同筆名筆伐異己寫作人的「毒草」文化，吐著分叉的舌頭遊走於不同報屁股間，草蛇灰線，理歪而氣壯。他（們）可以就你文章兩個逗點之間的十幾個字就咬齧它兩千多字，充斥著！？「」之類的標點符號，和羊糞似的詞渣。不理他也就算了，哪天「崩殂」了，你提到他的名字，還會被假衛道之士譏為「鞭屍」。

王祖安呼籲的當然是建立在善意互動上的評論，據說那可以讓創作者得到鼓勵，說不定還能讓作家醒覺自己因「當局者迷」，或有所耽溺偏好而造成的局限。這當然是對的，但恰如其分的評論往往是最難得的啊。那樣的評論者非具備良好學養及異於常人的洞察力不可。一千個「科班出身的學者、學生」也未必出得了幾個能寫出像樣的評論的，即便千人中有十分之一是頗能生產「文學作品」的真文青。因此〈評論文字之匱乏〉暗地裡說的其實是，「好的文學評論一直以來都很匱乏」。

王祖安的最後一點是，馬華文學事實上沒什麼讀者。這老問題二十年後的今似乎也沒改善多少。邏輯上，那些出自大馬的「科班出身的學者、學生」理當是馬華文學的理想讀者（既熟悉文學程序，也能掌握域外讀者通常難以掌握的在地知識），但只怕未必。寫作的同儕間是否有在讀彼此的作品，我都很懷疑——文類區隔、品味、好惡、學養、心胸器識，都可能造成對同儕的作品不感興趣。更何況，外國的月亮總是比較圓。在文學作品的競爭市場裡，馬華文學一向居於劣勢。〈評論文字之匱乏〉委婉的提出，馬華文學自己也有責任：

> 創作不夠多元、創作者不求充實、不加反省，一味耽溺於既有形式、手法、文體、創作風格或文藝思潮，又怎能要求文學讀者及評論者多加關注？

這段話其實寫得尖銳，批評的已不是評論，而是馬華文學的整體狀況。換句話說，它說的其實是：馬華文學本身的貧乏其實是「評論文字匱乏」重要成因之一，因為它吸引不了讀者對它產生評論的激情。蛋生雞。

在八〇年代末，不止馬華現實主義老態龍鍾；依天狼星詩社精神領袖溫任平的欽定說法，馬華現代主義自一九七五年後就進入「懷疑時期」。懷疑了十多年之後，疲態畢露，其狀況在謝川成寫於一九八六年的調查報告〈前路難尋知己——從《大馬詩選》、《大馬新銳詩選》及《天狼星詩選》入選作者的表現看馬華現代詩的前景〉（《蕉風》，四二五期，八九年四月號）就可以看出端倪。三部詩選的大部分作者（抱括教主似的溫任平本人）到八〇年代中葉後若不是不寫，就是少寫，也幾乎沒有重要的作品了。〈評論文字之匱乏〉的發表，恰恰指陳了一個馬華文學史的特殊時刻，其時台灣因為政治解嚴（一九八七），文化思想百花齊放，新的「形式、手法、文體、創作風格或文藝思潮」從歐美蜂擁而來，後結構、後現代、後殖民，女性主義、酷兒論述……，詩和小說都歷經了翻天覆地的變化。

〈評論文字之匱乏〉發表後七個月，天狼星詩社文學評論大將謝川成寫了篇回應〈也談評論文字之匱乏〉（〈前路難尋知己〉也刊於同期《蕉風》，四二五期，一九八九年四月，三一四），針對「評論文字之匱乏」，他以長期寫評論的經驗補充了兩點心酸，一是編者往往會壓稿，寫了未必有地方發表。編者會擔心評論文章得罪人，怕被殃及池魚；二是作家往往小器，「只接受讚語，不接受貶詞。如果作者被貶，將視評論者為敵，從此『老死不相往來』。」

（四）評論在實務上的困難，從這後一點可以看得很清楚：批評性的意見多不易被接受，而且易衍生人際關係上的麻煩，甚至失去朋友；難不成只能說好話，或者含糊其詞、狡獪其言？

七年後的九六年，歷史悠久的《蕉風》自身也陷入困境，成了雙月刊。在七、八月號的《蕉風》四七三期，編者小黑在「編輯人語」又來一篇〈文學評論缺乏〉，文字只有三段，前兩段值得全引，移贈予《季風帶》：

> 馬華文壇缺乏文學評論，由來已久。是沒有科班出身的人嗎？是文學批評難寫嗎？還是寫文學評論有所顧忌？
>
> 時代進展到這個地步，每一個寫文章的人都應該有那麼一點肚量，接受誠懇的批評。寫文學批評，在乎一點誠意，無謂奉承，也不宜扼殺。有見地的文學評論是一面鏡子，也是一盞燈，它讓作者看見自己見不到的角落，也使讀者張開眼界，分享別人的經驗。

這幾個年份，一九八八年我還在適應大學生活，胡亂讀書。再過兩年（一九九〇），方嘗試以青澀的評論文字思索馬華文學的困境。再過兩年（一九九二），就因一篇短文（〈馬華文學經典缺席〉）而「誤觸（馬華革命文學的）高壓電」了。五年後，就在《蕉風》四七三期再度呼喊〈文學評論缺乏〉的次年（一九九七），在首都吉隆坡的一場研討會上，剛滿三十歲的我因不留情面的批評方北方，而幾成馬華文壇公敵。最遺憾的是，二十年來，除了「義憤填膺」的怒罵之外，迄今沒有人從學術角度與我爭論，更別說修正我（可能）的錯誤。

文學評論依然匱乏嗎？被文學評論刺痛過的人，也許會更懷念沒有文學評論的沉默、安靜的日子。

「評論文字匱乏」的感嘆，幾乎可說和馬華文學存在的歷史一樣長。之所以如此，最簡單不過的解釋是，文學批評（當然是指所謂的好的文學批評——有見識、有建樹的文學批評）其實和文學創作一樣困難，有時甚至更為困難，因為它的困難度往往容易被低估。就像文學作品，它一樣得面臨承認的問題。好的作品，也要有人懂，有知音。評論亦然。

二〇一六年六月二十二日

# 關於「沒有論述」
## ——回應林韋地

針對我二〇一六年一月六日在台灣《聯合報副刊》發表的隨筆〈秋河曙耿耿，寒渚夜蒼蒼〉中提到七年級／八字輩「沒有論述能力」，林韋地顯然很介意，一月八日在臉書寫了長篇回應之後，更整理成文章刊在二月二日的大馬《南洋商報・南洋文藝》。我在一月六日及之後的數日都曾回應過他的質疑，但我的解釋看來並不能讓他釋懷。這篇小文章再度補充整理一下我的想法。

一、韋地認為我「打臉的對象超廣泛，從一九七二年到一九九〇年出生的大馬『文青』們，到馬來西亞各中文系的老師和畢業生，和馬來西亞留學國外的中文系博碩士們。」他認為我對他們「打臉」。但我認為我不過是在陳述事實。這意見是和大馬出版界／文壇的朋友、台灣學界的老友商議後得出來的，也得到黎紫書、龔萬輝文章的證實。會把描述看成是批評，顯然身在其中的韋地並不認為我們的判斷是正確的。照正常的邏輯，他應該要舉出反證的，也就是要舉出他們這一世代有代表性的論述者、代表性的論述，來反駁我。但他沒有。沒有，其實也等於間接承認我們的看法其實是對的，韋地只是不想承認，或明知如此卻心有不甘。

我只是在描述和感嘆，而不是批評。

我的描述會被當成批評，這現象本身就是個徵狀。

二、他進一步的追問是，為什麼我們無法「教出一個（弟子），與之匹敵」這問題其實很無厘頭。

我自己在暨大教書，多年來研究生中不乏來自大馬的，資質稍佳的都對馬華文學沒興趣，也沒什麼認識，我也沒法勉強；硬去做的往往慘不忍睹，有的連最基本的作品分析能力都沒有。

身為教師，往往也只能「因材施教」。

研究所的課除了帶讀部分理論之外（其實我自己也是自修的，見《華文小文學的馬來西亞個案》的自序），就是給學生看大量的論述個案，尤其是美國漢學界多年累積的成果（譬如劉東編的那套），大陸頂尖學者的論著，及少量台灣土產。他山之石可以攻錯，我陪學生閱讀（讀書哪能教啊），引導他們怎樣讀論文，如何審察問題的提出、展開，問題成不成立、提問時用了哪些預設，作者運用了怎樣的文本策略等；不同的個案有怎樣的長處短處，不同的作者的文風及其論述風格的長處短處（譬如王德威、陳平原、汪暉、劉禾等各自的特色和陷阱）；我的基本預設是，論述是經由學習模仿而來的，多揣摩，自然能得其形似。

舉例而言，陳平原學生的論文也幾乎是陳平原體——同時繼承了他的長處（窮盡原始資料）和短處（蕪累，難以更深入論題本身的幽微處）。我想那樣的訓練對學生應該是有幫助的（我知道，有的老師習慣給學生大量閱讀他自己的論文，以讓學生更像他），如果學生有心，「轉益多師是汝師」，但學力還得自己下功夫。能否從名師的牢籠脫身而出，又是另一門大功課了。

有心的不必教，他們自己會找正確的書讀，不會錯過該聽的演講；沒心的沒法教，根本無法進入狀況。這道理和愛情一樣，勉強不得。

因此韋地的問題其實應該是，為什麼他們這一代對文學論述沒興趣？這問題我早就反覆談過了，那不是這一世代特有的問題。包括〈秋河曙耿耿，寒渚夜蒼蒼〉、〈甲午歲末小雜感〉、〈自己的文學自己搞〉及《蕉風》五〇九許通元的訪談我都很感慨的談過——沒有論述本來就是常態。在革命文學的年代，除了鐵抗、周容等少數有識之士外，馬來半島多的是中國革命文學的餘唾；其後，現代主義者稍有建樹，但也就如此而已。有自己的論述，談何容易。

早期留台人之不論述馬華文學這現象，其實就很能說明問題：中西大小傳統都太多吸引人的學術個案了，誰會去垂青雜草般的馬華文學？

寫作的人，稍有能力者，誰不想努力離開馬華文學——李永平和黎紫書不過是指標性的個案。

三、我們這幾代的留台人都不是文學天才，但真的可能是流星。民國垮掉之後，弱小得多的「台灣」是否還能懷有「中文文學共同體」的心眼格局，我很悲觀。

四、「要得到馬華文學這身分的認可是要先通過國外的美學標準，於是我們的文學就永遠是在其他華文社會的下游。」

馬華文學作為「下游」那是沒辦法的事，這問題我也多次談過了，馬華文學可能永遠也構不成一自主的文學系統（甚至遠不如香港，有相當數量的大學學者群和民間學人共同護衛），相關學者、刊物、好作品和基本文學閱讀人口都太少。

哪天如果花蹤熄燈，馬華文學的臉可能就要黑掉大半。很多人的關注，還是獎。它像燈，讓某個名字亮起來。這是可悲的社會現狀，很難改變的。

五、「馬華文學最大的問題不止是有沒有文學價值，更迫切的問題是它沒有經濟價值。」

前一個問題一直都是個問題，但後者其實不是。如果不是因為喜歡文學，如果不能安於小眾（極少的讀者，多數是朋友、同行），馬華文學連存在都成問題的。台灣文學也一樣，如果一心想要「有經濟價值」，往往就只能是「中品文學」，甚至更低一點的。

那樣的左顧右盼，多半會顧此失彼。

六、〈秋河〉的敘述語境是朱宥勳訪馬。我也沒說朱宥勳的論述有多好，但連有那樣基本訓練的馬華同代人竟也可能沒有。彼時錦忠原建議找已然退出江湖的「陳雪風的剋星」五千文出馬，因為「這姓朱的小子蠻牙擦的。」

二〇一六年二月三日

# 關於「論述」
## ——回應林韋地（續）

回應林韋地打臉論的〈關於「沒有論述」〉（《南洋商報・南洋文藝》，二〇一六年三月）留下一個關鍵問題沒談，那就是：什麼是論述？為什麼我們需要（自己的）論述？當然，這裡指的僅僅是文學論述。

什麼是論述？怎樣的論述？

我想大致可以分幾個層面來談。都是些老生常談。

一、在最基礎的層面上，是對具體的文學作品（一首詩、一篇或一部小說）的細讀與分析，針對作品的意象、隱喻、象徵、語調、視角、韻律等形式層面的文本策略，進而關切它的主題，它的得失——它的原創性。眾所周知，這是新批評的基本教誨，也是那個批評流派給文學教育留下的遺產。這原是大學文學系本科生該掌握的基本能力，也是所有文學教師的基本技能，也即是賞析作品的基本能力。這種活動取得的論述，或是賞析之文，或是針對特定作品提出具體的商榷。不同意見的讀者，可以針對那賞析或商榷提出異議與修正。

這方面的佳作甚多，譬如水晶（楊沂）的張愛玲論（《張愛玲的小說》、《張愛玲未完》），及星馬讀者也許比較熟悉的，溫任平和他的弟子們的相關論文。

顏元叔的〈論白先勇的小說語言〉等。

二，是對一組作品，或跨越不同作品（同一作者，或不同作者）探討一個共同主題（如顏元叔，〈余光中的現代中國意識〉、〈葉維廉的「定向疊景」〉；王德威，〈三個飢餓的女人〉、〈從「頭」談起：魯迅、沈從文與砍頭〉等），或一個問題（如顏元叔，〈白先勇的語言〉；葉維廉，〈現代中國小說的結構〉；王德威，〈魂兮歸來〉）[1]；這也是文學研究生的基本能力。

三、進一步，是闡發特定作品的意義。把它置入該作者的身世背景裡，以「知人論世」；或置入特定作者的作品系統裡（譬如，從張貴興的整體作品來看他的《群象》），或特定的文化、政治社會語境來闡發特定作品的意義（譬如，從五〇年代華人移民的身分焦慮來看方天的〈一個大問題〉），而意義的豐富與否有賴於作品本身的複雜度，和闡釋者解析的技巧。

1 顏元叔的論文見於《談民族文學》（學生書局，一九八四）本文列舉的篇目基本上是可以互換的，我只是從記憶裡和書櫃裡隨手抓一些。葉維廉，《中國現代小說的風貌（增訂版）》（台大出版中心，二〇一〇），王德威，《現代中國小說十講》（復旦大學出版社，二〇〇三），《想像中國的方法》（三聯書店，一九九八）及黃子平、許子東等的論文。

在這基礎上，可以開展出一些論題。當然，很多學院式的操作其實是相反——論題來自特定的理論，從理論的需求個案出發，去找個案，但那是不足為訓的，卻也是學術界最常見的操作。在最好的情況下，理論可以啟發思考，提示特定的路徑；但最根本的還是要依個案本身所處的語境去開發屬於它自身的論題（真正的新問題並不多）——也就是問題化，或重新問題化一些既有的議題（在特定的歷史脈絡老化或石化的議題，如馬華文學的困境，馬華文學的現實主義，中國影響論，馬華文學的獨特性等）。

在後殖民、後結構成為批評典範的年代，作品和它之所以產生的歷史、文化語境成為首要的關注對象。雖然，有的論述經常繞開了作品的具體討論，讓作品彷彿只剩下標題。就文學研究而言，它的基礎應當還是作品的文本分析。

四、這些論述之上，還有一種論述，但那不多見。也就是一種更為宏觀的論述，針對中國現代文學（或任何相關的研究對象）提出一個宏偉的觀照。即便是夏志清的名著《中國現代小說史》也沒有，遠不如曾與他激烈爭辯的捷克漢學家普實克（Jaroslav Průšek, 1906-1980）之以史詩和抒情詩的對峙談現代中國文學的起源[2]。王德威晚近的抒情傳統論也算是這一論題的延續性開展。

王德威的《歷史與怪獸：歷史、暴力、敘事》也是一宏大主題，只可惜欠缺一個強有力的導論來開展它的歷史哲學深度。

我們談的「沒有論述」指的多是第一、二層面上的。

為什麼我們需要（自己的）論述？

論述是典律建構的基礎之一。每一代的文學都需要經過嚴格的篩選，夠好的方能在文學史裡留下來。而那些作品，都需要論述來闡發它的價值與意義。作品當然必須具備原創性，但原創性極少是自明的，總是需要雄辯而有力的論述去保衛它。

我舉幾個例子。

現代最著名的例子是夏志清一九六〇年出版的《中國現代小說史》，該著的張愛玲論、沈從文論、錢鍾書論給這三位作者有力的典律化。彼時這三位作家在中共的現代文學史裡沒有位置，在台港，知道的人也不多。夏著之後，論述者眾，尤其是張愛玲，竟蔚為顯學。

夏的沈從文論也有定調的作用。但之後的論述發展，還是王德威的幾篇論文（〈批判的抒情〉、〈沈從文的三次啟悟〉等），如果沒有這些論述的保護，沈從文的文學史地位會低得多。再如夏志清和王德威對姜貴《旋風》、《重陽》的分析、評價、定位；夏志清、顏元叔的評論對白先勇小說的典律形成的作用；顏元叔、葉維廉的論述對王文興小說的典律化……。

對一般的文學讀者而言，論述最基本的功能是，那些讀者原本看不懂的作品能看懂（或覺得好像可以看懂），或至少讓他們知道，那作品好在哪裡。當然，太普通的作品確實沒什麼好談

2 亞羅斯拉夫・普實克著、郭建玲譯，《抒情與史詩：現代中國文學論集》，三聯，二〇一〇。

的。

因此，我們最好別忘了《一九八四》的作者，英國小說家、也是職業書評家奧威爾的告誡：

> 在成批的提到書的時候，幾乎不可能不大肆讚揚其中的大部分。在你同書發生某種職業上的關係以前，你是不會發現大多數的書其實是多麼蹩腳的。對十之八九，甚至更大比例的書，唯一客觀講真話的批評是，「此書毫無價值」，而關於書評家本人的真實情況則是，「此書引不起我任何興趣，除非付我報酬，否則我是不會寫它的。」但讀者讀那樣的書是得不到報酬的。為什麼要付他們（引按：指書評家）報酬？他們希望對他們要讀的書有某種指導，他們希望有某種價值評估。但一提到價值，標準就崩潰了。[3]

論述需要想像力，需要一些學術訓練（自我訓練當然也算），需要見識也需要膽識。看來似乎容易的書評，其實也不易為。如果都只是說好話，久而久之，就會被視為職業獻花者，而失去公信力；如果只是苛評，會被懷疑胸懷成見，沒法看到作品的長處；如果習於表面的介紹而沒有什麼評的成分，會被懷疑沒有深入作品的能力。書評難免要做評估、評價，只要有批評，泰半作者都會不滿意。一涉及評價，品味好惡、價值立場、本地標準外國標準，這一干亂七八糟的問題全都跑出來了。況且，評論者難免會犯錯、會誤讀，也真的會有偏見。恰如其分是相當困難的。

3 喬治・奧威爾，《在鯨腹中・代序一個書評家的自白》（北京：燕山出版社，二〇一五：四）。

# 〈燒芭餘話〉引言

本輯的六篇文章都是很多年前的舊文，最早的發表於一九九六年，都是些論戰與回應，一九九二年的〈經典缺席〉論爭後，效應持續引發；一九九七年批判方北方後，更是煙硝漫野。馬華文壇的本土派老輩的反應，用的是準匿名（用後即棄的避孕套式的筆名）不是就事論事，而是極盡攻訐之能事的雜文。我的回應也充滿了火氣，因此多年來都沒收進自己的論文集——即便是作為附錄。編輯《注釋南方》時也沒想起它們，大概我自己也很想把它們忘了。

最近因協助編《返馬這些年》，讀到安煥然〈尋找生命的靈光〉提到他寬柔的老師陳徽崇先生對他撰文批評我們不返馬頗有意見，也提到這位昔年留台學音樂而於一九七二年即參與了其時由青年賴瑞和引發的「人才外流」論爭，為不返馬者辯護——彼時針對的是王潤華林綠等幾乎是第一代留台人。陳徽崇先生為他們辯護的理由和我在〈也算流亡？〉、〈流亡、邊緣與本土性——再解讀〈異鄉的內在流離者〉〉為「自己們」辯護的理由其實差不多，喚起我對那兩篇文章的回憶，也回憶起當年安煥然的攻訐，及我的回應（〈告別教條主義——

跋一位「青年導師」的偽懺悔錄〉），那都是從「燒芭」衍生出來的。近作〈尋找生命的靈光〉裡，安煥然大概有比較真切的懺悔（雖然仍有幾分酸）。讀了安煥然這篇文章，我對素未謀面的陳徽崇先生心存感激。他大概也沒想到，時隔二十多年，同樣的論爭竟會重來一次。

二十年來，有些問題過去了，但有的問題並沒有過去。文章收進來，是為了那些沒有過去的問題。對問題的不同看法，會在文末做簡要的註記。

這些年，安煥然在馬來半島華人地方史上做出了一些成績，各行其是，即便不是朋友也不必是敵人。

二〇一六年七月

〈燒芭餘話〉、〈草草〉、〈馬華文學的悲哀〉都是「燒芭餘話」。〈燒芭餘話〉記錄了「燒芭」的現場及其後報紙副刊排山倒海的文字圍剿，很有現場感。事隔多年，如果不是這篇文章，我也想不起後來為什麼那麼討厭留台前輩陳鵬翔教授；也記不得怎樣得罪了葉嘯（我自己並沒有討厭他的感覺），〈草草〉是感性的註記了。這幾篇文章都沒有收入永修春美他們編的《辣味馬華文學》。〈馬華文學的悲哀〉曾收入增訂版的《馬華文學與中國性》（麥田，二〇一二）

二〇一九／一一／四附記：受限於篇幅，〈燒芭餘話〉、〈告別教條主義——跋一位「青年導師」的偽懺悔錄〉、〈草草〉還是決定刪除，只保留〈馬華文學的悲哀〉、〈也算流亡？〉、〈流亡、邊緣與本土性——再解讀〈異鄉的內在流離者〉〉。

（按：最終決定只保留一篇短文〈也算流亡？〉）

# 也算「流亡」？
## ——跋〈異鄉的內在流離者——訪問黃錦樹學長〉

黃錦鳳辛苦整理的訪問稿給我又刪又補的搞得面目全非。「訪問」時，我以拆解問題的方式來回答她們提出的問題，因而問題追逐著問題，而表徵為答案。然而在訪問稿中，她們的「問題」被書寫者還原至它們原初的形貌，同時從我的言語中離析出她們（想要）的答案——而存在於「答案」中的問題性卻被減約或去除了。

面對「回去」的問題，我其實意猶未盡。當年剛來台，也喜歡對先輩們發出這種問題。這話題一言難盡。這裡只想引介祕魯名小說家巴加斯．略薩在短文〈文學與流亡〉[1]中的論點，以作為本「訪問」的註腳。

許多拉丁美洲作家都曾在成名前「流亡」歐洲，甚至成名於歐洲，或者成名後定居於巴黎、

1　朱景冬譯，收於《我承認我歷盡滄桑》，中國社會科學院出版，一九九三。

倫敦或羅馬等地，因而他們幾乎都難以避免的必須回答採訪者這樣的提問：「你為什麼住在國外？」提問中也許隱含著某種疑慮和責難，諸如懷疑作家是否和本國的現實脫節、背叛祖國等等。

針對這樣的問題，略薩以「自願流亡者」（相對於被迫流亡的政治流亡者）為對象，從他們的回答中概括出一個答覆：「因為流亡國外可以更好的寫作。」並且舉出一長串代表作家為例，那些富有成就的作家或者「帶著他的現實和幻想去旅行」；或者「在歐洲發現本國的魔幻世界」。國外的豐富資源開闊了他們的視野，從而讓他們得以回頭開展拉丁美洲的特殊風貌。

在略薩這篇富思辨性的文章中，他同時也注意到反對者們相對的可以舉出許多反面的例子——許多作家流亡國外多年一事無成或專門生產爛作品；因而也為假想的反對者補充一個反面的例子——「許多的作家從沒有去過外國，他們所寫的關於本國的作品卻是平庸或不真實的」，反之亦然。值得注意的是他提出的結論：

> 唯一得到證明的事，在這個領域裡什麼也不能夠證明。所以在文學方面，流亡本身並不是一個問題。它是一個作家個人的問題，它在每個作家身上都表現為不同的特點，從而其結果也是彼此不相同的。……一部作品的逃逸和扎根，跟作家的居住地毫無關係。

身為當代拉丁美洲最重要的小說家之一的巴加斯．略薩，他早年也曾赴巴黎，且成名於斯，對於這個在拉美相當普遍的現象提出辯解時，尤其針對那些對流亡作家的道德譴責（如「背叛祖國」）而把問題從政治、道德等等拉回到文學本身；把問題回歸到作家本身——回到文學／作家的主體性上，而下了頗為值得深思咀嚼的結論：

一個作家除了以極高的熱情和他能夠做到的最大誠實寫作外，他沒有為自己的國家效力的其他更好的方式。

文學是作家首要的誠實，首要的責任和首要的義務。如果他在國內可以很好的寫作，他就應留在國內；如果流亡有利於他寫作，他就可以離去。

反之，如果某個作家的作品一直寫得很爛，那他不論是留在本國，或是溜到外國，似乎都無關緊要，也沒有人會在乎了。

拉丁美洲作家之取資歐洲，和當地的殖民經驗有很深的關聯，歐洲的大城市對他們而言是文化的朝聖地，得以直接受世界上最前衛的文化、藝術、哲學思潮洗禮，甚至結交那些領域內的大師。在中文的領域內，我們最方便的資源是台灣，因而留學的意義是多重的。在此地成名的先輩如李永平、張貴興等，在此地也一直帶著異鄉人的標籤。即使他們已落戶定居，在寫作的文本的內在，也往往可以辨識出流離的痕跡。回返的潘雨桐，又何嘗不然？

也算「流亡」？

# 致新人

## ——「異代新聲」研討會後

一九九一年九月，剛考上碩士班的我，毛遂自薦在淡江大學召開的東南亞華文文學國際研討會上發表論文。共同參與的張錦忠（一九五六—）、林建國（一九六三—），也都還是研究生。林建國在該會上發表的〈為什麼馬華文學〉後來成為旅台馬華文學理論的開端，也是眾所周知的事了。那是我第一次在正式的研討會宣讀論文，緊張自不待言。我已不記得誰講評，當然更不記得講評人和與會學者問什麼問題。猶記得我滿頭大汗的宣讀完回到台下，建國還問我：「錦樹，為什麼你結結巴巴的？」相較之下，這次「異代新聲」研討會的發表人，即便多是碩士生，也多能侃侃而談，台風穩健。

一九九一年迄今，二十七年過去了。二十七年的時光，可以讓一個孩子過完童年、青少年、成年，離家，成年，修完碩士，讀博士班。但二十七年來，馬華文學論述的累積並不多。我們仨中，持續有做研究的，其實也寫得不算多。馬華文學很多基本問題也都還沒解決。這些年來，文學作品、寫作人都略有增加，但也稱不上多，馬華文學依然在為它的生存掙扎。論述方面，旅台同鄉這一塊，一九九一年後的十年間，也只增加了陳大為（一九六九—）和鍾怡雯（一九六九—），他們的論述比較局限在特定的文類。又十年，也只增加了個高嘉謙（一九七五—）。那是二〇〇二年，我們在埔里辦的唯一一場題為「重寫馬華文學史」的研討會，出席者寥寥，其時已考上政大博士班的高嘉謙發表了篇〈邱菽園與新馬文學史現場〉，那是他「境外漢詩」研究的起點。但我們那本《重寫馬華文學史論文集》因為論文不足，即便張錦忠和我另外各貢獻一篇論文，勉強湊成一本論文集，還是薄到很容易被風吹走。

我把這次的研討會定位為教學活動，有經驗傳承的意味，當然也是場學術實習。所以我事先讀了全部的論文，認為有問題的，在現場也就直接提問。有時不免急切，希望不會嚇跑初試啼聲的年輕人。如韋伯（Max Weber）所言，學術確實可能是一場「瘋狂的冒險」（韋伯，〈學術作為一種志業〉），即便努力，也不一定會有所成。努力之外，還得看有沒有受到充分的訓練、天賦和機遇。

這次發表的論文，有的受累於既有的論述，不敢，或沒能力挑戰它；有的被困於特定的理論，綁手綁腳，而無法真的傾聽作品之聲；有的完全沒訓練，只能重複作品說過的話；或過度的投射主觀的臆想。有的太過缺乏在地經驗，論點想當然耳。（雖然不一定非得去人類學式的「蹲點」，有機會去走走也是好的。）但可喜的是，有十來位新人冒現。雖然有的還略顯生澀，但有幾位隱然已有大將之風、且自信滿滿，論文且已相當成熟；講評時做足功夫，分析犀利到位，都是很難得的。有幾位同代人可以商榷疑義，是難得的幸福的事。

這些學術新人，未來五到十年內，應該都可以成為獨當一面的青年學者，寫出有分量的著作。即使學位論文的研究對象不是馬華文學，如果是大馬同鄉，希望十分心力中至少留一分給馬華文學，將它視為自己的文化責任，保持長期的關懷。如果能寫作，當然更好。巧婦難為無米之炊，能產米，就比較不怕沒人炊煮。作品畢竟不是真的米，即便燒成鍋巴，也可以還原，只要遇上更好的讀者。夠好的作品，總是可以吸引有天賦的讀者。

謹致祝福。

二〇一八年三月三十日，埔里

# 文稿原發表處（按目次順序排列）

一、〈秋河曙耿耿，寒渚夜蒼蒼〉

《聯合報》副刊，「我們這一代，五年級作家」系列，二〇一六年一月六日。

二、〈歲次乙未，初冬小雪〉

《聯合報》副刊，二〇一六年二月二十九日。

三、〈同鄉會〉

原題〈漫遊，回返，一趟旅程〉發表於《OPENBOOK閱讀誌》（二〇一七年九月二十五日）。《星洲日報・文藝春秋》，二〇一七年十月一日轉載。

四、〈遺作與遺產〉

《聯合文學》雜誌二〇一八年十一月號，曾宣讀於九月二十九日在紀州庵舉辦之「婆羅洲來的人：台灣熱帶文學」座談會。

五、〈荷盡已無擎雨蓋〉

原題〈一個關於盡頭的故事〉發表於《端傳媒》，二〇一五年十一月三日。

六、〈在冷藏的年代〉

《星洲日報・文藝春秋》，二〇一五年四月十九日。

**七、〈老麥和他的流放〉**

《東方日報．東方文薈》，二〇一六年二月二十日。序麥留芳雜文集《鳥語鳥話》。

**八、〈木已拱〉**

原題〈木已拱：我們的百年孤寂〉，刊登於《聯合報》副刊，二〇一七年八月十四日。

**九、〈別一個盜火者〉**

《星洲日報．文藝春秋》，「白垚悼念特輯」，二〇一五年七月五日。

**十、〈在檯熟〉**

《聯合報》副刊，「文學台灣：南投篇」系列，二〇一七年九月五日。

**十一、〈夢與序〉**

序廖啟余詩集《別裁》。

**十二、〈「自己的文學自己搞」——序張錦忠《時光如此遙遠》〉**

《隧火評論》，二〇一四年十二月二十九日。

**十三、〈華馬小說七十年徵求認養〉**

《星洲日報．星洲廣場》，二〇〇六年四月九日。本文原為與張錦忠等合編之徵文集《我們留台那些年》（有人，二〇一四）的序之一。

**十四、〈辭謝南方學院大學邀請擔任《蕉風》名譽編輯顧問函〉**

發表於個人臉書，二〇一七年六月三十日。

**十五、〈叔輩的故事〉**

《南洋商報》副刊「商餘」，「丙申年文人特輯：菊凡專號」，二〇一六年二月十六日。

**十六、〈最後的豬籠草〉**

原載張貴興《猴杯》經典版（台北：聯合文學，二〇一〇年七月二十四日）。

**十七、〈腳影戲，或無頭雞的啼叫〉**

《OPENBOOK閱讀誌》，二〇一八年八月三十一日。

**十八、〈愛蜜莉之謎〉**

《季風帶》第十期，「張貴興特輯」。

**十九、〈真正的文學的感覺〉**

《報導者》，二〇一六年十一月二十八日。

**二十、〈缺席與在場〉**

**二一、〈政治的，太過政治的〉**

《隧火評論》，二〇一四年十二月十六日。

**二二、〈後革命年代的馬共小說〉**

《蕉風》五〇九期，二〇一五年十一月一日，頁三二—三五。

二三、**〈文學的犀鳥之鄉——序梁放小說《臘月斜陽》〉**

二四、**〈回家的路——序陳建榮先生《歲月的回眸》〉**

原題為〈回家的路——談陳建榮先生《歲月的回眸》〉，刊登於《南洋商報·商餘》，二〇一七年四月四日。

二五、**〈文學檔案，現代主義，豆糜——序杜忠全《文字新語》〉**

《東方日報·東方文薈》，二〇一五年八月二十二日。

二六、**〈迴轉木馬的終端——序張柏榗《青春口吃物語》〉**

二七、**〈詩的空間——序林婉文《我和那個叫貓的少年睡過了》〉**

二八、**〈化為石頭，化為文字〉**

《聯合文學》雜誌二〇一八年五月號。

二九、**〈文學的工作〉**

《聯合文學》雜誌二〇一八年九月號。

三十、**〈我生來不是〉**

《聯合文學》雜誌二〇一八年七月號

三一、**〈牆上貼著的中國字〉**

原題〈牆上貼著的中國字〉，《文化研究》二一期（二〇一五年秋季）：二三八—二四二。

三二、〈**老輩知識人的傷心之言**〉

《星洲日報．星洲廣場》，二〇〇六年十二月二十四日。

三三、〈**我們的演化**〉

《星洲日報．星洲廣場》，二〇〇七年二月十一日。

三四、〈**我們需要一個怎樣的中文系？**〉

《南洋商報．論壇》，一九九八年八月二日。

三五、〈**文學課**〉

《季風帶》七期「文學如何教育」，二〇一八年三月。

三六、〈**中國性，或存在的歷史具體性？**〉

《南洋商報．南洋文藝》，一九九五年九月二十六日。

三七、〈**互文性，寫作，與文學教養**〉

《星洲日報．文化空間》八版，二〇〇五年六月十九日。

三八、〈**大背景，小產業，歷史墳場**〉

《星洲日報．文化空間》六版，二〇〇六年十月二十二日。

三九、〈**一個微小的心意——《雨》跋**〉

四十、〈**南方以南——《雨》大陸版序**〉

四一、〈**廣州馬華文學研討會後**〉

**四二、〈甲午歲末小雜感〉**

《南洋商報．商餘》，二〇一五年七月二十一日。

原題〈甲午歲末〉刊登於《南洋商報．商餘》，二〇一五年三月十七日。

**四三、〈我的馬華文學〉**

《東方日報．東方文薈》，二〇一五年七月二十五日。

**四四、〈旅行與時差〉**

《南洋商報．商餘》，二〇一五年九月二十二日。

**四五、〈如何／為何發動一場文學論戰？——與朱宥勳對談（一）〉**

《聯合報》副刊〈人文薈萃〉，二〇一五年五月四日。

**四六、〈在我們的年代，還有鄉土文學嗎？——與朱宥勳對談（二）〉**

《聯合報》副刊〈人文薈萃〉，二〇一五年五月十一日。

**四七、〈論述者為什麼要創作／創作者為什麼要論述？——與朱宥勳對談（三）〉**

《聯合報》副刊〈人文薈萃〉，二〇一五年五月十八日。

**四八、〈給自己們——時差的贈禮——與朱宥勳對談（四）〉**

《聯合報》副刊〈人文薈萃〉，二〇一五年五月二十五日。

**四九、〈關於「真正的馬華文學」——回應葉金輝的商榷〉**

《東方日報．東方文薈》，二〇一六年七月三十日。

**五十、〈東馬觀點，西馬觀點——關於「馬華文學」〉**
《季風帶》八期

**五一、〈「評論文字之匱乏」〉**
《季風帶》二期，二〇一六年十一月一日，頁一一—一四。

**五二、〈關於「沒有論述」——回應林韋地〉**
原題〈關於「沒有論述」——回應林韋地〉，《南洋商報・商餘》，二〇一六年三月八日。

**五三、〈關於「論述」——回應林韋地（續）〉**
原題〈關於「論述」——回應林韋地（續）〉，《季風帶》創刊號，二〇一六年六月一日，頁一六—一九。

**五四、〈〈燒芭餘話〉引言〉**

**五五、〈也算流亡？〉**
（原刊於《大馬青年第十期》，一九九五）

**五六、〈致新人——「異代新聲」研討會後〉**
《異代新聲研討會論文集》，高雄：中山大學人文中心，二〇一九。

＊此表感謝葉福炎同學代為整理。

國家圖書館出版品預行編目資料

時差的贈禮/ 黃錦樹作. -- 初版. -- 臺北市 : 麥田, 城邦文化出版 : 家庭傳媒城邦分公司發行, 2019.11
面； 公分. --（人文；11）

ISBN 978-986-344-702-3（平裝）

863.55 108016505

人文 11

# 時差的贈禮

作　　者　黃錦樹
校　　對　黃錦樹　杜秀卿　吳淑芳

版　　權　吳玲緯
行　　銷　巫維珍　蘇莞婷　黃俊傑
業　　務　李再星　陳紫晴　陳美燕　馮逸華
編 輯 總 監　劉麗真
總 經 理　陳逸瑛
發 行 人　凃玉雲

出　　版　麥田出版
104台北市民生東路二段141號5樓
電話：(886)2-2500-7696　傳真：(886)2-2500-1967
發　　行　英屬蓋曼群島商家庭傳媒股份有限公司城邦分公司
104台北市民生東路二段141號11樓
書虫客服服務專線：(886)2-2500-7718、2500-7719
24小時傳真服務：(886)2-2500-1990、2500-1991
服務時間：週一至週五09:30-12:00・13:30-17:00
郵撥帳號：19863813　戶名：書虫股份有限公司
讀者服務信箱E-mail：service@readingclub.com.tw<mailto:service@readingclub.com.tw>
麥田部落格：http://ryefield.pixnet.net/blog
麥田出版Facebook：https://www.facebook.com/RyeField.Cite/

香港發行所　城邦(香港)出版集團有限公司
香港灣仔駱克道193號東超商業中心1/F
電話：852-2508 6231
傳真：852-2578 9337

馬新發行所　城城邦(馬新)出版集團〔Cite (M) Sdn Bhd.〕
41-3, Jalan Radin Anum, Bandar Baru Sri Petaling,
57000 Kuala Lumpur, Malaysia.
電話: (603) 9056 3833
傳真: (603) 9057 6622
E-mail：services@cite.my

設　　計　蔡南昇
封 面 繪 圖　黃璽
排　　版　宸遠彩藝有限公司
印　　刷　前進彩藝有限公司

初 版 一 刷　2019年11月



定價／400元
ISBN：978-986-344-702-3
城邦讀書花園
www.cite.com.tw